사과나무 숲

사과나무 숲

ⓒ 배평모, 2021

1판 1쇄 인쇄__2021년 10월 20일
1판 1쇄 발행__2021년 10월 29일

지은이__배평모
펴낸이__홍정표
펴낸곳__작가와비평
　　　　등록__제2018-000059호

공급처__(주)글로벌콘텐츠출판그룹
　　　　대표_홍정표 이사_김미미 편집_하선연 권군오 최한나 홍명지 기획·마케팅_김수경 이종훈 홍민지
　　　　주소__서울특별시 강동구 풍성로 87-6
　　　　전화__02) 488-3280 팩스__02) 488-3281
　　　　홈페이지__http://www.gcbook.co.kr
　　　　이메일__edit@gcbook.co.kr

값 14,500원
ISBN 979-11-5592-287-3 03810

사과나무 숲

배평모 장편소설

작가와비평

머리글

이 원고는 10년 전인 2011년 초가을에 탈고했다.

2011년 봄부터 가을까지 홍성군 갈산면 가곡리 삼준산 기슭 오지에서 여섯 달을 지냈다. 버스를 타려면 6km를 걸어가야 할 정도로 외진 곳이었다.

거처는 2014년에 작고한 민족예술인총연합회 이사장이었던 벗 김용태가 노후에 조용히 지내려고 마련해둔 외딴 집이었다.

외롭고 힘든 때였다.

뻐꾸기가 청승스럽게 우는 긴 봄날의 무료함과 외진 곳에 혼자 있는 적막을 달래기 위해서 지니고 간 몇 권의 책 중에서 〈욕망하는 식물〉이라는 책을 읽었다.

저술가이자 환경운동가인 마이클 폴란이 사과, 튤립, 대마, 감자 등 네 가지 식물의 진화식물학적 관점에서 본 인간과 식물의 공진화共進化 과정에 대해 쓴 논픽션이었다.

사과, 튤립, 대마, 감자는 재배하는 과정에서 인위적 선택, 또는 유전공학을 이용한 변이를 통해 스며든 인간의 욕망의 요소를 저마다 지니고 있었다.

사과는 달콤함, 튤립은 아름다움, 대마는 도취, 감자는 지배였다.

사과가 흥미로웠다.

원산지인 카자흐스탄의 알마티에서 전 세계로 퍼져나간 과정과 그 식물 종이 지닌 특이한 번식과정 때문이었다. 사람이 한 부모에게서 태어나도 저마다 개성과 용모와 지문이 다르듯 붉은 색 사과의 씨앗이 움을 틔워 자라면 색이나 맛과 모양 등이 전혀 다른 사과가 열린다는 사실이었다.

알마티 외곽에 있는 원시 야생사과나무 숲에는 벼라별 모양과 색과 맛을 지닌 사과가 달리는 나무들이 있다고 했다. 카자흐 사람들이 알마티라는 지역을 사과의 머리 또는 사과의 아버지라는 뜻으로 불러 온 것으로 보아 모든 사과의 고향이 알마티가 분명했다.

인간과 닮은 사과의 번식으로 미루어 볼 때, 한 알의 사과가 지닌 달콤함의 상징 속에는 인간이 삶을 통해서 겪어야하는 여러 가지 것들이 포함되어 있다는 생각이 들었다.

이 소설의 주인공인 고려인 3세 빅토르는 자연계의 사과 같은 존재이다. 한 알의 사과가 가뭄과 태풍과 뙤약볕과 비바람을 이겨내고 굵은 열매가 되는 것처럼 주인공 빅토르 역시 사랑하는 연인과 뜻하지 않은 이별, 그리움에 끌려온 한국, 서울이라는 도시에서 우연과 우연으로 이어진 갖가지 일들을 겪으면서 마침내 튼실한 사과가 된다.

벌과 식물은 오랜 세월을 거쳐 오는 동안 서로에게 도움을 주면서 공진화했다. 빅토르는 서울에서 머무는 기간 동안에 유전인자 속에 내재되어 있는 공진화의 역량을 무의식적으로 발휘해서 주위 사람들에게 도움을 준다. 공진화 노력의 결과가 그 자신에게도 이익을 안겨주었다.

이 원고를 10년 동안이나 그대로 두었던 것은 원고를 탈고하고 나서 바로 우리 현대사를 주제로 대하소설 집필에 매달렸기 때문이다. 새로 시작한 작업의 규모가 방대한 탓에 자료 수집에서부터 구성과 그 밖의 여러 가지 일들 때문에 다른 것에 신경 쓸 여력이 없었다.

그리고 외롭고 힘들었던 때를 떠올리고 싶지 않기도 했다.

더구나 벗 김용태의 죽음이 외딴 집에서 지냈던 기억으로부터 더욱더 멀어지게 했다.

벗 김용태는 한 달에 두어 차례 후배가 운전하는 차 뒷좌석에 소주를 가득 싣고 찾아왔다. 바둑을 몇 판 두고 나서 이내 술판을 이어갔다.

아침에 마시는 소주는 모닝소주, 낮에 마시는 소주는 에프터눈소주, 초저녁에 마시는 소주는 이브닝소주, 밤중에 마시는 소주는 나이트소주라고 그럴싸한 이름까지 붙이고서 마셨다.

벗은 싣고 온 소주를 다 마시고나서 술을 입에 대지 않는 후배가 운전하는 차를 타고 떠나곤 했다. 반년 동안을 그렇게 마셨던 탓에 빈 소주병이 마당 한 구석에 작은 동산처럼 쌓였다.

벗은 위암판정을 받고나서 이 년 남짓 후에 돌아오지 못할 길을 떠나고 말았다. 위암의 주범은 필시 술일 터. 그 주범을 꼬드긴 게 나라는 자책 때문에 몹시도 괴로웠다. 그 자책 때문에 써둔 원고를 보기가 싫었다.

오래 전에 KBS에서 '글 납품업자' 시절을 함께 보냈던 작가 김종서가 먼 길을 마다 않고 살고 있는 삼천포로 찾아왔다. 20여 년만의 재회였다.

작가로서 집필을 하면서 출판사의 기획위원으로 일하고 있다는 말을 들었다. 문득 10년 전에 써둔 원고가 생각났다. 메일로 보낸 원고를 검토하고 나서 출판을 제의했다. 10년 동안 어둠 속에 있던 원고가 마침내 빛을 보게 되었다.

예산 수덕사 범종 소리가 산등성이 너머에서 들려오던 외딴 곳에서 지냈던 때가 떠오른다.

유배객처럼 지내는 나를 한 달에 두어 차례씩 찾아와서 위로해주고자 그 많은 소주를 마시고 위암으로 먼저 떠난 벗 김용태가 그립다.

힘들고 엄혹했던 시절, 민족예술인총연합회 설립에 주도적인 역할을 하고 민족예술 진흥을 위해 헌신해오다 못난 나 때문에 명을 단축한 벗 김용태의 명복을 빈다.

10년이나 어둠 속에 묵혀두었던 원고를 빛으로 이끌어준 작가 김종서와 흔쾌히 출판을 해준 글로벌콘텐츠 출판그룹에 마음 깊은데서 우러나오는 고마움을 전한다.

그리고 창작 지원을 해준 「사천문화재단」의 도움에도 고마움을 전한다.

목 차

머리글 __ 4

1

1 사과나무 숲 __ 12

2 대륙의 남자 __ 21

3 흐르는 눈물처럼 __ 31

4 건널 수 없는 강 __ 40

5 산토리니 섬 __ 49

6 진심과 신념 __ 59

2

1 크루즈 선상에서 __ 70

2 사랑의 진실 __ 79

3 현재를 사는 존재 __ 89

4 빨리 꺼져버려 __ 98

5 무서운 사람 __ 106

6 파랑새 __ 115

7 삶의 변곡점 __ 124

3

1 재회 __ 132

2 표적 __ 140

3 삶의 가치 __ 148

4 숲의 요정 __ 157

5 타워팰리스 __ 165

6 아침의 전쟁 __ 174

7 광장 __ 183

4

1 우연 속의 사연 __ 194

2 따가운 이기심 __ 205

3 음악 같은 존재 __ 214

4 비극의 나무 __ 222

5 아름다운 세상 __ 233

6 좋은 인연 __ 241

7 영원히 마르지 않을 눈물 __ 251

사과나무 숲

1

사과나무 숲

카자흐스탄의 알마티 근교에는 오랜 세월 이전부터 저절로 자란 사과나무 숲이 있다. 인간의 손길이 미치지 않은 야생상태의 사과나무들이 숲을 이루고 있다니!

알마티 근교에 있는 사과나무 숲에는 수령이 3백년이 넘고 키가 15미터나 되는데다 굵기 또한 아름드리인 나무들도 있다.

사과나무 숲은 친숙하면서도 편안했다.

나뭇가지 사이로 비추이는 햇살, 나무의 싱그러운 수액 냄새, 오염되지 않은 흙냄새, 고요를 휘젓는 새들의 지저귐, 사과 향기 등이 친숙한 편안함을 느끼게 해주었다. 그러나 인간의 손길이 닿지 않은 원시 상태의 사과나무 숲에는 친숙한 편안함을 넘어선 신비가 있었다.

야생사과나무들의 씨앗이 싹을 틔워 자라서 맺은 열매는 모양과 색과 맛이 전혀 달랐다. 한 부모에게서 태어난 형제들이 용모와 성격과 지문과 목소리가 다르듯이. 그런 사과나무 숲에는 인간이 살아가는 세상과 닮은 신비가 있었다.

달이 뜬 초저녁이었다. 달빛에 사과꽃 향기가 녹아있었다. 알미로스 동산에 있는 사과나무들은 생명의 환희를 꽃으로 피우고 있었다. 환희의 파장이 향기가 되어 달빛 속으로 녹아들었다. 빛과 향기는 정신을 고양시켜주는 영혼의 질료였다.

빅토르는 알미로스 동산에 있는 사과나무들의 아버지나무라고 불리는 아름드리나무에 기대어서서 담배를 피워 물었다. 달빛 속에 녹아있는 사과꽃 향기와 함께 담배 연기를 천천히 들이마셨다. 연둣빛으로 물들기 시작한 목화밭들이 펼쳐져있는 있는 들판 너머로 알마티 시가지 불빛들이 빛의 알곡이 영글고 있는 것 마냥 빛나고 있었다.

빅토르는 어릴 때부터 알미로스 동산을 좋아했다.

동산 서쪽으로 이어진 계곡까지 우거진 사과나무 숲에는 아름다운 요정들이 살고 있을 거라고 생각했다. 가을이 되면 빨강, 노랑, 초록, 보라색 등 여러 색깔의 사과들이 달려있는 것을 보며 그런 생각을 했다. 요정들이 그 사과들을 먹으며 살고 있을 것이라고.

카자흐 말로 알마티는 사과의 머리, 또는 사과의 아버지라는 뜻이다. 어른들은 이 세상 모든 사과들의 고향이 알마티라고 했다. 알마티의 사과나무들은 나무의 형태나 잎사귀 또는 열매가 같은 게 하나도 없었다. 어떤 나무는 태양을 향해 곧게 자랐고, 어떤 나무는 지면에 납작 엎드려서 옆으로 퍼졌고, 어떤 나무는 관목처럼 가지가 엉켜서 자랐다.

나무의 모양에 걸맞게 잎사귀 생김 역시 제각각인데다 열매 또한 고유한 개성을 지니고 있었다. 올리브나 버찌 크기에 빛깔까지 닮은 게 있는가 하면 노란 탁구공처럼 둥글면서 윤이 나는 것, 찌그러진 원형, 원

뿔 모양, 제대로인 원형을 비롯해서 별별 모양의 열매가 달렸다. 열매들마다 신맛, 쓴맛, 단맛을 비롯해서 세상의 모든 맛을 지니고 있었다. 야생사과나무들은 생김이 다르고 성격 또한 제각각인 인간과 닮은 데가 있었다.

알마티 사람들은 야생사과나무 숲을 신성시했다. 오랜 세월 이전부터 나무의 속성에서 벗어나 인간과 닮은 사과나무의 번식을 보면서 경외심을 지녔다. 그래서 알마티 근교의 야생사과나무를 한 그루라도 벤 적이 없었다. 조상대대로 이어져 내려온 그들처럼 사과나무들 또한 그렇게 대를 이어 살아왔다고 생각했다.

실크로드의 스텝지역인 알마티를 지나가는 상인들은 크고 탐스러운 사과를 짐 속에 넣어서 가져갔다. 알마티의 사과는 실크로드를 지나간 상인들과 함께 여러 곳으로 갔다. 멀게는 로마까지도.

알마티의 사과는 그렇게 여러 곳에 가서 종자를 퍼뜨렸다.

빅토르가 열 번째 생일을 맞는 날이었다. 아버지가 빅토르의 손을 잡고 알미로스 동산으로 갔다. 연한 분홍색 꽃이 피어있는 사과나무 가지 사이로 붕붕거리며 날아다니는 꿀벌들이 꽃향기를 휘젓고 있었다. 빅토르는 알미로스 동산의 아버지나무 밑에 앉아서 아버지가 들려주는 얘기를 초롱한 눈망울을 빛내며 들었다.

"빅토르가 열 살이 되었으니 이 얘기를 들을 때가 되었구나. 아버지도 열 살이 되던 날 할아버지한테서 얘기를 들었단다. 이 아버지나무의 조상들은 오랜 옛날부터 여기에 뿌리를 내리고 살았단다. 그렇지만 우리는 다르단다. 네 할아버지 때부터 어느 날 여기에 와서 살게 되었단다. 네 할아버지의 나라는 여기에서 동 쪽으로 멀리가면 있다. 네가 좀 더 자라면 할아버지가 왜 여기까지 오게 되었는지를 알게 될 것이다. 네 이름은 빅토르이지만 성은 강 가이다. 성은 사과의 씨앗 같은 것이다. 여기 알미로스 동산의 사과들이 모양과 빛깔과 맛이 달라도 모두가 사과인 것처럼 말이다."

빅토르는 오래 전, 이 아버지나무 밑에서 아버지가 들려주었던 얘기를 생각했다. 그리고 사진으로 본 할아버지 모습을 떠올렸다. 자신과 많이 다른, 광대뼈가 불거진 넓은 얼굴 모습을 생각하며 자신이 크기와 빛깔과 맛이 전혀 다르게 태어나는 사과를 닮았다고 생각했다.

안나가 알미로스 동산 위로 모습을 드러내었다.

안나의 부드러운 머리카락이 침부트평원 저 멀리서 불어오는 바람에 날리고 있었다. 달빛을 받은 몸의 윤곽이 검은 실루엣으로 보였다.

빅토르는 준마처럼 대지를 박차고 안나에게로 달려갔다. 안나도 빅토르에게로 달려왔다. 두 사람은 사랑이라는 강한 자력에 끌려 서로를 향해 달리고 있었다. 달빛과 사과꽃 향기가 두 연인을 축복처럼 감싸고 있었다.

빅토르의 손끝이 닿을 만큼 가까워졌을 때, 안나의 뇌리 속으로 차라리 이 시점에서 화석처럼 굳어버렸으면 하는 생각이 섬광처럼 스쳤다. 주체할 수 없는 사랑마저도 화석처럼 굳어버렸으면 하는 바람이 마음의 속살을 긋는 통증이 되었다.

빅토르가 안나를 안았다. 안나도 매달리듯이 빅토르의 목을 힘주어 안았다. 빅토르는 안나의 몸을 안으면서 둘 만이 이 세상에 존재하고 있는 듯한 충만감을 느꼈다. 빅토르의 입술이 안나의 입술 위로 겹쳐졌다.

빅토르의 입술은 내밀한 따뜻함 속에 달콤한 부드러움이 있었다.

"언제 왔어?"

안나가 빅토르의 눈을 보며 말했다.

"오늘 아침에."

빅토르는 대답을 하며 한 달이라는 기간이 무척이나 길었다고 생각했다. 안나의 존재가 언제나 마음 깊이 자리하고 있었기 때문이었다. 그리움이 깃든 시간은 더디게 가기 마련이었다.

빅토르에게 할아버지의 나라 한국은 특별한 감회와 더불어 놀랍기까지 했다. 알마티 시가지의 느긋함과는 다른 서울의 역동적인 빠름 속에 세찬 기운이 흐르고 있었다. 알마티와 서울이라는 두 도시는 서로 다른 시간대에 있는 것 같았다. 타임머신이라도 타고 온 것 마냥 알마티가 먼 과거에 있는 것 같았다. 안나가 마음속에 자리 잡고 있지 않았다면 알마티가 먼 과거의 도시처럼 생각되었을 것이다.

"빅토르."

안나는 빅토르의 가슴에 얼굴을 묻으며 이름을 불렀다. 안나는 빅토르의 이름을 마지막으로 부르고 있다고 생각했다. 빅토르에게서 떠나야 하는 안나의 마음은 걷잡을 수 없이 소용돌이 치고 있었다. 격정과 후회와 비애가 뒤엉킨 소용돌이였다.

빅토르의 입술이 다시 안나의 입술 위로 포개졌다. 빅토르의 입술은 강한 흡인력을 지니고 있었다. 안나는 흡인력에 끌려 빅토르의 몸속으로 완벽히 빨려 들어가고 싶었다. 안나는 알미로스 동산으로 오면서 삶의 방향타를 바꾸려는 자신이 타인처럼 여겨졌다. 마음속에 존재하고 있던 또 다른 자신이 타인처럼 모습을 드러내고 있었다. 안나의 마음에

틈이 생기기 시작한 것은 거부할 수 없는 돈의 마성 때문이었다.

돈은 집요하게 새로운 세계로 안나를 유혹했다. 돈은 강력한 마성을 지니고 있었다. 돈의 마성은 마음속에 생긴 틈새를 비집고 들어와 점점 자리를 넓혀갔다. 그리고 새로운 세계에 대한 가능성을 열어주었다. 그 세계에는 풍요와 안락과 경험해보지 못한 아름다운 삶의 요소들이 있을 것 같았다.

안나가 근무하는 회사의 회장 김경준은 돈의 힘으로 집요하게 안나를 유혹했다. 게다가 금전의 혜택을 받은 가족들이 등까지 떠밀고 있었다. 안나의 마음속에 자리 잡고 있는 빅토르의 영역이 돈의 힘에 의해 잠식되고 있었다. 안나는 빅토르의 존재가 잠식되는 것을 지켜보며 마음이 아려오는 통증을 감수해야만 했다.

빅토르의 손길이 간절하면서도 거칠게 안나의 몸을 탐했다. 안나는 빅토르의 손길에 온전히 몸을 맡겼다. 바람결에 사과꽃 향기가 풍겨왔다. 안나의 몸을 감싸고 있는 것들이 하나씩 벗겨졌다. 빅토르가 안나의 가슴에 얼굴을 묻었다. 젖무덤 사이에서 내뿜는 숨결이 뜨거웠다. 안나는 빅토르의 머리를 감싸 쥐며 자신도 모르게 턱을 치켜들었다. 신음 같은 애절한 소리가 토해지고 있었다. 빅토르의 손길이 격정의 전사가 되어 거침없이 안나의 몸을 공략했다. 안나의 몸은 빅토르의 손길이 닿을 때마다 미세한 촉수를 세우며 뜨겁게 반응했다.

빅토르는 주체할 수 없는 열기에 휩싸인 채 심한 갈증을 느꼈다. 온몸이 느끼는 갈증이었다. 세포들이 저마다 아우성을 치는 갈증이었다. 몸의 근원에서 달아오르는 열기와 갈증을 해소하기 위해 안나의 몸을 갈구했다.

아버지나무 우듬지에서 우는 산새 울음소리가 알미로스 동산의 적막을 휘저었다. 멀리 알마티 시가지 불빛들이 소곤거리듯 빛나고 있었다. 달빛이 아버지나무 가지 사이로 계시의 빛처럼 비추었다.

안나의 가슴을 비추는 달빛에 젖꽃판 가운데서 도도록하게 솟은 분홍빛 젖꼭지가 선명하게 보였다. 빅토르는 한 쪽 젖꼭지에 입술을 갖다 대며 다른 젖무덤을 손으로 감싸 쥐었다. 입술과 손가락으로 젖꼭지를 애무했다. 안나의 입에서 토해지는 신음 같은 소리가 커지고 있었다. 안나는 빅토르와 함께 하는 마지막 시간에 자신의 모든 것을 주저 없이 불태우리라 작정했다. 사랑의 잔여분까지도 태울 수만 있다면 말끔히 태워버리고 싶었다. 그러한 마음의 바닥에는 슬픔이 물웅덩이처럼 고여 있었다.

빅토르의 큰 손이 안나의 등을 쓰다듬다 허리의 곡선을 지나 둔부로 미끄러져 내려갔다. 빅토르의 포화된 몸의 중심이 팽창하며 소리 없이 아우성치고 있었다.

안나는 빅토르의 몸에서 분출을 열망하는 힘을 느끼면서 마음 바닥에 고여 있는 슬픔을 다시 확인했다. 그 슬픔은 사랑이었다. 세월이 흘러도 마르지 않을 슬픔, 그 사랑이 고통의 진원지가 되리라 생각했다. 안나는 마음속에 일고 있는 갈등의 진원을 정리하지 못하는 무기력한 자신이 싫었다. 빅토르가 돌아오면 마음을 털어놓아야겠다는 생각을 셀 수도 없이 했다.

안나는 알미로스 동산으로 오는 동안에도 그 생각을 수 없이 했다. 그러나 빅토르를 보는 순간, 강한 사랑의 자력에 끌려 모든 것이 무화되어 버리고 말았다. 빅토르의 손길에 몸은 뜨겁게 반응하고 있었지만 마음속에는 싸늘한 슬픔이 고여 있었다.

빅토르는 이 알미로스 동산의 아버지 나무 밑에서 많은 사람들의 축복을 받으며 안나를 아내로 맞이하는 모습을 그려보곤 했다. 그 꿈이 바로 가까이 다가와 있었다. 지금 이 순간, 그 꿈의 시작을 열고 있다고 생각했다.

안나가 빅토르의 목을 끌어안으며 두 다리로 허리를 감았다. 몸이 빅토르의 몸에 밀착된 채 허공에 떠 있었다. 푸른 두 눈이 간절함을 호소하고 있었다. 빅토르는 겹겹으로 펼쳐지는 환영을 보고 있었다. 먼 과거에서 현실로 다가오는 환영이 안나라는 실체로 눈앞에 있었다. 자아가 움틀 때부터 그려왔던 왔던 환영이었다. 꿈의 바다에서, 상상의 하늘에서, 안나를 만나기 이전부터 그려왔던 환영이었다. 정신속에서 펼쳐지고 있던 환영이었다. 이제 그 환영이 안나로 치환되어 하나가 되기 직전의 상태에 있었다.

빅토르와 안나의 육체가 완전한 하나가 되었다. 빅토르는 환영이 실체로, 꿈이 현실로 이루어지는 기적을 온 몸으로 확인하고 있었다. 몸과 몸이 주고받는 원초적인 언어가 기적의 실현을 입증해주고 있었다. 빅토르의 몸과 정신 속으로 강렬한 빛의 파장이 퍼지고 있었다.

안나는 빅토르의 몸을 받아들인 순간, 희열의 극치에서 발생하는 섬광을 느꼈다. 빅토르의 육체는 강력하면서도 진지하게 그녀의 몸속으로 들어왔다. 안나는 생명의 진원에서 발생하는 에너지에 의한 운동이 계속되는 동안 카오스의 세계로 빠져들고 있었다. 언어라는 기호의 울을 벗어난 소리들을 쏟아내며 암흑과 섬광이 교차하는 카오스의 세계로 점점 더 깊이 빠져들었다.

빅토르는 대지 깊숙이 뿌리를 내리고 있는 아버지나무 같은 당당한 자부심을 앞세워 그녀의 몸 깊이 들어가고 있었다. 말초 신경과 성감세포들이 자부심을 부추기고 있었다.

빅토르의 팽창의 극점에 다다른 몸의 중심이 안나의 몸속에서 장렬하게 분화噴火했다. 안나의 몸은 카오스의 세계에서 뜨겁게 달아오르고 있었다. 직장이 수축되며 전율 같은 짜릿함이 등골로 전해지고 있었다. 간절하면서도 열렬한 그 무엇이 몸속에서 강력하게 진동하고 있었다. 혼돈 속에서 일어나는 어지러움과 함께 휘황한 빛이 정신을 무력하게 만들어버렸다.

빅토르와 안나에게 알미로스 동산은 에덴 동산이었다. 빅토르와 안나는 신의 뜻을 어기고 금단의 열매를 따먹고 나서 성性의 비의祕儀를 알아버린 아담과 이브였다. 아담과 이브가 신의 분노를 사서 낙원인 에덴 동산에서 쫓겨나 온갖 고뇌와 고통을 숙명으로 받아들여야 했듯이 빅토르와 안나 역시도 알미로스 동산을 등진 이후 닥쳐올 고뇌와 고통과 맞서야 했다. 알미로스 동산을 기억하고 있는 한 그 고뇌와 고통은 끝나지 않을 것이다.

2
대륙의 남자

빅토르가 멍게와 해삼이 담긴 접시를 손님이 주문한 탁자 위에 놓고 돌아설 때였다. 옆 자리에 앉아 있는 남자가 빅토르의 손목을 잡으며 말했다.

"이따 마치고 나서 꼭 전화 해줘요. 기다릴게요."

목소리가 간절했다. 빅토르는 대답도 하지 않고 장덕윤이 안주를 장만하고 있는 포장마차 안으로 들어갔다. 덕윤이 도마에서 자른 산낙지를 접시에 옮겨 담고 있었다. 동강 난 산낙지 다리들이 꿈틀대고 있었다. 꿈틀거리고 있는 동강난 다리들 마다 고유한 생명을 지니고 있는 것 같았다.

빅토르는 내륙 깊숙한 알마티에서 태어나서 자란 탓에 바다를 볼 기회가 없었다. 산낙지와 해삼 멍게들을 처음 보았을 때 느낀 것은 혐오감이었다. 더욱이 꿈틀대고 있는 동강난 산낙지 다리를 맛있게 먹고 있는 모습은 엽기적인 충격이었다.

덕윤의 포장마차는 두 동의 십 층짜리 빌딩 앞에 있는 공터에 있었다. 포장마차는 이면도로에서 비켜난 빌딩 앞 쪽에 있는 꽤 너른 빈터에 자리 잡고 있었다. 빈터에 여덟 개의 플라스틱 탁자가 놓여 있고 안주를 장만하는 포장마차 앞 쪽에 등받이가 없는 긴 의자가 있었다. 빌딩에서 근무 하는 사람들이 주 고객이었다. 퇴근한 이후부터 자정이 넘을 때까지 빈자리가 없을 정도로 붐볐다.

"여기요. 처음처럼 한 병하고 산낙지 한 접시요."

젊은 여자 셋 중에서 야구 모자를 쓴 여자가 팔을 들고 소리쳤다.

"와! 오빠 멋지다!"

주문을 했던 여자가 술과 안주를 탁자 위에 내려놓고 있는 빅토르를 올려다보며 말했다. 다른 두 여자도 그렇다는 표정을 지으며 바라보았다.

"어느 나라에서 왔어요?"

처음 말했던 여자가 물었다. 빅토르는 한국말을 잘 알아듣지 못한다는 표정을 지으며 입을 다물고 있었다.

"Where are you from(어디에서 와서 왔어요?)"

빅토르의 맞은편에 앉아있는 여자가 영어로 물었다.

"알미로스."

빅토르는 낮은 목소리로 빠르게 말했다.

"알미로스?"

영어로 물었던 여자가 호기심에서 궁금함으로 바뀐 표정을 지으며 빅토르를 바라보았다. 다른 두 여자도 알미로스가 어느 대륙에 있는 나라인지 어느 나라의 도시인지를 생각해내려고 골똘한 표정을 짓고 있었다. 빅토르의 마음속에 알미로스 동산은 태어난 나라나 도시보다 더 크고 중요하게 자리 잡고 있었다. 빅토르에게 알미로스 동산은 에덴 동산처럼 낙원이면서 고통의 진원지였다. 안나와 마지막 시간을 보내고 이별을 했기에.

"여기 주문 더 할게요."

빅토르가 여자들이 앉아있는 탁자에서 몸을 돌렸을 때, 옆 자리에 앉아 있는 남자가 말했다. "이따 마치고 나서 꼭 전화 해줘요. 기다릴게요"라고 했던 남자였다.

"왜 대답을 안 해요?"

빅토르가 다가가자 그가 원망 섞인 목소리로 말했다. 그가 앉아 있는 탁자 위에 있는 술병에는 술이 반 쯤 남아 있었고, 안주인 삶은 오징어 역시도 몇 젓가락 밖에 먹지 않은 상태였다. 오늘까지 세 번째 온 그는 술과 안주를 절반은 남기고 가곤 했다. 술과 안주가 남아있는데도 다시 시키는 그의 저의가 마음에 걸렸다.

처음 와서 명함을 내밀며 오늘과 똑 같은 애기를 했을 때도 빅토르는 대답을 하지 않았다. '한길물류 주식회사 대표 김명재'라는 직함이 찍힌 명함을 포장마차 안에 있는 쓰레기통에 던져버렸다. 멍게나 해삼을 처음 보았을 때 느꼈던 이질감 같은 것이 그에게서 느껴졌기 때문이다. 명재가 소주 한 병과 산낙지를 새로 주문하고 나서 말했다.

"이따 끝나고 꼭 전화 해줘요. 이 근처에 있을게요."

명재가 애절한 목소리로 말하고 나서 명함 크기로 접은 종이를 빅토르의 손에 쥐어주었다. 빅토르가 포장마차 안으로 가서 펴보니 백만 원짜리 자기앞수표였다. 순간, 마음속에서 폭발을 일으킨 듯한 분노가 끓어올랐다.

경준을 따라 한국으로 떠나버린 안나의 행동 이면에도 돈이 작용하고 있었다는 생각이 맞물려 있어서였다. 세 번씩이나 전화를 해달라고 하면서도 최소한의 이유마저도 밝히지 않고 적잖은 돈을 내민 그의 행동에는 돈이면 안 될 것이 없다는 오만이 깔려 있었다. 경준에게 품고 있는 증오가 그에게로 이어지고 있었다.

"왜 무슨 일이 있었냐?"

덕윤이 굳은 얼굴로 서있는 빅토르를 보며 물었다.

빅토르가 수표를 덕윤에게 보였다.

"웬 수표야?"

"저기 혼자 온 남자가 줬어요."

"그 자식 호모야. 얼른 갖다 줘버려."

빅토르는 동성애자 얘기를 듣긴 했어도 이렇게까지 노골적일 줄은 몰랐다. 동성애자들끼리 뜻이 맞으면 은밀하게 이루어지는 정도로 생각했다. 빅토르는 명재가 앉아 있는 탁자 위에 안주 접시를 내려놓은 다음 펼쳐 놓은 수표 위에 짓누르듯이 술병을 내려놓았다. 빅토르의 행동은 조용하면서도 단호했다.

"다시는 내게 치근대지 말아요."

빅토르가 힘이 실린 낮은 목소리로 말했다.

"너무 화내지 말아요. 내 진심을 몰라주어서 그렇게 할 수밖에 없었어요."

명재가 잦아드는 목소리로 말했다.

"도대체 그 진심이라는 게 뭡니까?"

빅토르의 말에 힐난의 가시가 돋아있었다.

"그냥 함께 있고 싶은 것뿐이에요."

명재가 빅토르를 바라보던 눈길을 거두고 힘없이 고개를 숙였다.

"오빠, 우리 다른 것 좀 시킬게요."

여자 셋이 앉아 있는 탁자에서 처음 주문을 했던 여자가 빅토르를 불렀다. 명재가 등을 돌리고 가는 빅토르를 애절한 눈빛으로 바라보았다. 여자 셋이 앉아 있는 탁자에는 술과 안주가 바닥나 있었다.

"알미로스가 어디에요?"

영어로 어디서 왔느냐고 물었던 여자가 빅토르를 빤히 바라보며 물었다.

"내 마음속에 있는 낙원이에요."

"어머 한국말을 잘하네요. 아까는 모르는 척 하더니. 근데 알미로스가 어느 나라에 있어요?"

"카자흐스탄 알마티."

"알마티가 카자흐스탄 수도 아니에요?"

"지금은 아스타나입니다."

"알마티 사람들은 다들 오빠처럼 멋있어요?"

모자를 쓴 여자의 눈길이 빅토르에게 줄곧 머물러 있었다.

"얘가 오빠한테 필이 꽂혔대요."

한 마디도 하지 않고 있던 안경 낀 여자가 웃으며 말했다. 빅토르는 '필이 꽂혔다'는 말을 이해 할 수 없었다. 분위기로 봐서 호감을 갖고 있다는 정도로 이해가 되긴 했지만.

"한국에 온지 얼마나 됐어요?"

모자를 쓴 여자가 다시 물었다.

"석 달 정도요."

"와! 오빠 정말 짱이다! 석 달 밖에 안 됐는데 한국말을 이렇게 잘하는 걸 보면 머리도 좋은가 봐."

빅토르의 몸속에는 한국인의 피가 흐르고 있긴 하지만 알미로스 동산의 사과들처럼 외모에서 한국인의 특징은 없었다. 슬라브족인 어머니의 피가 섞인 탓에 한국인의 특징이 지워져 버렸다. 그러나 아버지가 알미로스 동산의 아버지나무 밑에서 했던 말처럼 모양과 색깔과 맛이 달라도 사과이듯이 성은 강 씨가 분명했다. 카자흐스탄에 처음 온 할아버지 때부터 지금까지 모국어의 끈을 놓지 않은데다 안나를 데리고 떠난 경준의 회사에서 2년 가까이 근무를 했던 탓에 한국말을 가다듬을 수 있었다.

"처음처럼 두 병하고 안주는 오빠가 알아서 좋은 걸로 줘요."

빅토르는 모자를 쓴 여자가 새로 주문한 걸 가지러 가면서 수표를 주었던 남자와 세 여자를 생각했다. 동성에게서 느끼는 감정의 그늘과 이성에게서 느끼는 감정의 밝음에서 비롯되는 차이가 씁쓸한 여운을 남기고 있었다.

빅토르는 덕윤과 함께 두 달 가까이 일을 하는 동안 손님들이 호기심을 나타내 보이는 경우를 여러 차례 겪었다. 슬라브 민족의 특징이 두드러진 빅토르가 포장마차에서 일을 하고 있는 것 자체가 호기심을 불러일으키게 하였을 것이다.

한국에 온 이주노동자들은 공장, 또는 시골에 있는 농장이나 목장에서 대부분 일을 했다. 드물게 접객업소에서 일을 하는 남자들이 있긴 했어도 빅토르처럼 포장마차에서 일을 하는 경우는 거의 없었다.

오늘, 남자로부터 구애나 다름없는 간절한 말을 듣는 것만으로도 모자라 처음 본 여자가 거침없이 하는 말이 자신이 이방인이라는 사실을 새롭게 일깨워주고 있었다.

"오빠, 저 아저씨가 오빠만 쳐다보고 있어. 사귀고 싶은가 봐. 저 아저씨한테 오빠 뺏기면 안 되는데. 오빠 나하고 사귀자. 남자보다 여자가 좋잖아? 나 섹시해."

모자를 쓴 여자가 새로 주문한 안주와 술을 가져온 빅토르의 턱 밑에 얼굴을 디밀며 말했다. 빅토르가 처음 한국에 왔을 때 느꼈던, 알마티와 서울이라는 두 도시가 다른 시간대에 존재하고 있다는 느낌이 새롭게 실감되었다. 알마티의 느긋함과는 달리 서울의 역동적인 빠름은 물론 사람들의 의식까지도 알마티 사람들이 따라 잡을 수 없는 속도를 지니고 있었다. 알미로스 동산의 고즈넉함 속에 깃든 아름다움을 잊지 못하는 빅토르에게 서울이라는 도시는 같은 시간대에 존재하고 있지 않았다. 두 도시 사이의 거리에서 비롯되는 시차와는 다른 시간대에 존재하고 있는 게 분명했다.

"어머, 빗방울이 떨어지네."

안경 낀 여자가 손바닥을 펴서 들고 말했다.

"오빠, 잘 됐다. 비가 오면 여기 장사 못하잖아. 우리 함께 이차 가자."

모자를 쓴 여자가 환하게 웃으며 말했다. 빅토르는 그 말을 귓가로 흘려들으면서 고개를 들고 빗방울이 떨어지는 하늘을 올려다보았다. 서울의 밤하늘은 알 수가 없었다. 빗방울이 떨어져야 하늘이 잔뜩 흐려 있다는 걸 알 수 있으니. 빅토르는 서울의 밤하늘에서 별을 본 적이 없었다. 별을 볼 수 없는 서울의 밤은 밤이 아니었다. 질주하는 자동차가 내지르는 소음과 함께 도시 전체가 신음하고 있었다. 사유의 여백을 허락하지 않는 서울의 밤은 불면의 밤이었다.

"에게, 열 한 시도 안됐잖아. 오빠, 저기 길 건너에 레테라는 카페가 있거든. 거기 가 있을게. 빨리 끝내고 와. 참, 오빠 핸드폰 잠깐 줘봐."

모자를 쓴 여자가 빅토르의 청바지 뒷주머니에 있는 핸드폰을 쑥 뽑아 들었다. 폴더를 열고는 빠르게 번호를 누른 다음 통화 버튼을 눌렀다.

"오빠, 내 번호가 찍혔어. 혹시 못 찾으면 전화 해."

빗방울이 점점 굵어지고 있었다.

탁자에 앉아 있던 손님들이 서둘러 잔을 비우고 일어섰다. 명재는 비를 전혀 개의치 않는다는 듯 그대로 앉아있었다. 손님들이 모두 떠나고 뒷정리를 마칠 때까지도 그대로 앉아있었다.

전화가 걸려왔다.

"오빠, 아직 덜 끝났어? 빨리 와."

빅토르는 잠깐 잊고 있었던 그녀들의 존재를 떠올리며 일어설 생각이 없는 사람처럼 앉아 있는 명재를 바라보았다. 순간, 그녀들에게 가야겠다고 마음을 굳혔다.

"아저씨, 먼저 들어가세요. 조금 전 아가씨 셋이서 길 건너 카페에서 기다리고 있어요."

빅토르는 일부러 큰 소리로 말했다.

"그러려므나."

평소에 말 수가 적은 덕윤답게 덤덤하게 승낙했다. 명재가 그제 서야 자리에서 일어났다.

카페 레테는 은은한 조명 탓인지 분위기가 아늑했다. 안쪽으로 할로겐 등이 비추고 있는 스탠드에 서너 명의 남자가 등을 보이고 앉아있었다.

"오빠, 여기야."

출입문 왼 쪽에 있는 구석진 자리에서 모자를 쓴 여자가 손을 흔들었다. 탁자 위에는 맥주와 과일 안주가 놓여 있었다.

"오빠, 난 은가영이야. 얘들은 정은주, 김진애야."

은가영이 영어로 물었던 여자와 안경 낀 여자를 차례로 소개했다.

"오빠 이름은 뭐야?"

가영이 재촉하듯 물었다.

"빅토르."

"와! 오빠 이름도 멋있다. 대륙적인 느낌이 팍 오는데……."

"오늘 꼼짝없이 가영의 포로가 되어버렸네요."

"아냐. 반대인 것 같아. 가영이가 빅토르 씨의 포로가 된 것 같아. 스스로 투항한 포로 있잖아?"

진애가 은주의 말을 뒤집었을 때였다.

"어머! 저 아저씨 여기까지 왔어."

명재가 출입문을 밀고 들어와서 잠시 두리번거리다 빅토르와 가영을 발견하고 다가왔다.

"내가 한 잔 사고 싶어서 왔습니다."

명재는 아까와는 전혀 다른 어조로 말했다. 보편적인 남자의 어조였다.

"빅토르 오빠를 낚아채가지 않겠다면 좋아요."

가영의 말은 거침이 없었다.

"김명재라고 합니다."

웨이터가 갖다 준 보조의자에 앉으며 말했다. 빅토르를 비롯해서 누구도 명재에게 자신을 소개하는 예의를 표하지 않았다. 가영이 명재의 잔에 술을 채워주었다.

"일부러 오셨으니 한 잔 드세요."

가영이 명재를 바라보며 잔을 들었다.

가영이 명재보다 잔을 먼저 비우고 나서 말했다.

"빅토르 오빠에게 관심을 가졌다면 일찌감치 단념하세요. 저를 이길 수는 없을 테니까요."

"사람에게 갖는 관심에는 우열이 없는 겁니다."

명재의 말 속에는 동요의 기색이 전혀 없었다.

"자신감이라고 생각하시는지 모르지만 그건 착각이에요. 한 잔 드셨으니 그만 일어나주세요. 일부러 오신데 대한 예의로 한 잔 드시게 한 것 뿐 이니까요."

"실례했군요. 그럼 즐거운 시간 되세요."

명재가 빅토르에게 눈길을 주며 일어났다. 그러한 모습에서 애원하다시피 말하던 나약함은 찾아볼 수 없었다.

3
흐르는 눈물처럼

일요일이어서 덕윤의 포장마차가 쉬는 날이었다. 빌딩에서 근무하는 사람들이 주 고객인 탓에 휴일은 덕윤의 포장마차도 덩달아 쉬었다.

"다녀올 데가 있어서 갔다 오마. 저녁때가 되어야 올 테니까 점심하고 저녁 알아서 챙겨 먹어라."

덕윤이 나가고 나자 열 네 평짜리 아파트에 물속처럼 적막이 고였다. 빅토르는 혼자 남게 되자 적막이 무겁게 느껴졌다. 안나가 떠나버린 후, 빅토르의 마음은 텅 비어 있었다.

이따금씩 날을 세운 바람이 마음의 속살을 아프게 긋고 지나갔다. 노력이나 다른 그 무엇으로도 채울 수 없는 텅 빈 마음을 그리움이라는 바람이 휩쓸고 갈 때마다 견디기 힘든 고통을 겪어야 했다. 마음, 그리움, 고통, 그 모두가 일상의 현실과는 거리가 멀었다. 그러나 그것들은 일상의 질서를 가차 없이 휘저어 버렸다. 질병, 혹은 부상으로 인한 고통과는 달리 치유의 방법도, 기간도 없이 고통의 시간만 이어질 뿐이었다.

빅토르는 안나를 못 잊어 무작정 서울로 왔지만 가느다란 희망의 끈조차 잡을 수 없이 막막하기만 했다. 알미로스 동산에서 안나와 하나가 되었을 때, 자아가 싹터서부터 그려왔던 환영이 현실에서 안나라는 실체로 모습을 나타냈다고 믿었다. 충만한 기쁨과 성감 세포의 희열을 동반하여 안나를 안았을 때 현실에서 느낄 수 있는 행복의 정점에 있었다. 이성에 눈을 뜨면서부터 그려왔던 추상의 어떤 존재가 안나로 환치되면서 생의 바람이 이루어졌다고 생각했다.

그마저도 환영이었다. 안나가 경준과 함께 한국으로 떠났다는 사실을 알았을 때, 그녀와 함께 했던 모든 것이 환영처럼 여겨졌다.

빅토르는 일상의 현실에서 의미를 점점 상실해갔다. 알미로스 동산의 사과나무들, 침부트평원, 천산산맥 연봉에 쌓여 있는 만년설만이 변하지 않는 의미를 지니고 있다고 생각했다. 눈으로 볼 수 없는 마음에 따라 움직이는 존재인 인간에게 어떤 기대나 믿음을 가질 수가 없었다. 그러나 안나와의 일들이 환영이었다 해도 그리움만은 어쩔 수 없었다. 그리움은 마음의 평형추를 서서히 녹여버렸다. 그리고 마음이라는 토양의 수분을 고갈시켜 버렸다. 그리움의 바람이 휩쓸고 가면 황폐해진 마음에 황사 같은 먼지가 자욱해졌다.

빅토르에게 할아버지의 나라 한국은 절망과 고통만을 안겨 주었다. 아버지의 말에 따르면 일제 강점기 훨씬 이전, 훨씬 윗대 조상 때부터 벼슬아치들의 탐학과 수탈을 못 이겨 조국을 등지고 사람과 말이 다르고 기후와 풍토가 다른 연해주로 갔다고 했다. 조상이 이 땅에서 겪었던 고통을 대물림하고 있다는 생각을 하면 모국에 대한 원망이 고개를 치켜들었다.

식탁 위에 둔 핸드폰이 진동으로 덜덜거렸다.

"나, 가영이. 지금 뭐해?"

반가웠다. 가영의 전화는 실내의 적막을 걷어주었다. 열 한 시가 막 지나고 있었다.

가영은 오늘도 모자를 쓰고 있었다. 화장기 없는 얼굴에 머리 묶음을 모자 뒤 반원의 공간으로 빼낸 모습이 생동감이 있었다. 눈빛이 맑았다. 며칠 전에 처음 보았을 때와는 다른 느낌이었다. 자신에게는 물론 명재에게 거침없이 말하던 당찬 모습은 볼 수 없었다.

"인간은 추상적인 존재인가 봐. 건강에 안 좋다는 담배를 순전히 연기를 마시는 즐거움 때문에 피우는 걸 보면."

가영이 빅토르의 담배갑에서 담배를 꺼내 물고 한 모금 피우고 나서 말했다.

"추상을 통해서 실존을 확인하는지도 모르지."

"그 말 멋있다."

가영의 마음에서 우러나온 말이었다. 현학의 덧칠을 해서 농담으로 한 말에 철학의 명제 같은 말로 대답하는 빅토르에 대한 관심이 갑자기 증폭되었다. 한국에 와서 저급한 일을 하는 이주 노동자들의 정신세계 역시도 저급하리라는 편견을 은연중에 지니고 있었다. 그들과 개인적인 접촉이 전혀 없는 데다 현실에서 비춰지는 모습을 통해서 자신도 모르게 지니게 된 편견이었다.

빅토르가 한 말은 가영이 지니고 있는 편견을 밀어내고 있었다.

가영은 며칠 전, 빅토르가 일하고 있는 포장마차를 지나가다가 서슴없이 일탈을 결심하고 앉게 되었다. 아폴로 조각상처럼 잘생긴 얼굴에 체구 또한 걸맞게 당당한 빅토르를 본 순간 일탈이라는 비탈을 마구 구르고 싶었다. 서슴없이 일탈을 시도한 것은 자신이 우월하다는 편견이 은연중에 작용했기 때문인지도 모른다.

카페 레테에서 빅토르는 과묵하면서도 품위를 잃지 않았다. 묻는 말에 대답하는 정도로 말이 적었지만 빅토르의 한국말은 어휘 구사가 정확했다. 은주와 진애가 적당한 때에 자리를 뜨고 둘만 남았을 때도 전혀 동요함이 없이 처음의 자세를 유지하고 있었다. 가영은 마지막 잔을 비우고 호텔로 가자고 했을 때 빅토르의 얼굴에 스치는 슬픔 같은 그림자를 보았다. 그날 밤, 가영은 빅토르에게서 성을 통해 도달할 수 있는 환희의 극치를 경험했다.

"빅토르, 알마티는 어떤 도시야."

가영은 슬픔의 그림자 같은 그늘이 져있는 빅토르의 얼굴을 보며 알마티라는 도시에서부터 이어진 어떤 사연 때문에 왔으리라는 생각이 들었다.

"평범한 도시야. 사람들이 살고 있고, 사람과 사람 사이에 관계가 이어지고, 슬픔과 행복이 공존하고, 사랑과 이별이 교차하는 그런 도시야."

"그건 서울도 마찬가지야. 빅토르가 한국에 온 건 놓아버릴 수 없는 어떤 끈에 이끌려서 온 것 같아?"

가영은 빅토르의 내면을 조금이나마 들여다보려고 다가가고 있는 자신을 발견하고 흠칫했다.

"끈이 아니라 지울 수 없는 그리움 때문이야."

빅토르의 마음속으로 아픔이 번지고 있었다. 서울 어딘가에 살고 있는 안나를 생각할 때마다 번지는 아픔이었다. 안나와 자신 사이에 이어졌던 끈은 이미 끊기었다. 그러나 안나와 연관된 사람, 장소, 일을 떠올릴 때마다 그리움이 마음속에 옹이처럼 박혀 있는 상처를 덧나게 했다. 바람처럼 불어 왔다가 그치고 또 다시 불어오는 바람 같은 그리움이 없었다면 한국에 오지 않았을 것이다. 그리움이라는 바람은 마음의 신경 세포를 자극하다 못해 일상의 질서까지 휘저어버렸다.

가영은 그리움 때문이라는 빅토르의 말에서 아픔의 잔재를 보고 있었다. 이혼을 결심했을 때, 삶의 한 과정을 정리한다는 생각뿐이었다. 그리움 때문에 아픔을 느끼리라는 생각은 전혀 들지 않았다. 그리고 아픔을 느낄 그리움이 없었다. 사랑은 받침 하는 신뢰가 무너지고 나면 용암이 식어서 현무암이 되는 것처럼 딱딱한 무기질로 변하는 것이라고 생각했다.

가영은 그날 밤 이후 말초 신경세포가 가차 없이 떨리던 섹스의 여운보다는 빅토르의 얼굴에 드리워진 그리움이라는 그늘이 이상하리만치 여운으로 남아 있었다.

"우리 맛있는 점심 먹으러 가자."

가영은 빅토르의 마음속에 일고 있는 그 무엇인가를 멈추게 하고 싶었다. 배려 때문이 아니었다. 이혼을 하고 난 후, 언젠가부터 자신은 물론 타인의 마음을 들여다보는 게 두려웠다. 딱딱한 무관심으로 무장하는 게 편했다.

가영은 운전을 하면서 빅토르를 흘깃 보았다. 차갑게 느껴지는 슬라브 족 특유의 무표정 속에 있는 감정 역시도 차가울 것 같았다. 팔당댐을 지날 때 빅토르가 처음으로 말문을 열었다.

"저 강이 한강으로 흘러가는 거야?"

"응. 한강 상류야."

"서울은 한강 말고는 모든 게 너무 빨라."

가영은 빅토르의 다음 말을 기다렸다.

"아까 알마티가 어떤 도시냐고 물었지? 알마티는 한강처럼 느린 도시야. 사람들의 의식도 느려. 서울의 빠른 속도에 맞추기가 힘들어."

"사람과 사람 사이의 관계도 빠르게 이어지겠지? 우리처럼?"

"아니."

가영은 뜻밖이라고 생각했다. 처음 만난 날 섹스를 하고 오늘 다시 만났으면 관계가 빠르게 이어지고 있다고 생각했다.

"우리 말고 다른 사람들을 말하는 거야? 아니면 우리도 포함된 거야?"

"둘 다."

"둘 다?"

가영은 목소리를 돋우어서 물었다.

"그래."

빅토르의 대답은 흔들림이 없었다.

"왜?"

가영의 목소리가 공격적으로 변했다. 빅토르의 단정적인 말을 듣는 순간, 그의 마음을 들여다보고 싶은 충동이 일었다.

"가영은 나를 어떻게 생각해?"

"내가 먼저 물었잖아?"

"가영에게 나는 이방인이기 때문에 갖는 호기심과 섹스 대상일 뿐이야."

"왜 그렇게 생각해?"

"사람 사이의 관계는 빠른 속도에서 진정한 관계가 이루어질 수가 없어."

"그럼 빅토르도 나를 그렇게 생각해?"

"그래. 서울은 모든 게 너무 빨라."

가영은 그의 명쾌한 대답이 차라리 편하다고 생각했다. 그의 표정에 남아 있는 아픔의 잔재에 대한 연민을 말끔히 지울 수 있었기에.

"빅토르."

빅토르는 대답도 없이 강물에 시선을 두고 있었다.

"빅토르의 말을 수긍해. 그렇지만 빅토르가 모르는 게 있어. 나와의 관계는 그렇다 쳐도 우리 민족은 빠르지 않고는 살아남을 수가 없어. 인터넷으로 검색해보니 카자흐스탄은 우리국토의 스물다섯 배나 되더라. 인구는 천 오 백만 명밖에 안 되고. 거기다 지구에 매장되어 있는 모든 지하자원이 다 있고. 그러니 느긋한 여유가 있겠지. 서울이라는 이 좁은 땅에만 천만이 넘는 사람들이 살고 있어. 빠르지 않고는 살아남을 수가 없어."

빅토르의 얼굴에 가벼운 수긍이 번지고 있었다. 가영은 그에게 장황한 말을 하고 있는 자신이 짜증스러웠다. 빅토르의 단호한 대답처럼 자신 역시 그리 생각하면 편할 것을.

빅토르는 호텔의 객실로 들어서서 가영의 얼굴을 똑바로 쳐다보았다. 욕망 이전의 진심을 보고 싶어서였다.

가영의 육체는 완숙한 젊음의 아름다움이 눈부시게 피어나고 있었다. 빅토르는 초식동물을 공격하는 육식동물처럼 세차게 가영을 덮쳤다. 순간적으로 폭발하는 분노 때문이었다. 가영이 경준의 시선 앞에 있는 안나로 환치되어서였다. 가영은 빅토르의 공격을 능동적으로 받아들였다.

빅토르의 혁대를 풀고 바지 지퍼를 내렸다. 그의 몸에서 기세 좋게 팽창하고 있는 남근을 움켜쥐고 격려라도 하듯 짧은 전진과 후퇴를 계속했다. 빅토르의 입술이 뜨거운 숨결과 함께 목덜미로 옮겨질 때도 손놀림은 계속되고 있었다. 빅토르는 자신의 몸속에 포화된 욕망을 분출하기 위해서보다는 타오르는 분노 때문에 가영의 몸을 거칠게 탐했다. 가영은 애무가 거칠어질수록 온 몸의 성감이 아우성치는 쾌감 속으로 빠져들어 갔다.

가영은 몸속으로 빅토르의 남근이 진입할 때 모든 것이 무화되어 버리고 오직 쾌락의 본능만 살아있었다. 생명 에너지가 충만한 성감 세포들이 경련하면서 쾌락의 꽃을 피우고 있었다. 빅토르는 가영이 쾌락의 정점을 향해 몸부림을 더 할수록 안나의 모습을 지우기 위해 격렬하게 운동을 계속했다.

어느 순간, 자신이 경준으로 바뀌었다. 가영과 밀착되었던 몸을 떼어냈다. 침대에서 내려와 담배를 피워 물었다. 창문 아래로 강물이 흐르고 있었다. 볼 위로 눈물이 흘러내렸다. 쾌락을 억누르는 그리움이 눈물이 되어 흐르고 있었다.

가영은 절정의 턱 밑에서 식어버린 몸을 추스르며 빅토르를 바라보았다. 눈물을 흘리고 있는 빅토르의 모습이 아름다웠다. 연소되지 못한 욕망의 잔재가 말끔히 씻겼다.

빅토르의 마음속으로 알미로스 동산을 비추던 달빛이 배어들고 있었다. 눈물이 멈추지 않고 흘러내렸다. 강물처럼 흐르는 주체할 수 없는 그리움에 모든 걸 내맡기고 하염없이 흘러갔다. 하염없이 흘러가도 그리움의 실체에 도달할 수 없다는 사실 때문에 계속 눈물이 흘러내렸다.

가영은 눈물 속에 담겨 있는 한 남자의 세계를 어렴프시 알 수 있을 것 같았다. 그리움을 지우지 못해 한국에 왔다는 빅토르의 모든 것이 저 눈물 속에 담겨 있다는 것을.

가영의 마음속에 있는 헤어진 남편의 존재가 증오의 덩어리 같았다. 그 증오의 덩어리가 화석이라도 되어서 감정의 날을 세우지 않고 살 수 있으면 편할 것 같았다.

4
건널 수 없는 강

덕윤은 탁자를 훔치고 있는 빅토르를 바라보았다. 운명의 갈림길에서 만난 빅토르가 고마움을 넘어서 은인이라는 생각이 새삼 들었다.

그 날, 비가 쏟아져 내리던 새벽에 한남대교의 난간 위로 올라서는 자신을 빅토르가 붙잡지 않았더라면 지금 쯤 황천을 떠도는 원혼이 되었을 것이다.

지난 주, 하나 뿐인 아들의 마지막 학기 등록금을 쥐어주고 오며 애비로서 최소한의 의무를 했다고 안도하면서 더불어 빅토르에 대한 고마움을 마음 깊이 새겨두었다. 빅토르를 만난 후부터 예상치 못했던 일이 생기면서 삶에 활력이 생겨났다.

이 포장마차만 해도 그랬다. 친척 간의 유대가 예전 같지 않은 요즘 5촌 당질을 우연히 만났다. 빅토르와 함께 신사동에 있는 설렁탕집에서 저녁을 먹고 나오던 참이었다. 당질이 강남 어디서 조폭 행동대원으로 지낸다는 소문을 듣긴 했어도 5년 만에 처음 얼굴을 본 것이다. 그

당질이 지금 살고 있는 임대 아파트를 구해 주고 이 포장마차까지 할 수 있도록 주선해 주었다.

덕윤은 한남대교에서 만난 이후 열이틀 동안을 빅토르와 함께 지냈다. "아저씨 이대로 가면 또 한강 다리로 갈 거잖아요"하며 나서려는 덕윤을 붙잡았다.

덕윤은 작은 식당을 하다 재개발이 되는 바람에 권리금 한 푼 못 받고 쫓겨났다. 엎친 데 덮친 격으로 사촌 형에게 보증을 서준 게 잘못되어 살고 있는 집까지 날아갔다.

아내는 몇 푼 받은 임대료와 아들을 데리고 떠나버렸다. 덕윤은 건설 현장의 잡역부로 일하면서 겨우 밥을 먹고 지내다 밤길에서 뺑소니차에 치여서 다리를 못 쓰게 되었다. 절름거리며 겨우 걸을 수는 있어도 막노동은 할 수가 없었다. 빅토르가 없었다면 체육대학에 다닐 때 등록금 한 번 대주었던 당질의 도움도 받지 못 했을 것이다. 당질이 주선해준 포장마차 자리는 역삼동 일대에서 노른자위여서 식당을 할 때 보다 수입이 훨씬 더 좋았다. 덕윤은 당질이 구해준 임대아파트에 빅토르와 살면서 포장마차도 함께 했다.

빅토르는 오늘도 소주 한 병과 안주 한 접시를 시켜놓고 앉아 있는 명재가 거슬렸다. 카페 레테에서 잠깐 자리를 함께 한 이후 전화를 해달라는 따위 말은 하지 않아도 신경이 쓰이는 건 마찬가지였다.

명재는 하루도 거르지 않고 어김없이 열 시 무렵에 왔다. 그리고 소주 한 병과 안주 한 접시를 시키고는 십 만 원 짜리 수표를 놓고 갔다. 거스름돈을 주면 혼자서 자리 차지한 값이라며 그냥 가곤 했다. 빅토르는 그러한 명재를 보며 인간은 참으로 알 수 없는 존재라는 생각이 들었다.

덕윤의 말처럼 동성애자라고 해도 집착의 끈질김은 경탄스러울 수밖에 없었다. 생각해보면 명재만이 아니었다. 말 한 마디 없이 떠나버린 안나를 못 잊어 한국에까지 온 자신 또한 명재 못지않은 집착을 지니고 있었다.

"이렇게 매일 늦게까지 있다 가면 가족들이 걱정하지 않아요?"

빅토르가 쉴 참이 생긴 틈을 타서 명재의 탁자에 앉으며 말했다.

"기다릴 가족이 없어요."

명재의 목소리에 힘은 없어도 얼굴은 환히 밝아지고 있었다. 빅토르가 처음으로 먼저 말을 건네며 자리에 앉기까지 해서였다. 빅토르는 명재가 여장을 하면 누구나 여자로 받아들이리라 생각했다. 갸름한 곡선의 얼굴에 희고 매끄러운 살결이 여자의 특징을 그대로 지니고 있었다.

"어! 이게 누구야. 명재 아냐?"

서로가 자연스레 말을 잇지 못해 좀 어색한 상태로 있을 때, 빅토르의 등 뒤에서 굵직한 목소리가 들렸다. 명재의 얼굴에 반가움 보다는 아쉬운 여운이 번지고 있었다. 빅토르와 처음으로 함께 한 자리에서 느끼는 오롯한 기쁨을 더 누릴 수 없어서였다.

명재를 알아 본 사람에게 여자 동행이 있었다.

"대학 동창이야."

동행한 여자에게 명재를 소개했다.

"이 친구 총각이야. 마땅한 색시 감 있으면 소개해."

명재는 당혹해 하며 고개를 숙였다.

빅토르는 당혹해 하는 명재를 보고 얼른 자리를 떠났다.

"빅토르, 저 사람 하고 무슨 얘기 했어?"

덕윤은 왠지 마음이 쓰였다. 자기만큼이나 말이 없는 빅토르가 명재와 잠깐이라도 자리를 함께 했다는 게 예사롭게 여겨지지 않아서였다. 덕윤은 예전부터 비역쟁이라는 말을 듣긴 했어도 드러내 놓고 나 비역쟁이오 하는 사람은 보지 못했다. 빅토르에게 적잖은 액수의 수표를 건넨 것은 물론 열흘 넘게 혼자 늦은 밤에 와서 눈길을 떼지 않는 그가 '나 비역쟁이오' 하고 드러내고 있었다. 덕윤은 빅토르를 믿고 있었지만 그래도 마음이 쓰였다.

"매일 같이 늦게까지 있다 들어가면 가족들이 걱정하지 않느냐고 물었어요."

"그랬더니?"

"기다리는 가족이 없다고 했어요."

"빅토르가 먼저 말을 한 거야?"

덕윤은 괜한 말을 많이 한다고 생각했다.

"매일 혼자 와서 앉아 있는 게 안 되어 보였어요."

덕윤은 빅토르의 마음을 알 수 있었다. 푸른 눈의 이방인 청년이 생사의 갈림길에서 자신을 굳세게 붙잡아서 열이틀 동안이나 숙식을 해결해주고 용기를 북돋우어 준 마음을 알 수 있었다.

덕윤은 처음 만난 이후부터 줄곧 허공에 머물러있는 빅토르의 눈길에 슬픔이 어려 있는 것을 보면서 아픈 사연을 지니고 있으리라고 생각했다. 그러나 한 번도 묻지를 않았다. 마음속에 응어리져 있는 사연을 스스로 풀어낼 때가 있으리라고 생각했다. 빅토르 역시 자신에게 왜 다리 난간 위로 올라갔느냐고 묻지를 않았다.

"여기 소주 한 병 하고 산낙지 한 접시 주쇼."

명재의 탁자에 앉은 남자가 팔을 치켜들고 소리쳤다.

"어디서 왔소?"

빅토르가 술과 안주를 탁자 위에 내려놓고 있을 때 그가 물었다.

"알마티."

"예전에는 카자흐스탄의 수도 아니었소?"

"맞습니다."

"알마티에서 사업 하던 친구가 있어서 가 본 적이 있소."

빅토르는 세차게 뛰는 가슴의 동계를 진정시킬 수가 없었다. 혹시 알마티에서 사업하던 그의 친구가 경준일지도 모른다는 생각 때문에.

"잠시 앉으쇼. 알마티에서 왔다니 반가워요."

빅토르는 명재의 친구가 고마웠다. 어쩌면 경준을, 아니 안나를 만날 수도 있으리라는 기대 때문에.

빅토르가 서울에 와서 처음으로 갖는 희망이었다. 경준의 전화번호는 바뀌었고 처음 서울에 와서 갔던 사무실 직원들은 그의 행방을 아무도 모르고 있었다. 알면서도 함구를 하고 있는지는 모르지만.

"자, 한 잔 받으쇼."

그가 비운 술잔을 빅토르에게 건넨 후 잔을 채우고 나서 하던 말을 계속했다.

"그 친구 알마티에 가서 횡재했어. 주식 처분한 게 천문학적 액수야. 아! 참! 알마티에서 얼마 떨어지지 않은 곳에 있는 희토류 광산을 아쇼?"

빅토르는 세차게 뛰고 있는 심장의 박동이 멎어버리는 것 같았다. 주식 처분, 희토류 광산, 틀림없는 경준이었다.

"예, 압니다."

빅토르는 마구 뛰는 가슴을 간신히 누르고 대답했다.

"희토류 광산에 투자를 했는데 주가가 걷잡을 수 없이 뛴 거야. 희토류라는 광석이 핸드폰을 비롯해서 첨단 장비에 필수적이래. 대박 중에 대박을 터뜨린 거야. 복 많은 놈은 돈 복만 있는 게 아니라 여복까지 있어요. 알마티 최고의 미녀를 데리고 와서 결혼까지 했잖아. 너 어릴 때 경준이랑 한 동네서 살았으니 잘 알겠네? 그 친구가 거물이 될 줄을 누가 알았겠어. 지금 그 미녀와 함께 최고급 크루즈 여행을 하고 있어. 지난달에 떠났는데 삼 개월 코스래. 다음 사업 구상도 하면서 폼 나게 인생을 사는 거지."

명재는 그의 얘기를 잠자코 듣고만 있었다. 경준은 명재의 사촌이었다. 그의 말을 듣기 전부터 경준의 일을 환히 알고 있었다. 경준이 희토류 광산에 투자를 할 때 명재도 5억을 투자했다. 그리고 다섯 배가 넘는 이익 배당금을 받기까지 했다. 알마티의 미인을 데리고 와서 결혼을 하겠다고 했을 때, 명재는 강력하게 반대를 했다. 결혼을 반대 했다기보다는 이혼을 반대했다. 경준의 아내 화경은 명재와 대학 시절 친구 이상의 관계로 지낸 사이였다.

명재는 대학을 졸업할 무렵 자신에게서 이상한 징후를 발견했다. 마음에서 비롯된 건지 몸에서 비롯된 건지를 알 수 없는 모호한 상태에서 화경에 대한 관심이 식어지기 시작했다. 졸업할 무렵이 되어서는 화경이란 존재가 타인이라도 된 듯 관심의 울 너머로 멀어졌다. 이상한 건 화경뿐만 아니라 모든 여자들에 대한 관심이 그렇게 멀어졌다.

그 무렵 화경은 사촌인 경준에게 의논도 하고 하소연도 하는 만남이 잦아졌다. 급기야는 화경에게서 명재는 멀어지고 경준은 가까워졌다.
그리고 경준과 화경은 결혼까지 했다. 화경이 이혼을 당하는 것이 자신
에게도 일말의 책임이 있는 것 같아서 마음이 아팠다.

빅토르는 안나와 경준이 결혼을 했다는 말을 듣는 순간, 세상이 온통
하얗게 변해버리는 것 같았다. 그리움에 끌려 한국에까지 온 자신이 한
심스러웠다. 빅토르는 조용히 자리에서 일어났다. 심장의 박동이 멎어
버리기라도 한 것처럼 온 몸에서 기운이 빠졌다.

안나는 다른 세계에 있었다. 손길이 닿을 수 없는 아득히 먼 곳, 결코
닿을 수 없는 거리였다. 그리움이 갈기갈기 찢어지며 마음의 속살을 예
리한 꼬챙이가 찌르고 있었다. 빅토르가 한국에 와서 지낸 시간들은 고
통의 터널이었다. 끝이 보이지 않는 터널 끝에는 안나라는 한 가닥 희망
이 있었다. 이제 그 터널의 끝에 있는 것은 절망이었다. 문득 절망을 극
복하는 방법은 죽음이라는 생각이 들었다.

"빅토르 이거 좀 들어."
"이게 뭐에요?"
빅토르가 묵직한 검은 비닐봉지를 받아들며 물었다.
"응, 술이야. 집에 가서 빅토르하고 술 한 잔 하고 싶어서."
덕윤은 빅토르가 명재 일행이 있는 자리에 잠시 앉았다 온 후부터 넋
나간 사람처럼 멍하게 있는 걸 보고 같이 술이라도 한 잔 해야겠다고 생
각했다. 분명 무슨 일이 있었기에 저러려니 하는 생각이 들어서였다.
게다가 고마움에 대한 생각은 늘 하고 있었지만 마주 앉아서 속 얘기를
해본 적이 없기도 했다.

빅토르는 술잔을 급하게 비웠다. 덕윤은 거푸 술잔을 비우는 그에게 무슨 말을 할 수가 없었다. 소주 네 병이 비었을 때 빅토르가 말문을 열었다.

"아저씨, 저의 윗대 조상들은 저기 함경도 북 쪽 끄트머리에서 살았대요."

덕윤은 말을 꺼내놓고 다시 술잔을 기울이는 그를 자세히 보았다. 아무리 보아도 그에게서 한국인의 흔적을 찾아볼 수 없었다.

"저의 고조할머니가 고을에서 제일 미인이었는데 고을 원이 흑심을 품고 탐내는 바람에 할아버지가 가솔을 끌고 연해주로 갔대요. 벼슬아치들의 수탈과 탐학을 견디지 못한 백성들이 그 곳에 와서 마을을 이루고 살고 있었대요. 거기서 몇 대를 살았는데 스탈린이라는 작자가 고려인들을 죄다 지금의 중앙아시아로 싣고 가서 내동댕이쳐 버렸대요. 아저씨 제가 생긴 건 이래도 고려인이에요. 그러니까 한국인이란 얘기지요."

덕윤은 빅토르를 자세히 보았다. 그의 얼굴에서 희미하게 한국인의 자취가 보였다.

"제가 한국에 와서 아저씨를 만난 게 제일 큰 보람이었어요."

덕윤의 마음속으로 빅토르의 말이 큰 울림이 되어 퍼지고 있었다. 빅토르를 만난 건 행운 이상의 축복이었다. 어떤 고난을 겪고 산다 해도 죽는 것 보다는 사는 게 낫다는 걸 요즘 절실하게 느끼고 있었다.

"빅토르, 자네는 한국에 와서 큰일을 했네. 사람 목숨을 구하는 것 보다 더 큰 일이 어디 있겠나?"

"아저씨, 그건 제가 한 일이 아니고 그냥 우연이었을 뿐이에요. 마음 먹고 한 일이 아니라는 거예요. 누구라도 그런 상황을 목격하면 저처럼 그렇게 할 수밖에 없잖아요?"

"마음먹고 한 일이든 우연이든 간에 사람 목숨을 구한 것은 사람이 할 수 있는 일 중에서 그만큼 큰일은 없는 것이네."

"제가 아저씨 덕분에 이렇게 잘 지내잖아요."

덕윤은 빅토르에게서 사람이 얼마나 착할 수 있는가를 보고 있었다.

"아까 그 자리에서 무슨 일이 있었어?"

"예. 제가 한국을 빨리 떠날 일이 생겼어요."

덕윤은 빅토르가 말을 하기 전에는 차마 물을 수가 없었다. 술잔을 비우고 그를 바라보았다.

"아저씨가 안정 될 때까지 곁에 있고 싶었는데 그럴 수 없게 되었어요."

"좋은 일이었으면 좋겠는데……."

"아저씨는 누구보다 잘 아시겠네요? 죽는 것 보다는 사는 게 좋다는 걸."

"그럼 우리 속담에 개똥밭에 굴러도 저승보다 이승이 낫다고 했어."

"사실은 제가 한국에 온 건 어떤 여자 때문이었어요. 도저히 잊을 수 없을 만큼 사랑하는 여자에요. 근데 아까 그 자리에서 그 여자가 한국 남자와 결혼 했다는 얘기를 들었어요. 모든 게 틀림없는 사실이었어요. 아까 저도 아저씨처럼 다리 난간 위로 올라 갈 생각을 했어요. 근데 아저씨가 술병을 들고 가자하는 바람에 그냥 온 거예요. 아저씨도 오늘 제 목숨을 구해 주셨어요. 이렇게 살아 있으니까 좋은 일이잖아요."

"그럼 좋은 일이고말고. 자, 한 잔 들자."

5
산토리니섬

명재는 대형 페리 여객선에서 산토리니섬을 바라보았다.

경사면을 따라 하얀 집들이 다닥다닥 붙어 있는 산토리니섬의 피라 시가지가 노을에 물들고 있었다. 실내에서 배어나온 불빛이 하얀 집들을 환상의 풍경처럼 장식하고 있었다. 부두의 선착장에 나와 있는 경준과 안나가 명재를 향해 손을 흔들었다. 코발트블루 셔츠와 흰 바지 차림의 경준과 역시 흰 바지에 진홍 블라우스 자락을 허리에 동여 맨 안나의 모습이 선명하게 눈에 띄었다.

"잘 왔어."

경준이 명재에게 손을 내밀며 말했다.

"반가워요."

안나가 명재를 가볍게 포옹하며 말했다.

짧은 말이긴 해도 안나의 말투가 어색하지 않았다. 경준과 여행하는 동안 한국말이 익숙해진 모양이었다.

최고급 크루즈 여행객답게 경준이 묵고 있는 콘도는 규모와 시설이 두드러지게 좋아 보였다. 푸짐한 해산물 요리와 화이트와인이 곁들여진 식탁 역시도 콘도와 격이 맞는 것 같았다.

"형, 환영 해."

경준이 크리스털 와인 잔을 들고 말했다. 안나도 잔을 들고 명재를 바라보았다. 그녀의 푸른 눈이 에게해의 물빛 같았다.

"형이 대답은 했지만 안 올 줄 알았어."

명재는 경준과 일곱 달 차이로 형이었다.

"여기선 언제 떠날거니?"

"모레?"

"모레 떠날 거면서 왜 불렀어?"

"전화로 말했잖아. 중요한 얘기가 있다고. 그리고 형, 여기서 더 있다가 가. 외국에 처음 나 왔잖아?"

"도대체 중요한 얘기가 뭐야?"

"그 얘긴 이따 하고 편하게 요리나 즐기자."

경준의 말대로 명재는 해외에 처음 나왔다. 그간 외국 나들이를 할 기회가 있었지만 관심이 없었다. 어느 날 화경에 대한 관심이 멀어진 것처럼 주변의 모든 것들로부터 관심이 멀어졌다. 지금 하고 있는 사업은 아버지가 일찍이 기반을 닦아 놓고 9년 전에 갑자기 세상을 떠나는 바람에 맡아서 하게 되었다.

명재는 언제부턴가 자신의 정체성에 대해 심각한 고민을 하게 되었다. 이성 보다는 동성에 대해 관심이 커지면서 운명적인 어떤 존재를 막연하게 그리고 있는 자신을 인식하고 나서부터였다. 자신이 동성애자

일지도 모른다는 데 초점을 맞추고 오랜 동안 생각해 보았다. 그 개연성을 부정할 수 없었다. 육체 속에 내재되어 있는 모호하면서도 원초적인 본능인 성욕의 대상으로 남자를 바라고 있었기 때문이다. 내면 아득한 곳에 있으면서 초점이 명료하지 않은 남자에 대한 기대가 점점 커지고 있었다. 이성애자가 '되는' 것이 아니듯 동성애자 역시 '되는' 것이 아니었다. 사춘기에 다다른 소년이 이성에 대한 호기심과 욕구가 부풀어 오르듯 그렇게 자연스레 동성을 향한 관심이 부피를 더 해갔다.

빅토르를 처음 보았을 때 전율, 또는 섬광 같은 그 무엇의 파장이 내면으로 퍼졌다. 그리고 한없이 나약해지고 있는 자신을 발견했다. 가까이 다가가고 싶고, 의지하고 싶고, 모든 걸 송두리째 주고 싶었다.

명재는 그러한 자신이 한편으로는 형편없이 비굴해지고 있다고 생각했다. 그러나 그것은 반짝하는 이성의 판단이었을 뿐 명재 마음은 오로지 빅토르에게로 다가가고 있었다. 명재는 그러한 자신을 부정하려고 애쓰면서 심한 갈등을 수없이 겪기도 했다. 갈등의 파도 아래는 밀어낼 수 없는 바위섬이 있었다. 내면 아득한 곳에서 초점이 명료하지 못했던 남자에 대한 기대가 빅토르에게 모아지면서 바위섬처럼 자리 잡고 있었다.

경준의 전화를 받고 온 것은 자신을 새롭게 확인해보고 싶어서였다. 그 확인을 통해 확신을 갖고 싶었다.

"명재 씨, 결혼 언제 할 거예요?"

안나가 명재를 보고 웃으며 말했다. 이상하게도 웃고 있는 그녀의 얼굴에 빅토르의 얼굴이 겹쳐지고 있었다. 빅토르와 안나가 알마티 출신이라서 그런지도 모른다고 생각했다.

"형, 맘마미아라는 영화처럼 형도 이런 섬에서 결혼해라."

"맘마미아? 나 그 영화 보질 않아서 몰라."

"그 영화에 나오는 섬도 여기 에게해에 있는 섬이야. 집들도 여기 집들하고 똑 같아. 섬 한 쪽 끄트머리가 바다로 뻗으면서 작은 동산이 솟아있어. 동산 위에는 아주 작은 교회가 있어. 그 교회에서 결혼식을 해. 해가 질 무렵인데 동산으로 올라가는 좁은 길 양 쪽으로 등불이 매달려 있고 하객들이 노래와 함께 춤을 추면서 교회로 올라가는 거야. 정말 아름답고 멋진 결혼식이었어."

"영화 찍기 위해 결혼식 하냐."

"형, 왜 그렇게 재미없는 사람이 됐어? 어릴 땐 안 그랬잖아? 형, 인왕산 굿당에서 사과 훔치다가 무당한테 잡혔던 거 기억해?"

"그럼, 생각나지. 그게 어떤 사건인데……."

명재와 경준은 효자동에서 몇 집을 사이에 두고 살았다. 같은 학년이어서 자연스레 동무처럼 지냈다.

5학년 때였으리라.

명재와 경준은 동네 옆에 있는 인왕산에 올라갔다. 큰 바위 밑에 치성을 드린 음식이 차려져 있었다. 경준과 둘이서 커다란 사과를 하나 씩 집어 들고 돌아서는 데 무당이 가로 막고 있었다.

"잘 못했어요. 사실은 저의 어머니가 오래 전부터 편찮으신데 사과를 먹고 싶다고 해서요. 사과 살 돈이 없어서 벌 받을 일이라는 걸 알면서도 훔쳤어요. 잘 못 했어요."

명재는 미리 외우고 있기라도 했던 것처럼 울상을 지으며 빌었다. 무당이 잠시 물끄러미 내려다보더니 말했다.

"그거 제자리에 놓고 따라오너라."

무당이 큰 바위 옆에 있는 집으로 들어가더니 커다란 봉지를 들고 나왔다.

"이거 어머니께 갖다 드려라. 다시는 그런 짓 하지 마라. 벌 받을 테니까."

봉지 속에는 큼직한 사과가 다섯 개나 들어있었다.

"난 그때 형이 이담에 커서 배우가 되면 명배우가 될 거라고 생각했어."

"식사도 끝났으니 바람 좀 쐬고 올게."

"솔로도 더러 보이더라. 삶을 즐기러 온 사람들이니까 즐거운 시간 만들어 봐."

해변으로 내려가니 카페의 테라스에 앉아서 밤바다를 바라보며 와인을 마시거나 커피를 마시는 사람들이 여럿 있었다. 여러 나라에서 온 그들은 풍요로우면서도 질 높은 삶을 구가하는 여유가 있었다. 별들이 밤바다로 쏟아져 내릴 듯이 빛났고 바다에 드문드문 떠있는 요트의 불빛이 휘황했다.

명재는 역삼동 한 귀퉁이에서 소주병과 안주를 나르고 있을 빅토르를 생각했다. 아픔 같은 연민이 바람처럼 마음을 쏴하게 쓸고 지나갔다. 아름다운 풍광과 안락한 풍요를 빅토르와 함께 누리고 싶은 바람이 간절했다. 명재는 빅토르를 생각하고 있는 자신을 확인했다. 빅토르에 대한 생각은 그리움이었다. 눈길이 머문 어느 곳에서도 시선을 뗄 수 없는 자연과 인공이 조화를 이루고 있는 이곳에서 명재의 시선이 머무는 곳은 없었다. 명재의 마음을 채로 걸러내면 빅토르라는 존재 밖에 없을 것 같았다.

안나는 서울에 와서 풍요와 삶의 아름다운 요소들을 한껏 누리고 있
으면서도 마음에는 공허한 빈자리가 있었다. 그 빈자리에 알미로스 동
산을 향한 그리움이 고여 있었다. 빅토르의 존재가 알미로스 동산과 함
께 있었다. 침부트 평원을 가로질러 바람이 불어오듯 알미로스 농산과
빅토르에 대한 생각은 그렇게 떠오르곤 했다. 알미로스 동산의 밤을 잊
을 수가 없었다. 경준과 격렬한 섹스를 할 때조차도 알미로스 동산의 아
버지나무와 빅토르의 존재가 의식의 바닥에 깔려 있었다.

안나는 크루즈여행을 하면서 빅토르와 알미로스 동산을 잊을 수 있
었다. 바다 때문이었다. 바다는 거대하면서도 무한한 생명체였다. 끊임
없이 운동하며 숨을 내뿜고 있었다.

지구에 살고 있는 사람들 중에서 소수만이 누릴 수 있는 크루즈 여행
을 통한 최상의 안락이 채워주지 못하는 마음의 빈자리를 바다가 채워
주었다.

안나는 한 달 동안 빅토르를 출장이란 형식으로 서울로 보낸 것은 회
사의 지분을 말끔히 정리 하고 자신과 함께 떠나기 위해 준비할 시간을
벌기 위해서였다는 것을 서울에 와서 알게 되었다. 경준이 계획했던 대
로 모든 것이 순조롭게 진행 되어서 빅토르가 알마티에 도착한 다음 날
서울로 떠날 수 있었다. 안나는 빅토르에게 한 마디 말도 없이 경준을
따라 떠나온 배신의 가시가 찌르는 아픔을 늘 느끼고 있었다.

빅토르는 강하면서도 사려 깊은 남자였다.

알마티 시장의 악명 높은 키르키스 족 불량배 셋이서 여행자로 보이

는 동양인 남녀에게 금품을 갈취하기 위해 트집을 잡아서 위협을 하고 있었다. 마침 그 자리를 지나치다 목격한 빅토르가 동양인 남녀 앞으로 나서서 그들과 마주섰다. 몇 마디 말이 오가기도 전에 그들 중 하나가 주먹을 날렸다. 얼굴로 뻗어오는 주먹을 왼 팔로 쳐내면서 가세하려는 다른 사내의 턱을 오른 발로 정확히 가격했다. 두 동작이 거의 동시에 이루어졌다. 턱을 가격 당해 쓰러졌던 사내가 일어남과 동시에 세 사내는 슬금슬금 자리를 피해버렸다.

빅토르는 경준의 수행 비서이자 통역이며 보디가드 역할까지 겸하고 있었다. 경준의 회사 사무실에는 빅토르와 안나만 현지인이고 나머지 직원 다섯 사람은 한국인이었다. 희토류광산 현장 관리는 한국인 직원 여섯 사람과 현지인 일곱 명이 하고 있었다. 안나는 대학을 갓 졸업한 사회 초년생으로 경준의 비서로 입사했다.

두 달이 막 지난 때였다.

경준이 서울로 가기 위해 비행기 표 예약을 안나에게 지시했다. 안나는 경준이 말한 날짜를 다음 날로 잘 못 알고 예약을 했다. 빅토르가 경준이 떠나기 전 날, 비행기 표 예약 상황을 확인했다. 안나에게서 날짜와 시간을 들은 빅토르는 말없이 사무실을 나가더니 몇 시간 후 변경된 티켓의 내용을 안나에게 알려주었다. 안나는 빅토르의 사려 깊은 행동이 고마웠다.

목화 열매가 하얗게 터지는 가을 어느 날이었다. 빅토르가 안나를 데리고 알미로스 동산으로 갔다. 안나는 처음으로 아버지나무를 보았다. 여러 색깔의 사과들이 열려 있는 나무들 사이에서 아버지나무는 위엄 있게 서있었다. 바람과 가뭄과 추위를 이겨낸 긴 세월이 아름드리 우람한 몸통 안에 응축되어 있었다. 무성한 가지에 달려있는 붉은 사과들이 가을 햇살을 받아 보석처럼 빛나고 있었다.

안나는 두 팔을 벌리고 아버지나무 밑 둥을 안았다. 아버지나무 몸통에서 사과 냄새가 났다. 아버지나무의 체취였다.

"이 동산의 사과나무들은 모두 이 아버지나무의 자손들이야."

빅토르가 경외의 눈빛으로 아버지나무를 올려다보며 말했다.

"그럼 아버지나무는 몇 살이야?"

"몰라. 알마티에서 아버지나무 나이를 아는 사람은 아무도 없을 거야."

"이 세상 모든 사과나무의 조상일지도 모르겠네?"

"그럴지도 모르지."

안나는 빅토르의 말을 들으며 아담과 이브를 생각했다. 금단의 열매로 알려진 사과를 먹고 성의 비의를 알게 된 아담과 이브를 떠올리자 몸속으로 흐르고 있는 성적 에너지가 천천히 데워지고 있었다.

"안나, 아담과 이브가 에덴 동산에서 처음으로 사과를 먹고 났을 때 기분이 어땠을까?"

안나의 몸속에서 미열처럼 흐르던 성적 에너지가 뜨거워지고 있었다. 볼이 붉은 사과처럼 빨개지고 있는 것 같았다.

"안나."

빅토르는 이름만 부르고 말을 잇지 못했다. 안나는 자신을 바라보는 빅토르의 눈이 무슨 말을 하고 있는지를 알 수 있었다. 안나는 자력에 끌리듯 빅토르의 가슴에 안겼다. 빅토르의 가슴은 아버지나무처럼 크고 넓었다. 빅토르의 입술이 다가왔다. 안나는 빅토르의 입술을 받아들이며 이브를 생각했다. 이브의 남자 아담처럼 빅토르 역시 자신의 남자라고 생각했다.

   아침 햇살이 내려쬐고 있는 바다의 수면 위로 빛의 비늘이 반짝이고 있었다. 빌라에서 내려다보이는 하얀 집들의 테라스에 놓여있는 화분마다 붉은 제라늄 꽃이 활짝 피어 있었다. 푸른 바다를 배경으로 흰 색과 붉은 색이 어우러진 풍경이 눈부시도록 아름다웠다.

   "형, 이번에 회사를 설립하려고 하는데 형도 함께 했으면 해서 오라고 한 거야."

   "경준아, 설립하려는 회사의 내용에 대해서는 듣지 않겠다. 너의 제안에 대한 내 대답은 노우다. 지금 하고 있는 회사도 가능하면 정리를 하고 싶다."

   경준이 뜻밖이라는 표정으로 명재를 바라보았다.

   "형, 무슨 일이 있는 거야?"

   경준이 긴장된 표정을 지으며 물었다.

   "그래. 지금은 말할 수 없어."

   "나쁜 일은 아니지?"

   "그런 일은 없어."

   "그럼 다행이야. 조금 전 얘기 없었던 걸로 할게."

   명재는 경준과 어떤 형태로든 엮이고 싶지 않았다. 뚜렷하게 까닭이 있는 것도 아니었다. 다만 사람과의 관계를 빅토르 한 사람하고만 맺고 싶었다.

   "명재 씨가 온다고 해서 선물을 준비했어요."

안나가 객실에서 경준이 입고 있는 것과 같은 흰색 바지와 코발트블루 셔츠를 들고 나왔다.

"갈아입고 나와요."

"멋있어요. 사이즈도 맞네요. 두 분이 함께 서 봐요."

안나가 폴라로이드 카메라를 들고 재촉했다.

"와! 두 분 멋있어요."

안나가 폴라로이드에서 인화되어 나온 사진을 보며 손뼉을 쳤다.

"경준 씨, 부탁해요."

안나가 명재 팔장을 끼며 가까이 다가섰다. 명재가 셔터를 누르고 난 경준에게 말했다.

"경준아, 이따 저녁때 들어오는 배를 타고 나가야겠다. 이 섬은 혼자 올 곳이 아니야."

"그건 그래. 나중에 형수하고 신혼여행 와."

명재는 경준의 말을 들으며 빅토르를 떠올리고 있었다. 빌라의 테라스에서 얼마 떨어지지 않은 곳에 있는 작은 교회의 파랑색 돔을 보며 이 섬에서 신이 할 일은 없으리라고 생각했다. 신마저도 이 섬에서는 느긋하고 안락한 휴가를 즐기고 있을 것 같았다.

6

진심과 신념

빅토르는 닷새 째 모습을 보이지 않는 명재가 궁금했다. 한 달 가까이 매일 같이 본 명재에게는 진심이 있었다. 자신에게 보였던 관심이 비정상적인 애정이라 할지라도 그걸 진심이 아니라고 부정 할 수는 없었다. 카페 레테에서 '사람에게 갖는 관심에는 우열이 없다'고 했던 그 말이 진심이라는 생각이 들었다.

육년 전, 북한에서 온 태권도 사범에게서 수련을 받을 때였다. 2년여 동안 몰입해서 수련을 받고 난 어느 날, 사범이 조용히 불러서 말했다.

"빅토르 이젠 내가 너에게 운동으로서 태권도를 가르쳐 줄 것은 없다. 네가 배우고 싶다면 적을 일격에 제압할 수 있는 필살기를 가르쳐주마."

오십이 좀 넘어 보이는 사범 강민철의 눈빛에는 힘이 있었다. 빅토르는 일 년 남짓 동안 강 사범에게 강도 높은 훈련을 받았다. 특수 임무를 띤 요원을 훈련시키는 과정이었다. 관절을 꺾고, 급소를 찌르고, 치명적인 일격을 가하는 기술을 가르칠 때 강 사범의 눈에서 살기 같은 빛이

번뜩였다.

강 사범이 어느 날 훈련을 끝내고 나서 말했다.

"빅토르 네게는 진심이 없어. 넌 운동신경이 살쾡이처럼 발달했지만 진심이 없어. 필살기는 적을 죽여야 내가 살 수 있는 상황에서 사용하는 거야. 넌 지금 운동 삼아 이걸 배우고 있어. 동작 하나하나를 할 때마다 눈에 살기가 있어야 하는 데 넌 그게 없어. 어떤 일을 할 때 모든 걸 다해서 하는 게 진심이야. 진심이 없으면 한 순간에 적을 죽일 수가 없어."

빅토르는 강 사범이 말한 진심이 선과 악을 넘어서 최선을 다해 집중하는 것을 일컫는 말이라고 이해를 했다.

강 사범은 북한에서 온 마지막 사범이었다. 강 사범은 북한으로 떠나기 전 날, 빅토르에게 말했다.

"빅토르, 넌 내가 가르친 사람들 중에서 최고였어. 학습능력, 신체조건, 운동신경, 근력, 동물적인 감각, 모든 면에서 최고였어. 너를 공화국 일꾼으로 추천하려고 유심히 관찰 했어. 그런데 한 가지 중요한 게 없었어. 진심이야. 그건 달리 말하면 신념이지. 공화국 일꾼에게 절대적으로 필요한 게 신념이야. 넌 어떤 목적을 위해서 남을 죽일 수 없는 사람이야."

강 사범은 말을 끊고 빅토르를 잠시 바라보았다.

"너의 조국이 공화국이라는 말을 듣고 기대와 관심을 가지고 최선을 다해 가르쳤어. 공화국에서는 너 같은 일꾼이 필요했기 때문이야. 그동안 널 지켜보면서 내가 얻은 결론은 너에게 공화국 일꾼으로서 가장 중요한 진심이 없다는 점이었어. 그런데도 너에게 내가 지닌 모든 기술을 가르쳐 준 건 살다보면 힘이 필요할 때가 있으리라는 생각 때문이었어. 힘은 자신을 지키기 위해서도 필요하지만 남을 돕기 위해 쓸 때 더욱 값진 거야. 빅토르, 넌 보통의 가치를 중요하게 여기며 살 사람이야. 그 속에 너의 진심이 있다는 걸 알아. 행복하게 살아.”

한국에서 기업들이 진출하면서 태권도도 들어왔다. 한국의 태권도는 강 사범에게 배운 북한 태권도와는 달랐다. 동작 하나하나에 실린 살기 같은 힘이 없었다.

빅토르는 강 사범이 말했던 진심이 명재에게 있다는 생각이 들었다. 그게 비록 보편적 가치에서 벗어 난 것이라 할지라도 명재는 자신의 진심을 한 달 가까이 행동으로 보여주었다. 문득 명재가 보고 싶었다. 그의 행동 속에 담긴 진심이 보고 싶었다.

빗방울이 후두둑 떨어졌다.

덕윤의 얼굴이 빗방울이 떨어지는 하늘만큼이나 어두웠다. 초저녁부터 비가 내리니 오늘 장사는 파장이었다. 덕윤은 빅토르가 떠날 것이라는 생각을 하니 마음이 더 무거워졌다.

“아저씨, 비가 많이 온대요?”

빅토르의 표정도 무거웠다.

“일기예보에 오늘 저녁 비가 계속 올 거란다.”

“비가 계속 오면 장사를 못 할 텐데 어떡하죠?”

“하늘이 하는 일을 어쩌겠냐? 좀 더 보고 비가 더 내리면 끝내자.”

빅토르는 알마티로 돌아가고 난 후의 덕윤이 마음에 걸렸다. 사람을 쓰면 되겠지 하고 생각하면서도 왠지 마음이 쓰였다. 빅토르에게 덕윤은 어쩌다 만난 사람이 아니었다. 생을 포기해야 할만치 어찌 할 수 없는 고난의 꼭지 점에 서 있던 덕윤만큼이나 빅토르 역시 고통의 늪에서 허우적대는 나날을 보내고 있을 때였다.

빅토르는 한국에 도착하자마자 경준의 사무실 근처를 한 달 가까이 서성거렸다. 어느 날, 사무실마저도 문을 닫아버렸다. 빅토르는 폐쇄해 버린 경준의 사무실 근처를 배회했다. 다른 어디로 갈 데도 없었을 뿐더러 안나에 대한 그리움이 폐쇄해버린 경준의 사무실 근처를 배회하게 만들었다.

한 달여가 지난 어느 날, 한 남자가 다가와 빅토르에게 말을 걸었다. 일자리를 찾느냐고. 그 남자가 소개해준 곳은 여자들만 오는 호스트 바였다. 빅토르 말고도 여러 명의 외국인이 있었다. 간판은 여성 전용 클럽이었지만 고용된 외국인 남자들이 몸을 파는 곳이었다. 사흘 째 되던 날, 빅토르는 사십대 여자를 따라서 호텔로 갔다. 그 날을 시작으로 빅토르는 종마처럼 돈에 끌려 팔려나갔다. 빅토르는 얼룩이 번지고 있는 자신의 몸과 영혼에 대한 환멸을 떨치지 못한 채 한 달 가까이를 보냈다. 그 날, 한남대교 초입에 있는 호텔에서 육십이 넘은 여자의 노리개 노릇을 하고 난 후 밖으로 나왔다.

비가 오고 있었다.

온 몸에 끈끈하게 붙어 있는 여자의 타액을 씻어 버리려는 심사로 비를 맞으며 다리를 걸어갔다. 빅토르가 다리 중간 쯤 갔을 때, 한 남자가 난간 위로 오르고 있었다. 남자의 몸놀림이 자유로워 보이지 않았다. 남자가 가까스로 난간 위에 한 쪽 다리를 걸쳤을 때 달려가서 상체를 안고 끌어내렸다.

빅토르는 그 때, 자신의 내면을 비추는 빛을 보았다. 생을 포기하려는 남자에게서 투사된 빛이었다. 삶의 짐을 벗어버리려는 사람도 있는데 몸을 팔면서 현실의 안일에 빌붙어 살아 온 자신이 부끄러웠다. 그러한 자신에 대해 맹렬히 화가 났다. 빅토르는 거칠게 덕윤을 끌고 비가 쏟아지는 밤거리를 걸어갔다. 그렇게 비를 맞으며 숙소로 갔다.

빅토르는 덕윤을 그냥 떠나게 할 수가 없었다. 지니고 있는 돈이 바닥날 때까지 만이라도 함께 있으리라 작정했다. 그 다음의 일은 생각지 않기로 했다. 생의 갈림 길에 선 사람을 되돌려 세웠으니 그 정도의 책임은 져야 한다고 생각했다.

빅토르는 덕윤과 함께 지내면서 삶이 무엇인지를 깊이 생각했다. 삶은 우연이 인연으로 이어지고 있는 것 같았다. 가깝게는 그날 밤, 함께 있던 여자가 젊은 여자였더라면 새벽에 나와서 비를 맞으며 다리를 걸어가지는 않았을 것이다. 빅토르는 덕윤이 삶의 항로를 비춰주는 등대 같은 존재라고 생각했다. 그날 밤, 덕윤에게서 투사된 빛이 꺼지지 않고 빅토르의 내면을 비추고 있었다. 죽음을 결행하기 직전에 되살아난 생명의 빛이었다.

빗방울이 가늘어지더니 비가 그쳤다. 여덟시가 채 안 되었다.

"비가 더 안 오겠지요?"

사 십대 남자 둘이 자리를 잡고 앉았다.

주문 한 것을 갖다 주고 돌아설 때, 가영이 가장 자리에 있는 탁자에 앉았다.

"오래만이야."

가영의 목소리가 차분했다.

"안 올 줄 알았지?"

가영은 웃고 있었지만 얼굴은 밝지 않았다. 어색함을 지우려는 웃음이었다.

"응."

빅토르는 한 달 동안 종마처럼 팔려 다녔던 굴욕의 기억들이 가영과 연결되어서 다시 만나고 싶지 않은 마음을 짧은 한 마디로 응축시켜 대답했다.

"왜 그렇게 생각했어?"

"내 생각을 말하고 싶지 않아."

"싫으면 말하지 않아도 돼. 술이나 줘."

가영은 빅토르의 뒷모습을 보며 자존심에 금이 가는 소리를 듣고 있었다. 그냥 발딱 일어나서 가고 싶었다. 술을 가지고 온 빅토르가 자리에 앉았다. 빅토르가 가영의 잔에 술을 따라 주고는 잔을 내밀었다. 가영은 뜻밖이라고 생각하며 잔을 채워 주었다.

"곧 고향으로 갈 거야."

빅토르의 말을 듣는 순간, 자존심의 균열이 말끔히 매워졌다.

"언제?"

"날자는 아직 정하지 않았어. 그렇지만 곧 떠날 거야."

"그리움은 다 지웠어?"

"지워지겠지."

가영은 빅토르가 섹스를 하다말고 침대에서 내려가 담배를 피우며 눈물을 흘리던 모습보다 지금이 더 쓸쓸해 보였다. 그 동안 무슨 일이 있었는지를 묻고 싶었지만 차마 물을 수가 없었다.

"보고 싶을 거야. 진심이야."

"고마워."

빅토르는 진심이 갖는 빛깔이 여러 가지라는 생각을 하며 술잔을 비웠다.

남자 세 명이 자리를 잡고 앉았다. 빅토르가 일어섰다. 가영은 빅토르가 앉았던 자리에 짙은 허전함이 고여 있음을 느꼈다. 단단한 무관심으로 무장하고 있었다고 생각했는데 빅토르가 마음 깊은 곳에 들어와 있었다.

가영은 열흘 동안 자신을 힘겹게 붙들고 있었다. 강한 자력에 이끌리듯 빅토르에게로 끌려가려는 자신을 간신히 붙들고 있었다. 차라리 빅토르를 섹스를 즐기는 상대로만 생각 할 수 있었으면 편했을 것이다. 가영은 자신의 마음속에 있는 방들을 빅토르가 온통 차지하기 전에 떠나는 게 차라리 잘된 일이라고 생각했다.

가영이 마지막 잔을 채우려고 술병을 들었을 때, 길 쪽에서 명재가 걸어오고 있었다. 가영은 일어나려던 마음을 눌렀다. 지난번에 풀 쐬기처럼 까칠하게 굴었던 행동도 미안했지만 빅토르가 떠난다고 하니 편하게 술이라도 함께 마시고 싶었다. 돌이켜 생각해보니 그 날 터무니없이 짐작만으로 말을 내 뱉어서 큰 결례를 한 것 같기도 했다.

"안녕하세요?"

가영이 일어서서 명재를 향해 밝은 목소리로 인사를 했다.

명재가 멈칫 하다가 손을 흔들어 답례를 했다.

"이리로 오세요. 가려던 참이었는데 잘 오셨어요. 같이 한 잔 하시죠?"

명재가 가영이 앉아 있는 탁자로 왔다.

"지난번에 큰 결례를 했어요. 용서하세요."

"거리낌 없이 당당해서 좋던데요."

"그럼 우린 라이벌인가요?"

명재가 편하게 말을 하는 바람에 가영은 웃으며 농담을 했다.

"아닌가요?"

명재의 말은 농담인지 진담인지를 구분하기가 어려웠다.

"오래만이에요. 무슨 일이라도 생겼나 해서 궁금했습니다."

빅토르가 다가와 명재를 보며 말했다.

"어디 좀 갔다 왔어요."

가영이 빅토르를 향해 빈 병을 들어 보였다.

"빅토르가 고향으로 곧 떠날 거래요."

명재는 가영이 빅토르의 등을 보며 하는 말을 듣자 가슴이 철렁 내려앉는 것 같았다.

"언제요?"

명재의 목소리는 가늘게 떨리고 있었다.

"날자는 아직 정하지 않았대요."

"무슨 일이 있었나요?"

"모르겠어요."

빅토르가 술과 안주를 가지고 와서 자리에 앉았다.

"자, 떠나는 빅토르를 위하여."

"가영이 술잔을 들며 말했다.

"내일 당장 떠나는 것도 아닌데……."

빅토르가 잔을 내려놓으며 좀은 쑥스러운 듯이 말했다.

"떠나는 건 분명하잖아? 우리 두 사람 울려놓고 떠나면 마음 편하겠어?"

가영이 취기를 가장해서 말했다.

"왜 떠나기로 작정했나요?"

명재의 목소리가 무거웠다.

"어차피 돌아가야 할 건데요."

"기왕 왔으니 좀 더 있다 가면 안돼요?"

명재는 진심으로 빅토르를 붙들고 싶었다.

그러나 드러내 보일 수 없는 진심 때문에 괴로웠다.

산토리니 섬에서 자신의 마음을 채로 걸러 냈을 때 온전히 존재했던 빅토르에 대한 진심을 운명적인 계기가 아니면 전할 수 없다는 게 슬펐다. 명재는 빅토르라는 동성에게로 향한 어찌할 수 없는 사랑 때문에 많은 날들을 고통 속에서 지내리라 생각했다. 동성을 향한 사랑은 한 순간에 정한 통로가 아니었다. 육체의 성장과정에서 발생한 자연스러운 정신의 지향이었다.

사과나무 숲

크루즈 선상에서

경준은 전화를 끊고 나서 다음 기항지에서 내려 한국으로 돌아가야 겠다고 결정했다. 추진하고 있는 주상복합아파트 건설 사업이 예정 보다 빠르게 진전되고 있었다. 부지가 재개발 지역이어서 착공을 하려면 주민들과 협상을 해야 할 문제가 남아있었다.

가장 큰 골칫거리는 세입자들이었다. 건물주들 하고는 이미 원만하게 타협이 된 상태여서 보상 문제에 대한 매듭을 짓고 계약서에 사인만 하면 되었다. 그러나 세입자들의 요구를 다 들어줄 수는 없었다. 몇 십 가구라면 몰라도 2백 가구 가까이 되는 세입자들의 요구까지 들어 주었다가는 사업에 차질이 생길 수밖에 없었다.

한세실업 회장 추동우에게서 걸려온 전화는 세입자들 문제는 책임지고 처리할 테니 20억을 달라는 내용이었다. 20억이라면 괜찮은 조건이었다. 세입자들의 요구에 비하면 푼돈에 불과했다.

경준은 산토리니섬에서 사업 내용도 듣기 전에 자신의 제안을 한 마디로 잘라서 거절한 명재를 이해할 수 없었다. 희토류 광산에 투자했던 5억을 다섯 배가 넘는 거액으로 불려주었는데 내용도 듣기 전에 거절한 명재가 서운하다 못해 괘씸하기까지 했다. 큰 틀에서 계산한 70억에서 80억 정도 모자란 자금은 남양주에 있는 땅을 팔거나 담보로 대출을 받으면 되니까 문제 될게 없었다. 경준은 선능의 주상복합아파트 건설만 성공적으로 끝내면 자신의 왕국이 생긴다는 뿌듯한 자부심을 안고 지중해를 바라보았다.

바다는 잔잔했고 멀리 있는 검은 섬들이 지중해의 전설을 품고 있었다. 경준이 앉아있는 갑판의 카페에는 최고의 호사를 누리는 여러 나라 사람들이 느긋하게 바다의 풍광을 즐기고 있었다. 지중해의 햇볕 같은 삶의 기쁨이 그들의 얼굴에 배어 있었다.

안나가 풀장에서 나와 커다란 타월로 몸에 있는 물기를 닦으며 경준이 앉아 있는 테이블로 왔다. 선글라스를 끼고 있는 승객들의 시선이 안나의 눈부신 육체에 꽂히고 있었다.

안나의 물기 머금은 육체는 햇살을 받아 눈부시게 아름다웠다. 흰 피부에 풍만한 곡선과 볼륨이 절묘한 조화를 이루고 있었다. 지중해의 물빛 같은 푸른 눈과 깎아놓은 듯한 코와 이지적이면서도 육감적인 입술이 갸름한 곡선의 얼굴에서 특징을 살리며 오차 없이 제 자리에 있는 안나에게 시선들이 고정되어 있었다.

경준은 지금 행복의 실체를 안고 있었다. 두 달 가까이 여행하는 동안 이 크루즈선 안에서 안나와 견줄 만한 육체의 균형미와 미모를 지닌 여자를 보지 못했다. 승객들의 시선은 안나에게 머물고 있었지만 마음은 모두 체구와 외모 모두 두드러질 게 없는 동양 남자 경준의 능력에 대한 부러움에 사로잡혀 있었다.

경준의 몸속에서 욕구가 뜨겁게 솟구치고 있었다. 안나가 딸기 생크림 크레이프를 다 마시기를 기다렸다. 많은 사람들의 시선이 머물고 있는 안나를 독점하고 있다는 사실이 기분 좋게 욕구를 상승시키고 있었다. 안나가 객실로 들어서서 욕실로 들어갔다. 경준은 몸의 중심에서 불끈 치솟은 성기를 쓰다듬으며 안락의자에 앉았다. 가죽의 쿠션이 천천히 가라앉으며 경준의 몸을 받아주었다. 안나가 타월로 앞을 가리고 나왔다. 경준이 손짓으로 안나를 불렀다. 안나가 경준의 무릎위에 걸터 앉았다. 경준이 두 손으로 안나의 볼을 감싸며 앞으로 당겼다. 안나가 경준의 목을 감싸 안았다. 앞을 가리고 있던 타월이 미끄러져 내렸다. 가슴에서 탱탱하게 융기된 유방의 정점에서 분홍빛 유두가 도도하게 솟아 있었다.

안나의 혀가 경준의 입술을 느리면서도 아련하게 애무했다. 경준은 입을 조금 벌린 채 안나의 혀가 입술을 순회하는 걸 즐기고 있었다. 물기를 머금은 따뜻하고 부드러운 안나의 혀가 지나갈 때마다 경준의 입술 세포들이 환희의 찬가를 부르고 있었다. 경준은 안나의 유방을 치받들어서 움켜쥐고 두 손의 엄지와 검지로 유두를 부드럽게 비비다 심술궂게 비틀기를 반복했다.

안나의 혀가 경준의 입술 사이로 미끄러져 들어오며 치열의 문을 열어달라고 애원했다. 경준은 입을 열지 않은 채 안나의 혀끝을 입술로 빨았다. 안나는 경준의 입술에 혀를 맡기고 경준의 셔츠 단추를 하나씩 끌렀다. 경준이 두 팔을 들어주자 껍질을 벗겨내듯 셔츠를 벗겼다. 이어서 벨트를 풀고 지퍼를 내렸다 경준이 엉덩이를 들어서 바지를 쉽게 벗

길 수 있게 도와주었다. 바지와 팬티를 함께 벗겨냈다.

경준의 남근이 기세 좋게 불끈 서 있었다. 안나가 경준의 성기를 움켜쥐자 입을 열어 안나의 혀를 받아들였다. 입술과 입술이 흡반처럼 서로를 빨고 혀는 혀끼리 만남을 즐기고 있었다. 안나가 움켜쥐고 있는 경준의 성기는 더욱 기세 좋게 솟구치며 머리를 치켜들었다. 경준의 성기를 움켜쥐고 있는 안나의 손이 격려하듯 위 아래로 빠르게 움직였다.

경준이 힘을 주며 하체를 의자 밖으로 조금 밀어냈다. 안나의 입술과 혀가 경준의 목덜미를 핥아 내려가다 가슴을 골고루 핥기 시작했다. 경준의 보잘 것 없는 젖꼭지 주변을 맴돌던 안나의 입술이 젖꼭지를 덮었다. 안나가 혀로 정성스레 앙증맞은 젖꼭지를 쓸어주다 앞니로 꼭꼭 깨물 듯이 자극했다. 턱을 치켜든 경준의 입에서 뜨거운 숨이 토해졌다. 안나의 입술과 혀가 복부로 미끄러지듯 내려갔다. 이윽고 안나의 입술이 기세 좋게 머리를 치켜든 경준의 성기를 포획해버렸다.

안나의 입술이 불끈 고개를 치켜든 성기의 윗부분을 감싸고 아래위로 오르내렸다. 오므린 입술에 포획된 경준의 성기는 존재감을 과시라도 하듯 팽창의 극점을 향해 치솟고 있었다. 경준은 포화의 정점에 다다른 성기를 입으로 포획하고 있는 안나의 어깨를 눌렀다.

안나가 하체를 벌리며 경준의 성기를 자신의 몸 중심에 있는 입구에 갖다 대었다. 안나의 입에서 해방된 경준의 성기는 당당한 위용을 뽐내며 입성을 서둘렀다. 하체를 조금 들어서 몸의 중심 입구에 경준의 성기를 맞추고 지그시 눌렀다. 경준의 성기가 안나의 몸속으로 진입했다. 안나의 몸속으로 쾌감이 파도처럼 퍼져나갔다. 안락의자의 팔걸이를 굳세게 움켜잡고 몸을 위 아래로 빠르게 움직였다.

경준의 성기는 안나의 질 속에서 용맹한 전사의 투지를 발휘하고 있었다. 안나의 입에서 거친 숨결과 함께 숨이 넘어가는 듯한 신음이 토해졌다. 경준은 허리에 힘을 주어 들썩이며 안나의 몸놀림과 보조를 맞추었다. 안나의 몸놀림은 점점 격렬해졌다. 경준의 몸이 폭발을 서두르고 있었다. 안나의 상체가 활처럼 뒤로 휘어지며 몸놀림의 속도가 떨어지기 시작했다. 이윽고 안나의 상체가 휘어짐의 한계에서 멎으며 비명인지 탄성인지를 구분할 수 없는 소리를 토해냈다.

경준의 성기가 안나의 변화에 맞춰 절정의 꼭짓점을 향해 치솟다가 마침내 분화했다. 온 몸 근육을 비롯해서 등과 다리가 팽팽한 긴장을 거쳐 빳빳한 경직과 함께 희열의 극치가 지속되다 기분 좋은 이완으로 이어졌다. 그 절정은 순간이면서 영원이었다. 안나의 몸이 경준의 가슴으로 무너져 내렸다.

경준과 전화 통화를 하고 난 한세실업 회장 동우는 기분이 좋았다. 이번 일만 마무리 잘하면 20억이라는 거금이 수중에 들어 올수 있기 때문이었다. 포장마차를 비롯해서 노점상들을 관리하고 있는 하부 조직 보스인 사장들을 소집했다.

사무실에 집합한 열 두 명의 사장들을 둘러보았다. 그들 밑에서 일하는 행동 대원들을 합치면 2백 명은 충분히 동원 할 수 있었다. 그 정도 인원이면 세입자 문제는 별 어려움 없이 처리 할 수 있을 것이다. 세입자가 1백 8십 가구라 해도 각개 격파를 하면 큰 문제는 없을 것이다. 만약에 세입자들이 힘을 합쳐 저항을 한다 해도 물리적인 충돌에는 이골이 난 애들 2백 명을 당할 수는 없을 것이다. 그리고 법원에서 내린 철거 판결문이 있으니 법을 등에 지고 움직이는 이점이 있었다.

2백 명을 동원해서 애들 머리 하나에 3백 만 원 씩 주어도 6억, 보스들 한명 당 천 만 원이면 1억 2천, 그리고 측근들에게 선심을 후하게 써도 세입자들 문제 해결하는 데 10억이면 충분했다. 조직원들에게 돈맛을 보게 해주고도 10억은 고스란히 손에 쥘 수 있었다.

동우는 사장들에게 언제든지 행동대원들을 동원 할 수 있게 관리를 잘하라고 지시하고 나서 그들을 둘러보았다. 열 두 명 중에서 동우 눈에 차는 놈이 한 놈도 없었다. 경준의 신변을 지켜 줄 만한 실력을 지닌 놈이 없었다. 혼자서 만만찮은 놈들 열 명을 너끈히 제압할 수 있는 실력이 되어야만 경준을 지켜 줄 수 있을 것이다. 동우 옆에 있는 춘배라면 그런대로 믿고 맡길 수가 있지만 그럴 사정이 못 되었다. 동우 자신도 지금 표적이 되어 있었다.

태영컨설턴트 회장 장태영이 경준과 더불어 자신도 노리고 있다고 확신했다. 경준과 동우 둘 중에서 하나만 제거해도 일단 브레이크를 걸 수 있기 때문이다. 태영컨설턴트에서 재개발 단지 조합장과 접촉하고 있는 걸로 보아 뒷짐 지고 물러서 있는 것은 아닌 게 분명했다. 한 가지 유리한 것은 태영컨설턴트 뒤에 있는 강 회장의 현금 동원력이 경준에 비해 약하다는 점이다. 송파 땅 부자이긴 해도 당장 필요한 자금 8백억을 동원하기가 쉽지는 않을 것이다. 아무튼 이번 일을 차질 없이 성사시키려면 경준과 자신의 안전이 급선무였다.

재작년 개포동의 경우 재개발 지역 주민들과 계약 하루 전에 정 회장이 피습되어 혼수상태에서 깨어나지 못하는 바람에 결국 시행사가 바뀌고 말았다.

"너희들 데리고 있는 애들 중에서 정말로 괜찮은 놈이 있나 한 번 찾아 봐. 빡센 놈 열 놈 정도를 거뜬히 제압할 수 있는 놈으로다."

동우는 말을 해놓고서도 별로 기대하지 않았다. 이 바닥에서 그 정도의 실력자는 이미 표면으로 들어나 있었다. 태권도, 우슈, 특공무술 고단자라 해도 그늘의 세계에서 뼈가 굵은 놈하고 붙으면 판판이 나가떨어졌다.

태영컨설턴트가 관리하던 선릉동과 역삼동 일대를 얼마 전, 굴욕적으로 한세실업 동우에게 넘겨주고 난 태영이 절치부심하고 있으리라는 것을 잘 알고 있었다. 그래서 더욱 이번 주상복합아파트 건에 눈독을 들이고 있을 것이다.

김 회장이 열흘 후면 한국에 올 것이다. 김 회장이 귀국하기 전에 일꾼을 못 구하면 춘배를 붙여야겠다고 작정했다. 자신은 이 바닥 생리를 알기 때문에 조심하면서 춘배 빈자리에 창태와 윤철을 가까이 두어야겠다고 생각했다. 창태는 이 바닥 밥을 먹은 지가 얼마 안 되지만 프랑스 외인부대에서도 강도 높은 훈련을 거친 산악 부대 정예요원 출신이었다. 5미터 남짓 떨어진 곳에서 나무젓가락을 던져서 맥주 캔을 뚫을 정도로 칼이나 그밖에 자잘한 무기를 다루는 데는 고수이니만치 믿을 만 했다.

조희규는 역삼동 일대를 관리하는 행동대의 보스였다. 한세실업 사무실을 나서며 오늘은 카페 '레테' 건너 편 제현 빌딩 앞에 있는 포장마차를 점검해야겠다고 생각했다.

태영컨설턴트에서 관리하던 노점상과 포장마차들을 점검하느라 바쓰기도 했지만 태영의 오른 팔인 장규태가 직접 관리했던 곳이어서 미루어 두고 있었다. 그만큼 그 곳은 알짜배기라서 자신이 직접 접수해야 겠다는 생각으로 뜸을 들이고 있었다.

열 시가 조금 넘은 시각이어서 술꾼들에게는 황금시간대이기도 했지만 탁자 여덟 개가 빈 자리가 없었다. 키가 큰 외국인이 서빙을 하고 있는 게 눈에 들어왔다. 술과 안주가 담긴 쟁반을 들고 움직이는 모습이 전혀 어설프지 않았다. 그의 몸놀림은 적당한 속도와 더불어 빈틈이 없었다. 똘마니로 시작해서 비록 하부 조직이긴 해도 보스가 되기까지 수없이 많은 싸움을 해온 희규 눈에는 그게 보였다. 무슨 운동을 했을 테지 하고 생각하며 그에게 다가가서 말했다.

"얼마나 기다리면 빈자리가 나오죠?"

"글쎄요. 금방은 안 나올 것 같은데요."

의외다 싶을 정도로 한국말을 잘했다.

희규는 돌아서며 이 정도면 자릿값으로 3천만 원은 쉽게 받을 수 있겠다고 생각했다. 지금 하고 있는 사람이 자리를 선선히 내어놓지는 않을 것이다. 애들을 풀어서 사흘 만 휘저어 놓으면 도리 없이 물러날 수밖에 없을 것이다. 애들한테 술값으로 천만 원을 풀어줘도 2천만 원은 수중에 들어 올 것이다.

희규는 기분이 좋았다. 이 재미 때문에 조폭 생활을 하고 있는 것이다. 1년에 천만 원 가까이나 되는 비싼 등록금 내고 4년 동안 대가리 속에 쥐가 나도록 공부해서 취직이랍시고 해봐야 연봉 3천만 원도 제대로 못 받는 놈들에 비하면 단 한 번에 2천만 원을 버는 것이다.

희규는 술을 한 잔 해야겠다고 생각했다. 어디로 갈까하고 짱구를 굴리다 파라다이스 지영에게 전화를 했다. 발렌타인21을 준비해놓으라고 했다. 그리고 생각했다. 4년 동안 골 때리게 공부해서 대학 나와 취직 한 놈들 발렌타인21을 마시려면 적금이라도 들어야 할 것이라고.

희규는 발렌타인21을 마시고 스물 한 살 지영이와 섹스할 생각을 하니 세상이 파라다이스 같았다.

2
사랑의 진실

빅토르의 집에서는 목화 농사를 크게 지었다. 가을이면 이웃 아주머니와 처녀들이 넓은 보자기 두 귀를 허리에 동여매고 나머지 두 귀를 한 손으로 움켜쥐고 하얗게 핀 목화를 따서 담았다. 열매에서 터져 나온 순백의 목화송이들이 천산산맥 연봉에 쌓여 있는 만년설처럼 눈이 부셨다. 목화를 따러 온 처녀들 중에 알리샤라는 볼이 붉은 카자흐 족 처녀가 있었다. 알리샤는 빅토르와 눈이 마주치면 볼이 더 붉어졌다.

아주머니나 처녀들이 보자기에 따 담은 목화를 허리보다 더 높은 커다란 광주리에 쏟으러 오면 빅토르가 허리에 묶은 보자기 두 귀를 풀어 주었다. 그리고는 보자기 두 귀를 나누어 잡고 목화를 광주리에 쏟아 부었다. 빅토르는 목화를 수확할 때마다 목화를 광주리에 담아서 수레에 싣는 일을 했다.

빅토르가 대학 3학년 때였다. 주말에 목화 따는 일을 거들었다. 알리샤가 목화가 가득 담긴 보자기 두 귀를 양손으로 움켜잡고 걸어왔다. 불룩해진 배에 두 손을 얹고 뒤뚱거리듯이 걸어오는 모습이 만삭의 임산부 같았다.

"알리샤, 꼭 애 밴 여자 같아."

빅토르의 농담에 알리샤의 얼굴이 붉은 사과처럼 붉어졌다.

"빅토르의 애를 갖고 싶어."

알리샤가 얼굴을 붉힌 채 빅토르의 눈을 바라보며 말했다. 눈빛에 간절한 열망이 담겨 있었다.

그날 밤, 알리샤를 목화밭에서 만났다. 커다란 숄로 머리를 덮고 달빛 아래 서있는 알리샤의 모습이 낯설면서도 신비로웠다. 빅토르가 알리샤의 손을 잡고 목화밭 옆에 있는 야트막한 동산으로 갔다. 빅토르가 동산에 앉아서 알리샤의 어깨를 감싸 안자 작은 새처럼 떨고 있었다. 낮에 눈을 맞추고 "빅토르의 애를 갖고 싶어"라고 하던 모습이 떠올라 낯설게 느껴져서 어깨를 감싸고 있던 손을 거두려고 할 때였다.

알리샤가 빅토르에게로 몸을 돌리며 격정적으로 목을 끌어안았다. 뜨거운 숨을 토해며 입술이 다가왔다. 따뜻하면서도 부드럽고 촉촉한 입술이 밀착되며 거부할 수 없는 흡인력으로 빅토르의 입술을 빨아들였다. 빅토르는 알리샤의 입술에 포획된 포로가 되었다. 알리샤가 숄을 펼쳐서 바닥에 깔아놓고 한 겹씩 옷을 벗기 시작했다. 조금 전 어깨를 감싸 안았을 때 작은 새처럼 떨고 있던 알리샤가 아니었다.

달빛에 드러난 우유 빛 알몸이 눈부셨다. 도발적으로 융기된 유방이 달빛을 받아 음영을 이루고 있었다. 숄 위로 몸을 뉘인 알리샤의 몸 중심부에 신비로운 숲의 그늘이 덮여있었다. 빅토르는 알리샤의 몸을 안기까지의 행동을 전혀 기억할 수 없었다. 기억할 수 없는 본능에 따라 움직였을 뿐이다.

알리샤가 몸을 활짝 열고 빅토르를 맞아들였다. 몸과 몸이 하나가 되었을 때 성세포들이 아우성을 쳤다. 전율 같은 쾌감이 퍼져나간 몸이 더욱 뜨겁게 달아오르며 원초적인 언어를 쏟아냈다. 약속된 기호인 일상의 언어보다 더 심오한 생명의 언어였다. 빅토르는 거친 숨을 몰아쉬며 야생마처럼 알리샤의 몸을 질주했다. 어느 순간, 몸이 한없이 비상하는가 싶더니 그 정점에서 엄청난 폭발을 경험했다. 달빛이 질주의 끝에서 분화하고 난 두 남녀의 몸을 어루만져주고 있었다.

알미로스 동산에서 풍겨오는 사과 익은 냄새가 달빛에 배어 있었다.

"알리샤, 아까 왜 떨고 있었어?"

"나를 에워싸고 있는 벽을 뚫고 나가기 직전에 느낄 수밖에 없었던 긴장 때문이었어."

"벽이라니?"

"실은 정혼한 사람이 있어. 내 의사와는 상관없이 부족 어른들이 내린 결정이었어. 정혼한 사람도 벽이었지만 부족의 사람들과 계율이 나를 에워싸고 있는 벽이었어."

빅토르는 그 말을 듣는 순간, 알리샤의 도전을 위해 선택된 존재라는 생각이 들어 전율 같았던 쾌감이 칙칙한 느낌으로 바뀌었다.

"빅토르, 오래 전부터 빅토르를 사랑했어. 그 사랑의 힘을 빌려 벽에 도전했던 거야. 그 사람과 곧 결혼할 거야. 그 사람에게는 도덕적으로 미안하지만 빅토르를 향한 사랑의 힘으로 그 벽을 돌파했다는 자부심은 평생 잊지 않을 거야. 죽는 날까지 이 행복한 기억을 간직할게."

알리샤는 이듬 해 봄, 정혼해둔 카자흐 족 청년과 결혼했다. 어쩌다 알마티 시내에서 마주치면 얼굴을 붉힌 채 여전히 간절한 열망이 담긴 눈길로 빅토르를 바라보았다.

빅토르는 한국에 와서 가끔씩 목화밭을 떠올리곤 했다. 봄이면 연두 빛 잎과 노란 목화꽃이 들판을 곱게 물들이고 있었다. 노란 목화꽃은 아련한 그리움 같은 꽃이었다. 가을이 되면 열매 속에 있던 그리움이 하얗게 세어서 그렇게 터져 버리는 것 같았다. 결혼을 하고서도 얼굴을 붉힌 채 간절한 열망이 담긴 눈길로 바라보던 알리샤가 시들지 않은 목화꽃 같은 존재라는 생각이 들었다. 알리샤의 마음속에는 언제나 노란 목화꽃이 피어 있을 것 같았다.

빅토르는 알리샤를 떠올리며 안나를 생각했다. 안나에게는 알마티의 자연이 전해주던 서정의 아름다움과 신비가 이미 메말라버렸을 것 같았다. 침부트 평원에서 불어오는 바람이 전해주던 말을 듣던 귀는 닫혔고, 천산산맥의 연봉에 쌓인 만년설의 신비를 바라보던 눈은 멀고 말았으리라.

서울이라는 도시는 자연과 벽을 쌓고 있었다. 자연의 질서는 차단되고 강요된 문명의 질서를 지켜야만 되는 도시였다. 안나는 자청해서 이 문명의 질서 속으로 들어 왔다. 경준이 거머쥔 엄청난 돈이 보장해주는 물질의 풍요가 주는 안락이 마음의 귀와 눈을 멀게 하였으리라.

빅토르는 국경보다 더 엄정하고 지구 반대편 보다 더 먼, 결혼이라는 불가침의 영역 안에 있는 안나에게로 향한 순정은 공연이 끝난 티켓이나 다를 바 없다고 생각했다. 그것은 쓸쓸한 체념이 아니라 명징한 이성의 결론이었다. 빅토르는 가능한 한 빨리 알마티로 돌아가리라 작정했다.

 명재는 경준의 제안을 내용도 듣기 전에 거절한 게 홀가분했다. 경준이 알마티에서 돌아와서 보여준 모습이 싫었다. 물론 화경과의 이혼이 마음에 걸리기도 했지만 아름다운 알마티 여자로 인해 누군가는 분명 상처를 받았으리라는 생각이 들어서였다. 그런데도 굳이 산토리니 섬에까지 간 것은 빅토르에게로 향한 주체할 수 없는 마음을 확인하고 싶어서였다. 자연과 문화, 그리고 이질적인 용모를 지닌 사람들이 있는 먼 곳에서 자신의 마음을 확인해 보고 싶었다.
 명재는 산토리니 섬에서 인간의 마음이 정말 신비하다고 생각했다. 생명을 지닌 수컷이라는 존재가 본능적으로 암컷에게 끌리는 건 언젠가는 죽는다는 사실만큼이나 불변의 법칙이라고 믿었다.
 빅토르에게로 향한 마음이 확신이라는 걸 확인하고 나서 인간의 마음이 지닌 신비를 생각했다. 자연계에서 인간만이 쾌락을 추구하면서도 자살을 결행하는 걸로 미루어 볼 때 마음의 갈래를 신도 헤아리지 못할 것 같았다.
 명재는 자연계의 일부인 자신의 마음이 자연스러운가, 부자연스러운가 하는 논박은 무의미하다고 생각했다. 자연계에서 존재한다는 것 자체가 바로 자연스러움이기 때문이었다. 생명을 지닌 존재로서 성적 대상이 이성이든 동성이든 지향하는 대로 하는 것이 자연스러움이라고 결론지었다. 그걸 바꾸려고 하는 것은 자연의 법칙을 어기는 무모함이라고. 하지만 빅토르를 향한 확신은 자신의 마음일 뿐 소통이 되어서 공감을 한다는 것은 넘을 수 없는 벽이었다.

명재는 자신이 동성애자라는 것을 인정할 수밖에 없었을 때 몸에 내린 천형을 확인한 것만큼이나 참담했다. 그러나 죽음을 택하지 않은 다음에야 방법이 없었다. 한 생명체로 태어나 좋아하는 대상이 이성이든 동성이든 본질은 같은 것이라고 자신을 조금씩 납득시켰다. 유한한 생에서 선택이 아닌 운명이라면 받아들일 수밖에 없다고.

명재는 빅토르에게로 향한 마음이 사랑이라는 걸 확인 했을 때, 자신의 운명이 너무 가혹하다고 생각했다. 자신에게 천형과 같은 동성애의 굴레를 씌운 것도 모자라 한 이방인을 사랑하는 것이 기구한 짝사랑이기에. 노예가 공주를 사랑하는 것만큼이나 불가능한 짝사랑이었다.

경준이 알마티 최고의 미녀를 한국으로 데려온 것은 분명 돈의 힘이 작용했을 것이다. 하지만 돈으로 빅토르의 마음을 살 수는 없는 일이었다. 이성 간에는 마음은 접어두고 돈에 끌려 왔을지라도 시간이 흐르다 보면 마음의 경계가 녹아 없어질 수도 있을 것이다. 하지만 이성을 좋아하는 남자라면 동성애자를 이해하기에 앞서 혐오감을 먼저 가질 것이다.

명재는 공주를 짝사랑하는 노예만큼이나 자신이 보잘 것 없는 존재라고 생각했다. 음音이라는 빛을 정련해서 청중의 마음을 비춰주는 피아니스트의 고독하면서도 지난한 노력이 필요하다면 주저 없이 그리할 수 있으리라 생각했다. 그러나 바늘 끝이 살짝 닿거나 먼지처럼 미세한 하루살이 곤충이 살갗에서 움직여도 민감하게 감지하는 인간의 마음을 노력으로 움직일 수는 없었다.

명재는 빅토르가 고향으로 돌아갈 것이라는 말을 들었을 때, 체념 보다는 아픔을 먼저 느꼈다. 뒤이어 무거운 체념이 아픔을 누르기 시작했다. 체념이 누르는 아픔의 고통이 극심했다. 마음의 속살에서 피가 뚝 뚝 떨어지고 있었다.

언젠가 명재의 대학 동창이 결별에 따른 고통에 대해 말한 적이 있었다. 사랑은 시지프스의 바위처럼 제자리로 돌아오지 않는 것이라고. 시간이라는 거스를 수 없는 중력이 사랑이라는 바위를 과거의 벼랑 밑으로 밀어버리는 것이라고. 예전에 연인하고 헤어지고 나서 겪을 수밖에 없었던 고통을 생각하면 그 때 왜 그랬었지 하는 생각이 든다고.

명재는 그 말을 듣고 생각했다. 인간은 현재라는 시간성에 존재한다고. 생의 목적이 목숨을 유지하는데 있다면 현재라는 시간성은 의미가 없는 것이라고. 결별의 고통에서 헤어나지 못하는 사람에게 시간이 흐르면 고통은 자연스레 소멸된다는 충고를 해주었을 때, 그 말을 온전히 수긍하여도 현재의 고통은 그대로 있는 것이다.

명재가 산토리니 섬에서 빅토르에게로 향한 마음이 사랑이라는 걸 확인한 것은 아침에 눈을 떴을 때였다. 의식이 정지되어 있었던 잠에서 깨어나자마자 빅토르의 얼굴이 떠올랐다. 멀리 떨어진 이국의 섬에까지 와서도 눈을 뜨자마자 빅토르를 생각하는 자신의 마음에 대해 내린 결론이었다. 눈을 뜨자마자 마음에 있는 한 사람을 생각하고 잠이 들기 직전까지도 그를 생각한다면 그게 바로 사랑이라고 생각했다.

마음 깊은데서 샘물처럼 솟아나는 그리움은 사랑이었다. 친구 이상이라고 생각했던 화경이 관심 밖으로 멀어진 것은 아무런 계기도 없었다. 화경 뿐 만 아니라 모든 여자들에 대한 관심까지도 그렇게 멀어지고 있었다. 시도 때도 없이 정욕이 불끈 불끈 솟구칠 젊은 나이의 명재 육체에 이상한 평온이 이어지고 있었다.

그 무렵, 명재는 자신의 육체에서 지속되고 있는 이상한 평온을 이상하다고 생각하지 않았다. 명재의 건강은 정상이었고 활동 범위도 보통의 남자들과 다를 바 없었다.

졸업하기 전 해 가을이었다. 산악부 친구들과 함께 1박 2일 동안 덕유산 종주를 했다. 무주에 있는 향적봉으로 올라가서 능선을 따라 가다 함양 삿갓재에 있는 대피소에서 하룻밤을 묵었다. 초저녁부터 이어진 술자리가 자정이 거의 다 되어서 끝나고 모두가 산행의 피로와 술에 취해서 골아 떨어졌다. 일곱 명의 산악 부원 중에서 술을 마시지 않은 사람은 명재와 윤희라는 여자 부원뿐이었다.

막 잠이 들었을 때였다. 등산용 스틱 끝으로 발바닥을 찔러서 눈을 떠보니 윤희가 발치께에 서서 손짓으로 밖으로 나오라는 신호를 보내고 있었다. 만월에 가까운 달빛이 산 능선의 정적 속을 비추고 있었다. 윤희가 대피소에서 제법 떨어진 곳에 있는 너른 바위에 자리를 잡고 앉았다. 명재가 곁에 앉자마자 목을 끌어안으며 입술을 밀착 시켰다. 윤희의 숨결은 뜨거웠고 입술은 욕망의 전위대처럼 활약하고 있었다.

명재는 윤희의 입술을 받아들였다. 윤희의 욕망을 받아들인 게 아니었다. 입술을 거부하였을 때 윤희가 느껴야 할 수치심에 대한 배려였다. 명재의 몸은 키스라는 성적인 행위를 하는 동안 아무런 반응을 보이지 않고 있었다.

윤희는 여자로서 미모와 성숙한 몸을 지니고 있었다. 그리고 윤희에 대해 나쁜 감정을 갖고 있지도 않았다. 그럼에도 명재는 성적 행위의 감미로움이나 흥분을 전혀 느낄 수 없었다.

그 일이 있은 후, 두 달 무렵이 지난 어느 날, 미술 잡지에서 아담의 나신 조각상을 보았다. 명재의 몸으로 미열 같은 흥분이 번지고 있었다. 성적 에너지가 왕성한 이십대의 청년이 육감적인 몸매의 여자를 보면서 느끼는 그런 흥분이었다. 명재는 탐미적인 눈길로 오래 동안 그 사진을 바라보았다.

　명재는 자신의 몸에서 반응하는 변화를 최초로 확인할 수 있었다. 명재는 육체라는 유기체의 어느 기관도 아닌 정신, 즉 마음이 정상적인 남자와는 다르다는 걸 인정할 수밖에 없었다. 윤희가 적극적으로 섹스를 원했을 때 자신의 몸이 아무런 반응을 보이지 않은 것은 윤리적인 판단이나 좋고 싫은 감정과는 무관한 것이었음을 알 게 되었다. 그러한 자신을 인정할 수밖에 없다는 사실 앞에서 깊은 상실감에 빠져들 수밖에 없었다. 남자의 몸으로 태어나 남성성을 상실한다는 것은 생명의 원천을 부정당한 것만큼이나 참담했다. 그것은 남자의 정체성을 스스로 부인해야한다는 변화의 극점에서 느낄 수밖에 없는 상실감이었다.

　시간이 흐르면서 점차 좋아하는 대상에 대한 집착이 고개를 들기 시작했다. 부인하거나 거부할 수 없는 생명의 원천에서 발현하는 힘이었다. 이성에 대한 관심과 정욕이 메말라서 마침내 무화되어버리고 동성에게로 향한 성적 에너지가 온 몸의 세포에 충일해져 갔다.

　이것과 저것, 왼쪽과 오른쪽, 흑과 백, 남자와 여자, 그 명확한 차이를 넘어서는 모호하면서도 신비한 현상이었다. 자연계의 생명체 중에서 인간에게만 있는 현상이었다.

　명재는 이러한 변화를 자신의 고유한 권리로 받아들였다. 통념의 울을 벗어난 마음의 영역을 인정했다. 그러나 내밀하면서도 고유한 성적 에너지의 교류로 이어지는 관계는 통념의 벽으로 차단된 고립을 초래했다. 좋아하는 대상에게서 좌절할 수밖에 없는 통념의 벽 앞에서 깊은 좌절과 고독을 느껴야만 했다.

빅토르에게로 향한 마음은 성에 대한 정체성을 받아들일 수밖에 없었던 것처럼 의지나 선택의 문제가 아니었다. 마음이라는 신비의 샘에서 솟아나는 제어할 수 없는 감정이자 본능이었다. 빅토르가 떠난다는 말을 들었을 때 암담한 비극의 시작을 실감했다.

이성에게로 향한 마음은 사랑이라고 하면서 동성을 사랑하는 것은 변태적인 욕구라고 혐오하는 사회에서 혼자만이 끌어안을 수밖에 없는 비극이었다. 명재는 동성애에 대한 이해나 관용을 기대하지 않았다. 자신의 내면에서 일고 있는 사랑에 대한 확신은 보편의 가치를 넘어서는 운명이라고 생각했다.

3
현재를 사는 존재

빅토르는 아까부터 덕윤과 마주 앉아서 얘기를 하고 있는 남자가 궁금했다. 손님으로 와서 이런 저런 얘기를 주고받는 그런 사이가 아닌 것 같았다. 덕윤이 말 수가 적은데다 손님이 어쩌다 말을 건네도 간단하게 대답만 할 뿐 말을 길게 이어 가는 것을 한 번도 본 적이 없었다.

윤창규는 5년 만에 만난 덕윤의 모습에서 이 사회의 모순을 보고 있는 것 같았다. 덕윤은 인격적으로나 업무 능력 면에서 존경 받는 부장이었다. 창규가 입사한 대명산업은 호텔을 비롯해서 고급 음식점의 주방 용품을 생산하고 있었다. 생산라인 직원까지 합쳐 5백 명에 이르는 견실한 중견 업체였다. 창규가 입사 했을 때, 덕윤은 공무 부장이었다. 창규가 입사한 지 일 년이 조금 넘었을 때, 창업주가 교통사고로 갑자기 사망했다.

창업주의 동생이 회사를 맡아서 운영하게 되었다. 창업주에게는 딸만 둘인데 큰 딸은 갓 결혼을 했고 둘째는 대학생이었다. 모든 직원을 가족처럼 여기며 노사 갈등 없이 회사를 운영해온 창업주에 비해 동생은 탐욕과 독선으로 뭉쳐진 인간이었다. 형이 창업한 회사를 차지하려는 야심까지 품고 있었다.

어느 날, 아침에 출근 했을 때, 생산 라인 한 부분이 전기선 합선으로 망가져 있었다. 누가 보아도 고의로 합선을 시킨 사고였다. 덕윤은 그 책임을 떠안고 사표를 내야만 했다. 창업주의 신망이 두터웠던 덕윤은 이십 년 남짓 근무했던 회사에서 쫓겨나다시피 떠나야만 했다. 음모가 개입된 사고라고 수근 댔지만 누구도 진실을 밝힐 수는 없었다. 그 후, 창업주의 신망을 받았던 간부들이 하나 둘, 규명되지 않은 어떤 일들로 인해 회사를 떠났다.

창규는 입사한지 3년 만에 대명산업을 그만 두었다. 새 경영주의 독선을 보다 못한 노조가 반발하는 바람에 회사의 경영이 악화되기도 했지만 오래 몸담고 있을 회사가 아니라는 판단 때문이었다. 창규는 회사를 그만 둔 덕윤이 조그만 식당을 운영한다는 소문을 듣긴 했어도 만나기는 오늘이 처음이었다.

"부장님, 어쩌다 몸까지 그리 되셨어요?"

덕윤이 몇 걸음 움직이는 데도 다리를 절뚝이는 걸 보는 창규의 마음속에 분노가 뜨겁게 끓어올랐다. 술수와 음모가 판을 치는 세상에서 성실과 정직은 설 자리가 없다는 생각이 들어서였다.

"부장 소리 그만해. 나 지금 사장이야."

덕윤이 쓴 웃음을 지으며 창규를 바라보았다.

"죽기도 하는 데 다리가 좀 불편한 게 뭐 대수야. 이게 다 인생살이지."

덕윤은 한남대교 난간 위로 오를 때를 생각하면 지금이 그 어느 때보다 행복하다고 생각했다. 절망 끝에 찾은 안정이야 말로 소중한 행복이었다. 그래서 인간은 현재를 살아가는 존재인 것이다.

"부장님이 이렇게 꿋꿋하게 사시는 모습을 뵈니 인생의 교훈을 얻은 것 같습니다."

"교훈이랄 게 뭐있나. 그냥 자기가 있는 자리에서 열심히 사는 거지."

"참, 저 외국인은 어떤 사이세요? 마치 자기 일처럼 손에서 일이 떨어지지 않네요."

"나야말로 저 친구한테서 인생의 교훈을 배웠네. 착한 사람의 마음은 다른 사람의 삶에도 좋은 영향을 준다는 것을."

"그건 바로 부장님의 마음이었잖습니까."

덕윤은 삶과 죽음의 갈림길에서 빅토르를 만나서 지금까지 오게 된 사연은 말할 수가 없었다.

"세상살이는 알 수 없는 신비야. 어느 길목에서 새로운 사람을 만나게 되고 또 그래서 삶의 방향이 바뀌기도 하고. 그게 인생살이야."

창규는 빅토르가 치우고 난 자리에 앉는 명재를 보았다.

"어! 우리 사장님이 오셨네."

창규가 혼잣말로 말하며 자리에서 일어섰다.

"사장님, 여기 웬 일이세요?"

"어! 윤 과장은 여기 웬일이오?"

"본사에 처리할 일이 있어서 왔다가 들렀는데 여기 주인분이 제가 예전에 모셨던 부장님이세요. 하도 오랜만에 뵈어서 얘기 좀 나누고 있었습니다."

"그래요, 나도 가끔 들리는 곳이오. 혼자 왔으면 앉아요. 안 그래도 혼자라서 좀 적적했는데 잘 됐소."

명재는 말은 그리 하고 있었지만 마음은 불편했다. 빅토르를 바라보는 기쁨을 온전히 누릴 수 없는 데다 그러한 자신이 창규의 시선에 노출이라도 될까봐 조바심이 생기기도 했다.

"윤 과장은 아이가 몇이오?"

첫 잔을 비우고 나서 명재가 물었다.

"둘입니다. 큰 애가 아들이고 작은 애가 딸입니다."

"결혼 한지는 얼마나 됐소?"

"7년 되었습니다."

"행복하지요?"

명재의 말은 묻고 있다기보다는 쓸쓸한 여운이 이어지는 독백처럼 들렸다.

"저 같은 월급쟁이가 사는 게 뻔하지만 그런대로 행복합니다."

창규는 회사에서 떠도는 소문을 떠올렸다. 언제 부터인지는 몰라도 명재가 동성애자라는 소문이 나돌고 있었다. 지금 한 말의 여운이 묘하게도 그 소문과 연결되고 있었다.

명재는 육군 장성 출신인 아버지가 설립한 회사가 어려움 없이 운영이 잘되고 있는데다 양재동에 있는 삼천 평이 넘는 차량기지를 비롯해서 알짜배기 땅도 꽤 많이 소유하고 있어서 상당한 재력가로 알려져 있었다. 명문 대학 출신에다 남자로서 선이 가늘긴 해도 준수한 외모인 명재가 마흔이 되도록 결혼을 안 하고 있어서 생긴 루머일 것이라고 생각했다.

창배는 회사가 아닌 장소에서 명재와 자리를 함께하기는 처음이었다. 바로 옆에 있는 제현 빌딩 7층에 본사가 있고 창배는 양재동 외곽에 있는 차량 운송 기지에서 줄곧 근무하고 있었기 때문이다. 술을 즐기지 않는 걸로 알려진 명재가 혼자서 이런 포장마차에 온 것은 뜻밖이었다. 명재의 신분이나 재력으로 본다면 얼마든지 고급스런 술집에서 좋은 술을 마실 수 있을 것이기에.

창규는 좀 혼란스러웠다. 명재가 동성애자라는 소문은 제쳐두고라도 혼자서 이런 곳에 나타난 것 자체가 납득이 안 되었다. 회사에서 명재의 존재는 경영자라는 위치 때문에 임원이 아닌 중간 간부인 창규와는 항상 일정한 거리 밖에 있었다. 그러나 결이 고운 성품에다 합리적인 경영을 하고 있어서 직원들이 뒤에서 비난을 하는 소리를 듣지 못했다. 사람의 취향은 제각기 달라서 명재가 비록 재력가이긴 해도 서민들이 즐겨 찾는 포장마차에서 술 한 잔을 마실 수도 있을 것이다. 그러나 직위에 대한 권위나 재력가로서의 오만은 없다 해도 이곳에 앉아 있는 명재의 모습이 아무래도 부자연스러웠다.

창규의 머릿속에 회사에서 떠도는 소문이 맴돌고 있었다. 그 소문과 연관된 실마리가 없는데도 이상하게 그 소문이 떠올랐다. 조금 전 혼잣말처럼 했던 말의 여운 때문에 그러려니 하고 스스로를 납득 시키며 술잔을 들었다.

"윤 과장, 술이 센가 봐요?"

"그렇지 않습니다. 진작 들어갔을 텐데 예전에 모셨던 부장님을 우연히 뵙는 바람에 늦어졌습니다."

"참, 여기 주인이 윤 과장이 예전에 근무했던 회사의 상사였다고요?"

"예. 인품도 좋으시고 능력도 있는 분이었는데 억울하게 회사를 그만 두게 되었습니다. 그러고 나서 오늘 처음 뵈었습니다. 무슨 곡절이 있었는지 불편한 몸으로 여기서 장사를 하고 계시네요."

"윤 과장, 여기 주인하고 저 외국인은 어떤 사이래요? 내가 보기에 두 사람 사이에 무슨 사연이 있을 것 같아서요."

"사실은 저도 그 점이 궁금했습니다. 부장님이 스쳐지나가듯이 하시는 말씀을 들으니 단순히 업주와 고용인 관계는 아닌 것 같았습니다."

명재는 창규의 말을 들으며 가느다란 희망의 줄을 잡을 수 있을 것 같다는 생각이 들었다. 그러나 이내 그 생각을 지워버렸다. 빅토르를 떠나보내야 하는 안타까운 마음에서 그 생각이 떠올랐지만 부질없다는 생각이 들어서였다.

빅토르는 덕윤과 얘기를 하던 창규가 명재 자리에 앉아 있는 게 궁금했다. 명재와 창규가 우연히 이곳에서 만나기는 했지만 그냥 아는 사이가 아니라 상당히 밀접한 관계인 것 같았다. 지난 번 명재와 아는 사람이 왔을 때, 안나의 소식을 들었던 걸 생각하면 이 공간이 예사롭지가 않았다. 덕윤과의 첫 만남도 그랬지만 그로 인해 천만이 넘는 사람들이 사는 서울에서 안나의 소식을 들을 수 있었다는 게 기적처럼 여겨졌다.

빅토르는 오늘 낮에 덕윤이 어두운 얼굴로 포장마차를 더 이상 못 할 것 같다는 말을 했을 때 마음이 매우 착잡했다.

"아저씨, 저가 가고나면 일 할 사람이 없어서 그래요?"

빅토르는 그 말을 하면서 자신 때문에 그렇다면 함께 더 있어야겠다는 생각을 했다. 처음 만났을 때처럼 도움이 될 수 있다면 그렇게 하고 싶었다.

"아니야. 사람이야 구하면 되지만 다른 사정이 있어서 그래."

며칠 전, 당질이 덕윤에게 사람을 보내서 포장마차를 다른 사람에게 자릿값 받고 빨리 넘기라고 했다. 임대 보증금이나 월세도 없는 데다 세금까지 안 내면서 이 만큼 장사가 잘되는 곳을 찾기가 하늘의 별 따기 만큼이나 어렵다는 것을 덕윤은 알고 있었다. 그러니만치 인수할 사람을 찾는 것은 별 문제가 아니었다.

당질이 사람을 보내 그런 전갈을 했을 때는 무슨 사정이 생겼으리라는 생각이 들었다.

덕윤이 자릿값 한 푼 안 내고 장사를 할 수 있었던 건 당질의 힘이 작용했으리라고 생각했다. 조폭의 활동 범위가 이런 노점상을 장악하는 데서부터 시작된다는 것을 소문으로 들어서 알고 있었다. 그렇지 않고서야 자릿값 한 푼 안 내고 어떻게 장사를 할 수 있단 말인가. 노점상들의 자리다툼이야말로 생존 경쟁의 전선에서 벌어지는 치열한 삶의 전투 그 자체가 아니던가.

덕윤이 누군가에게 자릿값을 받고 인계를 하고 났을 때를 생각해보았다. 이 일대를 장악한 새로운 세력이 그냥 보고만 있지 않을 게 불을 보듯이 뻔했다. 힘겹게 하루하루를 살아가야 하는 그 사람이 입을 치명적인 손실을 생각하면 도저히 인간으로서 할 짓이 아니었다.

덕윤은 새롭게 장악한 세력이 손을 뻗친다 해도 마지막 까지 버텨 보기로 작정했다. 아무리 조폭이 날뛰는 세상이라 해도 법치국가의 수도에서 마지막으로 기댈 수 있는 데가 법이라는 생각으로. 덕윤은 이곳에서 손을 털고 나가면 살아야 할 일이 막막하기도 했지만 넉 달 전에 비하면 부자라도 된 기분이었다. 아들 손에 마지막 등록금을 쥐어주고도 육백만 원이 통장에 있는데다 열 네 평짜리 임대 아파트까지 있지 않은가. 쪽방세 낼 돈은커녕 라면으로 끼니를 때울 돈조차 없어서 삶을 포기하려고까지 했던 그때에 비하면 정말로 부자가 된 게 분명했다.

빅토르는 창규와 함께 앉아 있는 명재를 보며 참으로 알 수 없는 사람이라는 생각을 했다. 덕윤의 말처럼 그가 동성애자라 할지라도 근본은 좋은 사람이라는 생각이 들었다. 설사 자신을 동성애 대상으로 좋아한다 해도 한결 같은 진심이 고맙기까지 했다. 더구나 명재로 인해 안나의 소식을 들을 수 있었다는 게 고마움의 무게를 더해 주었다. 안나에 대한 그리움 때문에 무작정 한국에 와서 보내야 했던 괴로운 시간들을 생각하면 고마움은 당연한 것이었다.

빅토르는 집착 보다 포기가 더 편하다는 걸 이번에 실감했다. 하지만 포기를 한다는 게 마음으로 결정해서 될 일이 아니라는 것도 체득했다. 마음의 결정을 할 수 있는 계기가 쉽사리 오는 게 아니기 때문에.

빅토르는 안나를 단념하고 돌아가야겠다고 작정을 하고나니 마음이 한결 편해졌다. 마음을 관통하는 예리한 아픔이 있긴 하지만 아무 것도 모르는 채 그리움을 떨치지 못해 속으로 울부짖을 때에 비하면 차라리 편했다.

빅토르는 안나를 잃은 대신 한 생명을 구했다는 생각으로 상실감을 보상받고 있다는 생각이 들었다. 서울이라는 빠르고 화려한 도시에서 덕윤을 통해 진정한 사람의 얼굴을 보았다. 불구의 몸으로 가난과 무기력함 속에 빠져 있으면서도 따뜻한 눈빛을 지닌 사람의 얼굴이었다.

덕윤은 속이 깊고 따뜻한 사람이었다. 석 달 넘게 함께 지내는 동안 눈으로 말을 했다. 빅토르의 마음속에 응어리져 있는 아픔을 눈이 하는 말로 위로해주었고 고맙다는 말을 언제나 변함없이 눈으로 하고 있었다. 마음 깊이 전해오는 진실의 말이었다.

빅토르는 도시와 자연의 경계가 명확하게 구분되지 않은 알마티가 그리웠다. 사람들의 마음속에 있는 느긋하고 여유 있는 자연의 질서가 그리웠다. 평원에서 불어오는 바람 속에 배어있는 자연의 냄새와 하얀 자작나무 숲이 전해주는 자연의 언어가 그리웠다. 붉은 사과처럼 볼이 붉은 알리샤의 순정이 그리웠다. 안나를 향한 그리움이 가리고 있던 소중한 것들이 되살아나고 있었다.

4
빨리 꺼져버려

　희규는 절름발이 꼰대가 순순히 자리를 내어주지 않으리라는 것을 알고 있었다. 어제 덕윤을 만나서 접수를 해야겠다고 통보를 했을 때 자신을 바라보던 눈빛이 칼이나 쇠파이프를 들고 전쟁을 할 때의 자신의 눈빛이 그러하리라고 생각했다. 그 눈빛 속에 절대로 물러나지 않겠다는 꼰대의 결의가 고스란히 담겨 있었다.

　희규는 싸움이 벌어졌을 때, 말이 얼마나 허망하다는 것을 몸으로 체득했다. 몇 마디 주고받는 말은 꼰대의 눈빛에 비하면 허공에 떠도는 소리에 불과했다. 희규는 똘마니 열두 명을 소집해서 덕윤의 포장마차로 갔다. 포장마차가 영업을 시작할 무렵이었다.

　빅토르가 플라스틱 탁자를 제자리에 배치하고 있었다. 희규의 똘마니들이 탁자를 모조리 차지하고 앉았다. 빅토르가 영문을 모르고 반가운 낯빛으로 희규 똘마니들을 맞았다.

　"빅토르"

포장마차 안에서 부르는 덕윤의 목소리가 평소와 달랐다. 긴장된 목소리 속에 분노가 배어 있었다.

"주문 받지 말고 그대로 그냥 내버려 둬라."

덕윤의 목소리 보다 표정이 더 굳어 있었다. 빅토르는 직감으로 심상치 않은 일이 생기겠다는 걸 예감하면서도 정작 까닭은 짐작할 수 없었다. 낯익은 손님들이 왔다가 희규 똘마니들이 앉아 있는 걸 보고는 피하듯이 발걸음을 돌렸다. 다리를 꼬고 앉아서 인상을 쓰고 있는 놈들의 쌍판대기에 선량함은 파리 좆만큼도 보이지 않았다.

"빅토르, 저 놈들이 무슨 짓을 해도 절대로 나서지 마라."

덕윤이 빅토르의 손을 힘주어 잡았다. 아무 것도 모르는 빅토르가 다칠지도 모른다는 게 무엇보다 걱정되었다. 희규는 똘마니들을 풀어놓고 카페 레테에 앉아서 맥주를 마시면서 전화를 했다.

"상황이 어때?"

"조용합니다."

"슬슬 시작해."

희규는 딸아 놓은 맥주잔을 들며 며칠 후면 손에 쥐게 될 돈의 동그라미 개수를 머릿속에 그리고 있었다,

"주문 안 받아?"

덕윤이 제지 할 틈도 없이 빅토르가 빠르게 나갔다.

"우선 물부터 먼저 갔다 줘."

"여기도."

"여기도."

앉아 있는 패거리들이 모두가 물을 달라고 했다.

빅토르는 일단 이들의 요구를 들어주고 나서 상황이 어떻게 돌아갈지 보려고 했는데 모조리 물을 달라는 바람에 물을 담아 줄 컵이 없었다. 손님들이 어쩌다 물을 달라고는 했지만 오는 손님 모두에게 의례적으로 물을 주지 않았기 때문이다. 빅토르는 맞은편에 있는 편의점으로 뛰어가 종이컵을 사와서 패거리들에게 물을 따라 주었다.

 "야, 씨발, 손님에게 종이컵이 뭐야? 니 눈깔에는 우리가 손님으로 안 보여?"

 "미안합니다. 물 컵이 없어서요."

 "좆 까고 있네. 세금도 안 내고 장사하면서 물 컵도 없이 장사하는 거야?"

 "야, 너 네 나라에서는 손님을 이렇게 대하나?"

 빡빡머리가 빅토르의 얼굴에 물을 확 끼었었다. 빅토르는 손바닥으로 얼굴로 흘러내리는 물을 쓸어내렸다. 이 패거리들이 한꺼번에 붙는다 해도 자신이 있었다. 그러나 무슨 까닭인지도 모르면서 섣부르게 행동할 수는 없었다.

 "야, 사장 오라고 해."

 빡빡머리 옆에 앉아서 콧구멍을 후비던 놈이 소리를 빽 질렀다.

 "씨발, 찐따 꼰대잖아."

 다리를 절며 걸어오는 덕윤을 보고 소리를 질렀던 놈이 중얼거렸다.

 "사장, 여기 양주 한 병씩 돌려."

 "양주는 안 파는데요."

 덕윤의 낮은 목소리에 힘이 실려 있었다. 지금 눈앞에 벌어지고 있는 상황도 그렇지만 조폭들이 무법자들처럼 설치고 있는 이 사회에 대한 분노가 목소리에 담겨있었다.

"손님이 달라고 하면 주는 거지. 씨발, 말이 많아."

덕윤은 이런 일이 벌어지리라 각오는 하고 있었지만 아들 같은 놈들이 내뱉는 쌍소리를 들어야 하는 굴욕감 때문에 치가 떨렸다. 더 이상 그 자리에 서 있을 수가 없었다.

"빅토르, 가자."

덕윤은 빅토르가 걱정이었다.

"씨발, 손님은 좆도 아니라 이거지."

양주를 달라고 하던 놈이 빅토르의 손목을 잡으려는 덕윤의 성한 다리 발목을 슬쩍 걸면서 툭 찼다. 덕윤이 중심을 잃고 쓰러지며 탁자 모서리에 이마를 찧었다. 탁자를 짚고 고개를 치켜든 덕윤의 이마에서 피가 흘러내렸다.

빅토르의 발이 덕윤을 쓰러뜨린 놈의 면상을 직격했다. 이어 맞은 편 자리에서 일어서는 놈의 명치를 손끝에 힘을 모아 찔러버렸다. 한 놈은 의자와 함께 뒤로 나뒹굴며 뻗었고 한 놈은 상체를 꺾으며 앞으로 꼬꾸라졌다. 앉아있던 나머지 열 놈이 거의 동시에 일어섰다.

빅토르는 제일 가까이 있는 놈과의 거리를 곁눈으로 확인하고 두어 발짝 앞으로 나가다가 돌려차기로 오른쪽 얼굴을 타격했다. 놈이 나무둥치가 쓰러지듯 그대로 뻣뻣이 쓰러졌다. 그걸 본 나머지 놈들이 주춤 물러서며 자세를 가다듬었다.

희규가 세 번째 잔을 막 비웠을 때 전화가 왔다.

"형님, 빨리 와야겠어요."

희규가 포장마차에 막 도착했을 때, 똘마니들이 빅토르를 에워싸고 있었다. 희규가 도착하자 똘마니들 표정이 달라졌다. 지금까지는 일방적으로 당하기만 했을 뿐 제대로 공격을 못한 데다 희규가 가세했다는 게 똘마니들의 자신감을 부추겼다. 똘마니들 중에서 제일 거친 진태가 나서며 주먹을 날렸다.

빅토르가 면상을 향해 뻗쳐오는 주먹을 왼손으로 감싸 쥠과 동시에 오른손으로 밀어 올리며 손목을 비틀었다. 그 기회를 노리고 춘호가 빅토르에게 다가서며 주먹을 뻗었다. 빅토르는 진태의 팔목을 비틀면서 오른발로 춘호의 턱을 가격했다.

진태는 극심한 고통에서 터져 나오는 처절한 비명을 지르며 빅토르의 손에서 놓여난 팔목을 왼손으로 감싸 쥐었다. 손목 관절이 뒤틀려서 어긋나고 말았다. 빅토르의 발에 턱을 가격당한 춘호는 아무것도 볼 수 없고 알 수 없는 세계로 빠져들고 말았다. 희규가 특기인 이단 옆차기 공격을 할 때 똘마니들이 가세해서 빅토르를 공격했다.

빅토르는 희규의 발끝을 몸을 틀어 피하며 근접한 거리에서 주먹을 내지르는 놈의 인중을 중지 관절을 세워서 찍듯이 가격했다. 인중을 맞은 놈은 비명조차 지를 수 없었다. 고압 전류 같은 통증과 함께 온 몸에서 힘이 빠지며 서있는 것조차 힘이 들었다.

희규를 포함해서 일곱 놈이 다시 전열을 가다듬었다. 희규를 제외한 여섯 놈이 일제히 꺼내든 칼끝을 빅토르에게 겨누었다. 칼날이 끝 쪽을 향해 직선으로 뻗은 '사시미칼'이었다. 희규는 사태를 지켜보리라 생각하며 싸울 자세를 풀고 한 발 물러섰다. 칼을 꺼내든 똘마니들은 독이 올라 있었다. 눈빛에는 칼날 보다 더 차가운 살기가 번뜩이고 있었다.

칼을 잘 쓰는 강태가 칼끝을 좌우로 빠르게 저으며 빅토르와의 거리를 좁혀갔다. 다른 놈들도 보조를 맞추어 거리를 좁혔다. 여섯 개의 칼끝이 빅토르를 에워싸고 다가왔다. 빅토르의 왼쪽에 있는, 블루진 바지에 검은 자켓을 입은 놈의 손놀림이 어설펐다.

빅토르가 앞으로 반걸음을 내딛자 좌우에서 칼끝을 앞세우고 거리를 좁혀왔다. 빅토르는 반걸음을 내딛음과 동시에 몸을 돌리며 검은 자켓을 입은 놈의 손목을 발끝으로 차면서 검지와 중지를 모은 손끝에 힘을 모아 턱밑을 찔렀다. 이어서 앉듯이 자세를 낮추어서 발등에 힘을 실어 옆에 있는 놈의 무릎 관절을 강타했다.

턱밑을 찔린 놈의 손에서 칼이 허공으로 날아가고 무릎이 꺾이며 몸뚱이가 무너져 내렸다. 무릎 관절을 차인 놈은 칼을 쥔 채 무릎을 감싸안으며 옆으로 쓰러졌다. 나머지 놈들이 겁을 먹고 있었다. 칼날보다 더 섬뜩하던 눈빛들이 풀려있었다.

희규는 절제된 동작으로 여덟 명의 똘마니들을 움직이지 못하게 만들어버린 빅토르의 실력을 보고 감탄을 했다. 열 명이 더 붙는다 해도 빅토르의 옷깃조차 건드리지 못할 것 같았다. 일 미터 팔십이 조금 넘어 보이는 키에 군살이 없는 근육질의 몸매에서 뿜어져 나오는 민첩성과 정확성과 파괴력이 조화를 이룬 기술은 그야말로 최고였다.

희규는 처음 이 곳에 왔을 때, 빅토르의 몸놀림이 빈틈이 없었던 게 떠올랐다. 일상의 작은 몸놀림에서조차 빈틈이 없는 건 고도의 훈련을 거치는 동안 몸이 받아들인 결과일 것이다.

"또 봅시다."

희규는 빅토르에게 인사처럼 한 마디를 남기고 똘마니들을 추슬러서 자리를 떠났다.

가영은 걸음을 멈추고 근처 상인들과 구경하는 행인들 틈에 서서 빅토르를 지켜보았다. 영화에서 조폭 패거리를 상대로 혼자 싸우는 장면을 보면서 영화니까 저럴 수 있으려니 하고 생각했다. 빅토르의 활약은 영화보다 더 영화 같았다. 빅토르가 자빠진 탁자와 의자를 정리하기 시작했다.

조금 전, 살벌한 싸움판의 복판에 있었던 사람 같지 않았다. 이제 막 영업을 시작하려고 준비하는 사람처럼 표정이나 행동이 일상의 모습 그대로였다.

"잘 지냈어?"

가영은 정리해둔 탁자에 앉으며 조금 전의 상황을 전혀 모르는 사람처럼 말했다.

"응. 가영도?"

빅토르가 쓰러진 의자를 바로 세우며 싱긋 웃었다. 조금 전, 열 명이 넘는 상대와 격렬한 싸움을 벌인 사람 같지 않았다. 잘생긴 얼굴로 웃고 있는 모습이 싸움과는 거리가 먼 사람처럼 보였다. 가영이 첫잔을 비웠을 때, 빅토르가 와서 앉았다.

"언제 떠나?"

"아직 모르겠어. 어쩌면 늦추어질지도 모르겠어"

가영은 빅토르의 말을 들으며 내심 안도하고 있는 자신이 싫었다. 빅토르에게 무기력하게 끌려가고 있다는 생각 때문이었다. 준수한 용모와 균형 잡힌 체격을 지닌 빅토르에 대해 섹스를 즐긴 이상의 의미를 두지 않으리라는 마음의 선이 무너지고 있었다.

가영은 지난 번 명재와 함께 자리를 했던 이후, 일주일 만에 오면서 빅토르가 떠나고 없기를 바랐다. 빅토르의 부재를 확인하고 나면 마음이 홀가분해지리라 생각했다. 가영은 마음속에 일고 있는 혼란이 술을 마시고나면 가셔지겠지 하는 생각으로 거푸 술잔을 비웠다.

빅토르가 아무 말 없이 일어났다. 가영은 빅토르의 뒷모습을 바라보며 자신도 모르게 중얼거렸다.

"너, 왜 왔니?"

빅토르는 포장마차 안으로 들어서며 덕윤을 바라보았다. 의자에 앉은 덕윤이 무언가를 골똘하게 생각하고 있었다. 탁자 모서리에 찧은 이마에서 피가 흐르긴 했지만 상처는 그다지 심하지 않았다. 플라스틱 탁자의 모서리가 예리하지 않아서 이 센티 정도 표피가 찢어진 상태였다.

덕윤은 포장마차를 정리하기로 마음을 굳혔다. 오늘은 희규 패거리가 물러갔지만 머잖아 더 많은 놈들이 떼거리로 몰려 올 게 뻔했다. 놀라울 정도로 빅토르의 싸움 실력이 뛰어났지만 칼이나 쇠파이프를 들고 몰려드는 떼거리를 혼자서 막아낼 수는 없을 것이다.

덕윤이 골똘하게 생각하고 있는 것은 희규 패거리에게 이 자리를 넘기지 않을 방법이 없나 해서였다. 그렇다고 자기와 같은 처지의 사람에게 넘길 수는 없는 일이었다. 설사 자릿값을 안 받고 넘겨준다 해도 희규 패거리 횡포에 견뎌 내지를 못할 것이다.

가영이 소주 한 병을 다 비우고 나니 다른 때보다 더 빨리 취하는 것 같았다. 그만 마셔야겠다고 생각했다. 더 마시면 추태를 부릴 것 같았다. 빅토르에게로 기운 마음이 추태로 표출될 것 같았다. 가영은 포장마차를 나서며 중얼거렸다.

"빅토르, 빨리 꺼져버려."

5

무서운 사람

태영컨설턴트 회장실에 앉아 있는 남자의 체구가 그리 크지 않았다. 맞은 편 소파에 앉아 있는 회장 태영에 비하면 왜소한 느낌이 들 정도였다. 가무잡잡한 얼굴에 광대뼈가 예각을 이루듯이 불거지고 눈매가 섬뜩하리만치 싸늘했다. 서른 중반을 넘은 나이로 보였다

"중국으로 언제 넘어갔소?"

"이 태 되었시오."

"북에서는 무얼 했소?"

"사람 죽이는 일 했시오."

"얼마나 죽였소?"

"열 명은 넘을 거외다."

"어떤 사람들이었소?"

"국경을 넘어 내빼는 반동들이었시오."

"복무했던 부대는 어떤 부대였소?"

"특수 공작대였소."

"어떤 임무를 띤 부대였소?"

"애당초 목적은 남조선에 남파되어 요인 암살이나 납치였시오."

"어떤 훈련을 받았소?"

"사람 죽이는 훈련이었시오."

"훈련 내용은 어떤 것이었소?"

"그걸 어케 일일이 말로 다 할 수 있갔시오. 당신들은 상상도 할 수 없는 훈련이었시오. 한 마디로 말하자문 사람 죽이는 온갖 기술을 다 배 웠시오."

"그런 특수임무를 띤 부대가 왜 탈북자 단속에 투입된 거요?"

"거 왜 이 천 년에 남조선 대통령이 북조선에 오질 않았소? 그 후로 다 우리 부대가 할 일이 없어진 거외다. 기래서 국경에 투입된 거 디요"

"근데 왜 중국으로 넘어간 거요?"

"살려구 간 거디요. 먹을 거이 없는데 어케 살갔시오?"

"중국에선 무슨 일을 한 거요?"

"배운 거이 도둑질이라구 사람 죽이는 일 했시오."

"중국 조직하고 어떻게 연결되었소?"

"길림 시장에서 음식을 훔쳤시오. 사흘을 굶으니끼니 그더 먹어야 산다는 생각 밖에 없었시오. 중국 아새끼들 예닐곱이 덤빕데다. 사흘 굶은 놈이 무슨 힘이 남아 있었갔시오. 기래도 어캅네까? 살려구 중국 으루 넘어 왔는데……. 세 놈인가를 눕히구 났을 때 웬 남자레 중국 아 새끼들을 떼어놓구서리 날 데리구 갑디다. 그 남자가 데불고 간 데가 지 금의 조직이었시오."

"좋습니다. 사람 죽이는 건 자신이 있겠네요?"

"내레 사람 죽이는 거 말고는 다른 거이 할 줄 아는 게 한가지두 없시오."

"한 달 이내에 한 사람을 제거해주면 이천 만원을 주겠소. 비행기 표는 언제든지 떠날 수 있도록 준비를 해두겠소. 제거하는 즉시 한국을 떠나시오. 돈은 그 쪽 은행에 입금해놓았으니 비밀번호만 알고가면 그쪽에서 바로 찾을 수 있을 거요. 우선 활동비로 3백만 원을 주겠소. 자세한 정보는 내일 주겠소. 한국에 왔으니 술이나 한 잔 하러 갑시다."

안나는 에펠탑 2층에 있는 레스토랑에 앉아서 파리 야경을 바라보았다. 불빛들이 말을 하고 있었다. 되돌릴 수 없는 시간에 대한 그리움을 빛으로 말하고 있었다. 기억은 불빛처럼 빛나는 것이라고.

안나는 이틀 동안 경준과 함께 파리에 있으면서 알마티와 빅토르 생각을 떨칠 수가 없었다. 세계에서 가장 화려한 도시로 꼽히는 파리에서 지난 시간에 대한 기억의 끈에 매달려 있었다. 기억은 그리움이었다. 그리움은 빛을 발하면서 속삭이고 있었다.

파리는 현재라는 시간의 옷 속에 과거가 살아 있었다. 박제된 과거가 아니라 따뜻한 체온을 지니고 살아있었다. 파리 사람들은 지난 시간과 현재를 단절시키지 않고 있었다. 카페의 창가에 매달린 작은 전등의 장식에도 시간이 이어지고 있었다. 지나간 시간의 의미가 일상에 스며있었다.

파리는 사유의 깊이를 지니고 있는 도시였다. 안나는 서울에서 지내는 동안 느껴야했던 숨이 막힐 듯한 갑갑함이 어디서 비롯되었는지를 비로소 알 수 있을 것 같았다. 현재라는 획일성 때문이었다는 것을. 서울에서 과거는 고궁의 높은 담 안에 격리되어 있었고 박물관의 전시실에 전시되어 있었다.

"무슨 생각을 그렇게 골똘하게 하고 있어?"

경준이 와인 잔을 든 채 말했다.

"서울과 파리의 차이를 생각하고 있었어요."

"어떻게 다른데?"

"서울은 시골에서 가난하게 자란 소년이 도시에 와서 부자가 된 후 고향을 기억조차 하기 싫어하는 사람 같은 그런 도시에요."

"재미있는 데…… 그럼 파리는?"

"도시에 와서 부자가 되었어도 고향을 그리워하고 고향의 모든 것을 소중하게 생각하는 사람 같은 그런 도시에요."

"안나, 고향이 그리운가 봐."

"파리에 오니까 고향 생각이 자꾸 나요. 아마 알마티하고 파리하고 닮은 데가 있어서 그런 봐요. 겉모습은 달라도 과거와 현재가 단절되지 않고 있다는 공통점 때문인가 봐요."

"이번에 서울에 가서 일 마무리하고 다녀오자."

안나는 경준의 말이 반가우면서도 마음 깊은 데가 아려오는 통증이 있었다.

크루즈 여행을 하고 있을 때는 그나마 마음이 편했다. 바다는 과거도 현재도 아니었다. 시간의 경계를 초월하고 있었다. 태초의 생명체로 살아서 넘실대는 바다를 바라보고 있으면 모든 생각이 무화되어 버리는 것 같았다. 게다가 호사와 안락과 풍요를 누리고 있으면 시간의 개연성

마저 사라져 버렸다.

안나는 파리에 도착해서부터 사과꽃 향기를 맡고 있었다. 빅토르 생각이 떠오르면서부터 사과꽃 향기가 풍겨오고 있었다. 알미로스 동산을 비추던 달빛 속에 배어있던 사과꽃 향기였다.

빅토르가 그리웠다. 서울에서 지낸 날들은 수형의 시간이었다. 밤마다 알미로스 동산 꿈을 꾸었다. 빅토르라는 존재가 알미로스 동산의 아버지나무처럼 마음속에 자리 잡고 있었다. 죄책감 보다 그리움이 안나를 더 힘들게 했다.

경준이 크루즈 여행을 떠나자고 했을 때, 처음으로 고맙다는 생각이 들었다. 70평짜리 아파트는 모든 것으로부터 단절된 공간이었다. 물리적으로 단절된 공간 속에는 그리움만 쌓이고 있었다. 켜켜이 쌓이는 그리움의 무게에 짓눌려 질식할 것 같은 시간을 보내야했다.

덕윤의 포장마차 옆에 정차한 고급 승용차에서 젊은 여자가 내렸다. 검정색 정장 안에 흰색 셔츠를 받쳐 입은 이십 대 후반으로 보이는 여자가 빅토르에게로 또박또박 걸어왔다. 탁자를 제자리에 놓고 있는 빅토르 앞에 서서 허리를 굽혀 인사를 했다.

"안녕하십니까? 제가 모시고 있는 회장님 심부름을 온 정지현입니다."

빅토르는 의아한 얼굴로 멀뚱하게 지현을 바라보았다.

"회장님께서 연락처를 모르셔서 미리 연락 못 드린 점 양해해 주시라고 하셨습니다. 그래서 절더러 선생님을 모셔 오라고 해서 제가 왔습니다."

빅토르는 더욱 영문을 몰라 지현의 얼굴만 바라볼 수밖에 없었다.

"어떤 회장님인지는 몰라도 내가 아는 회장님은 없습니다."

"그렇지만 회장님은 선생님을 알고 계십니다."

"무슨 일로 날 보자는 겁니까?"

"그건 저도 모릅니다. 선생님을 모셔 오라는 분부만 하셨습니다."

"보다시피 내가 없으면 장사를 못합니다. 그래서 갈 수가 없습니다."

"그 문제라면 신경 안 쓰셔도 됩니다. 회장님께서 오늘 영업에 지장이 없도록 조처를 해주셨습니다."

여자가 윗옷 안주머니에서 봉투를 꺼냈다.

"백만 원 입니다. 선생님이 자리를 비우셔서 지장이 생기는 데 대한 보상으로 여기 사장님께 드리라고 하셨습니다."

빅토르는 할 말이 없었다. 자신을 데려오라고 한 회장이란 사람이 누구인지 궁금증만 커질 뿐 짐작조차 할 수 없었다.

"아저씨, 어떤 회장이란 사람이 저를 보자고 하면서 자리 비우는 대가로 이걸 아저씨께 드리래요."

덕윤은 봉투 속에 들어있는 자기 앞 수표를 꺼내서 액수를 확인하고는 말없이 빅토르를 바라보았다. 궁금함은 덕윤도 마찬가지였다. 덕윤도 포장마차 옆에 주차한 고급 승용차에서 젊은 여자가 내릴 때부터 보고 있었다.

"일단 다녀오너라. 무슨 일인지는 몰라도 신중하게 생각하고 판단해라. 왠지 좋은 느낌이 들지 않는다."

빅토르를 태운 승용차가 신사동에 있는 5층 건물 앞에 섰다. 여자를 따라 3층에 있는 방으로 들어갔다. 스무 평 남짓한 방에는 이십 명 명 정도가 앉을 수 있는 긴 테이블과 벽 쪽에 있는 커다란 책상 앞에 있는 응접세트뿐이었다. 한 남자가 푹신한 가죽의자에 앉아 있었다.

"미안합니다. 바쁜 분을 이렇게 오시라고 해서."

사십 줄에 접어든 듯한 남자가 빅토르에게 손을 내밀었다. 빅토르는 얼떨결에 악수를 하며 남자의 얼굴을 유심히 보았다. 서울에 와서 익힌 몇 안 되는 얼굴과는 거리가 멀었다.

"추동웁니다."

남자가 내민 명함에는 '한세실업 회장 추동우'라고 쓰여 있었다.

"역삼동 제현 빌딩 앞에서 포장마차를 하신다고 들었습니다."

"제가 하는 게 아니고 아저씨 일을 도와 드리고 있습니다."

"어느 나라에서 오셨나요?"

"카자흐스탄에서 왔습니다."

동우는 카자흐스탄이란 말을 듣고 경준을 생각했다. 경준이 엄청난 돈을 거머쥐게 된 것도 카자흐스탄이라는 소문을 들은 게 기억나서였다. 동우는 어제 밤 희규가 했던 말을 떠올리며 빅토르를 유심히 살펴보았다.

"회장님이 지난번에 말씀하셨던 친구를 찾았습니다. 제가 지금까지 그 친구만한 고수를 못 봤습니다. 우리 애들 여덟을 작살내는데 한 번에 두 동작 이상을 쓰지 않았습니다. 애들 일곱이 칼을 꺼내서 에워쌌는데도 눈썹 하나 까딱하지 않고 칼 든 애 둘을 단 세 동작으로 움직이지 못하게 만들어 버렸습니다. 제가 데리고 있는 애들 서른 놈이 붙어도 옷깃조차 못 건드릴 정도로 고수였습니다."

"성함이?"

"빅토르입니다."

"어제 밤 내가 데리고 있는 애한테서 빅토르 씨 얘기를 들었습니다. 사흘 후에 어떤 사람이 한국에 오는 데 그 사람을 한 달 동안 곁에서 지켜주면 좋겠습니다. 물론 충분한 보수를 드리겠습니다. 한국에서는 총을 쓸 수 없습니다. 그러니 큰 위험 부담은 없을 겁니다. 또 그 사람을 노리는 자가 있다 해도 혼자일 테니 빅토르씨 실력이면 충분하리라고 믿습니다."

덕윤이 아침에 며칠 안으로 포장마차를 정리해야겠다는 말을 하면서 조폭들 얘기도 함께 들려주었다. 그렇다면 어제 왔던 패거리들이 회장이라는 이 사람의 부하들 일 수도 있다는 생각이 들었다.

"제가 못하겠다고 하면 어떡하겠습니까?"

빅토르는 동우에게까지 이어지는 적개심을 가누면서 도전적인 저의를 깔고 물었다.

"못하겠다는 사람을 억지로 데려다 한 사람의 생명을 보호해달라고 할 수는 없지요. 중요한 건 어디까지나 방어라는 겁니다."

동우가 이어서 말을 하려고 할 때 노크 소리가 들렸다. 승용차를 함께 타고 왔던 지현이 차를 가지고 왔다. 빅토르는 차를 마시며 덕윤을 생각했다. 덕윤에게는 지금 하고 있는 포장마차가 유일한 생계수단이었다. 만약에 이 한세실업 회장이라는 사람이 어제 패거리들을 하부조직으로 거느리고 있다면 문제가 달라질 수도 있겠다는 생각이 들었다.

"빅토르씨, 한 달 동안만 그 사람을 안 다치게 지켜주면 보수로 삼천만 원을 지불하겠소."

빅토르는 깜짝 놀랐다. 돈의 액수 때문이었다. 지켜야 할 사람이 악행을 저지른 범죄자가 아니라면 못 할 것도 없다는 생각이 들었다. 하지

만 더 중요한 것은 덕윤이 포장마차를 계속 할 수 있게 해주느냐는 데
있었다.

"제가 보호해야 할 사람이 범죄자가 아니라면 좋습니다."

"그 점은 안심해도 좋아요. 순수한 사업가니까. 경쟁업체에서 혹시
라도 해를 끼칠까 해서 사전에 방지하려는 것뿐이오. 돈이 있는 데는 그
런 일이 따르니까요."

"그런데 조건이 한 가지 있습니다. 지금 아저씨가 하고 있는 포장마
차를 회장님이 보호해 주실 수 있습니까?"

"그거라면 걱정 말아요."

동우가 탁자 위의 전화기를 들고 말했다.

"희규 내 방으로 보내."

잠시 후, 문을 열고 들어서는 희규를 본 빅토르는 자신의 추측이 맞
았다는 걸 확인했다.

"부르셨습니까?"

"제현 빌딩 앞에 있는 포장마차, 너가 잘 보호해. 아무도 얼씬거리지
못하게."

"예. 알았습니다."

희규는 방을 나서면서 충성을 한 게 오히려 손해를 봤다고 쓴 침을
삼켰다.

"일 시작하기 전에 우리 직원이랑 함께 가서 삼천만 원이 입금된 통
장을 만드시오. 그리고 통장은 빅토르 씨가 갖고 있으시오. 일이 끝나
면 빅토르씨 한테 비밀번호를 알려 주겠소."

파랑새

가영은 진애가 이메일로 보낸 원고를 읽고 나서 담배를 물고 불을 붙였다. 원고 내용은 좋았지만 팔릴 책은 아니라는 생각이 들었다.

1950년대 초, 지구상에서 가장 가난했던 나라 대한민국에서 피란민촌 사람들은 하루하루가 삶이 아니라 생존이었다. 제주도에 있는 피란민촌 아이들은 허기를 채우기 위해 본능적으로 자연에 의지해서 살아갔다. 아이들은 제주도의 자연으로부터 몸이 필요로 하는 것들을 얻으며 곧고 바른 심성으로 성장했다. 협력의 유용함과 나눔의 공정한 가치를 배우면서.

먹을 것과 입을 것이 넘치는 요즘 아이들에게는 전설 같은 얘기였다. 컴퓨터 게임에 빠져 있는 요즘 아이들에게는 연을 만들거나 팽이를 깎아서 논다는 것은 상상조차 할 수 없는 일이었다. 그런 과정들이 재미있게 묘사되어 있지만 요즘 아이들에게 읽힐 책은 아닌 것 같았다. 피자나 햄버거를 좋아하는 요즘 아이들에게 시래기 국이나 보리밥이 건강에 좋다고 해도 외면하는 것처럼.

가영이 파랑새라는 제목을 떠올리며 담배를 피우고 있을 때 전화가 왔다. 진애였다.

"원고 다 읽었어?"

"응. 지금 막."

"어때?"

"내용은 좋은데 팔릴 책은 아닌 것 같아."

"내용이 좋으면 됐어. 파랑새가 잘 날 수 있게 표지 디자인이나 잘 해줘."

가영은 일 년 만에 책 표지 디자인 일을 다시 시작했다. 이혼한 후 처음 하는 일이었다. 출판사를 하고 있는 진애의 배려가 담긴 성화 때문이었다. 가영은 결혼을 해서도 표지 디자인 일을 계속했다. 시간 맞춰 출근을 하는 것도 아니고 수입도 웬만한 월급쟁이보다 좋았다. 출판계 쪽에 실력이 꽤 알려져서 일감이 끊어지지 않았다. 게다가 문학 평론을 하면서 대학에 강사로 나가는 남편 양정환의 영향도 보이지 않게 작용했다.

가영은 소설가 지망생인 부잣집 딸 대학원생과 사랑에 빠진 정환과 이혼을 하면서 일손도 놓아버렸다. 가영은 원고에 파랑새가 나오는 대목을 다시 보았다.

"엄마도 파랑새를 아네요?"

"그럼 알지. 사람들은 누구나 마음속에 파랑새를 품고 살아. 마음속에 파랑새가 없는 사람은 불행하단다."

"지난 번 그 상이군인 아저씨 같은 사람 말이죠?"

정훈은 어머니가 하는 바느질 가게에 와서 술값을 달라고 행패를 부리던 상이군인을 떠 올리며 말했다.

"그래. 그런 사람일 수도 있어. 음식은 몸을 키워주지만 희망은 마음을 키워주는 거야. 지난 번 그 상이군인 아저씨는 희망이 없기 때문에 남에게 피해를 주면서 사는 거란다."

"그 아저씨 마음속에 있는 파랑새는 죽어버린 거겠네?"

"파랑새는 죽지 않아. 그 아저씨 마음속에서 날아가 버린 거지. 그 아저씨가 희망을 갖는 날 파랑새는 다시 날아오지. 파랑새는 희망이니까."

"엄마, 내 마음속에 있는 파랑새는 알에서 깨어 난지 얼마 안 되는 병아리 파랑새겠네?"

"아니야. 우리 정훈의 파랑새는 크고 씩씩해. 그 무서운 상이군인 아저씨한테서 엄마를 지켜줄 만큼 용감하고 씩씩한 파랑새야."

정훈은 어머니에게 행패를 부리는 상이군인 다리 사이로 파고들어 허벅지를 물어버렸다. 상이군인이 내려친 쇠칼쿠리에 뒤통수를 맞아 다섯 바늘을 꿰매기까지 했다.

"에이, 엄마. 그건 파랑새가 아니잖아요. 파랑새는 희망이라고 했잖아요?"

"정훈아, 희망이 없는 사람은 용기도 없어. 희망이 있기 때문에 용기도 생기고 어려움을 이겨내야겠다는 의지도 생기는 거야."

가영은 희망과 파랑새라는 두 단어를 되 내며 담배를 물었다. 원고에 쓰여 있는 50년대의 파랑새라는 담배를 생각했다. 휴전 직후의 빈곤하고 암울했던 시대에 파랑새를 피우던 사람들에게 과연 파랑새는 있었을까?

가영의 머릿속에 디자인하고자 하는 파랑새의 윤곽이 떠올랐다. 짙은 파랑색으로 새의 윤곽을 추상의 형태로 잡고 점점 엷게 번지듯이 색을 입혀 보자고 생각했다. 제목 크기와 모양새, 그리고 위치는 밑그림을 완성하고 나서 생각하기로 하고 컴퓨터 앞에 앉았다.

가영은 컴퓨터를 디자인 모드로 전환 하려다 말고 멈추었다. 지금 자신의 마음속에 과연 파랑새가 있을까 하는 생각이 떠올라서였다. 자신의 마음속에서 파랑새는 날아가 버렸다고 생각했다.

문득 빅토르의 얼굴이 떠올랐다. 가영은 고개를 저었다. 빅토르가 파랑새일 수는 없었다. 정환이 이혼을 하면서 남기고 간 배신감이 쓰디쓴 즙이 되어 아직도 마음속에 고여 있었다. 그 쓰디 쓴 즙을 핥으며 보내야 했던 시간이 진저리가 쳐지도록 고통스러웠다. 고통의 시간 속에서 커지는 건 증오였다. 시퍼렇게 날을 세운 증오가 오히려 마음에 상처를 입혔다. 가영의 마음속에는 쓰디 쓴 즙과 피가 고여 있었다. 점점 무기력의 늪 속으로 가라앉고 있는 자신이 두려웠다. 고통의 마침표는 죽음이라는 생각이 고개를 치켜들고 있어서였다.

가영은 처음 포장마차에 가서 빅토르를 발견한 순간, 일탈이라는 비탈을 마구 구르고 싶었다. 은주와 진애는 빅토르에게 거침없는 말과 행동을 하는 가영을 이해의 눈길로 바라보았다. 지금까지 가영에게서 볼 수 없는 모습이었지만 이혼 후에 이어진 괴롭고 어두운 터널에서 빠져나오려는 몸부림이라고 이해했다.

은주와 진애는 약속이나 한 듯 가영의 일탈에 변죽을 맞추었다. 가영은 일탈의 비탈에서 구르는 가속을 멈출 수가 없었다. 비록 잠깐의 일탈이라 생각하고 한 행동이었지만 빅토르는 멋있고 매력적이었다.

그 날 밤, 빅토르와의 섹스는 아찔하면서도 황홀했다. 가영의 마음 속에 고여 있던 쓰디 쓴 즙과 피가 말끔히 씻기는 것 같았다. 그러나 시간이 흐르면서 가영은 두려움을 느꼈다. 빅토르의 존재가 마음속에 무겁게 자리 잡고 있어서였다. 가영은 빅토르와의 섹스를 통한 쾌락의 소용돌이 속으로 걷잡을 수 없이 말려들어가 자신의 존재마저도 없어져버리기를 바랐다. 그러나 바람과는 달리 자신의 존재가 뚜렷하게 느껴지며 빅토르가 점점 마음 깊이 자리잡고 있었다.

빅토르가 두 번째 만나던 날 섹스를 하다말고 창가에 앉아 담배를 피워 물고 눈물을 흘리던 모습은 가영으로 하여금 많은 생각을 하게 했다. 남자가 절정의 턱 밑에서 쾌락을 포기할 수 있다는 게 놀라웠다. 그런 빅토르의 모습이 아름다웠다. 만약 그 때 빅토르가 끝까지 섹스에 탐닉했었다면 가영은 빅토르를 편하게 즐길 수 있는 섹스 대상으로만 생각했을 것이다.

그 후에도 빅토르에게 끌리고 있는 가영의 마음에 제동을 걸어 준 것은 역설적이게도 빅토르였다. 그리움 때문에 눈물을 흘리고 있다는 빅토르의 모습이 가영을 주저앉히곤 했다.

가영은 컴퓨터 전원을 껐다. 언제 떠나버릴지 모르는 빅토르를 보고 싶었다. 은주에게 전화를 했다.

"뭐해?"

"전화 받고 있잖아."

"퇴근 후에 술 한 잔 해."

"어디서?"

"잘생긴 우리 애인 집에서."

"그래. 좋아. 진애는?"

"내가 전화 할 게."

"참, 너 일 시작했다며?"

"응."

"잘했어. 이따 봐."

가영은 전화를 끊고 나서 '잘생긴 우리 애인 집에서'라는 말을 떠올리며 피식 웃었다. 열흘 전 쯤, 은주와 진애와 함께 저녁을 먹는 자리에서였다.

"그 잘생긴 대륙의 사나이 요즘도 만나?"

은주가 지나가는 말처럼 물었다.

"그럼. 잘생긴 우리 애인 하루라도 안 보면 눈에 가시가 돋아."

가영은 말은 그렇게 하고 있었지만 마음은 몹시 힘든 상태였다. 빅토르에게로 향하는 마음을 누르기 위해 자신과 힘든 싸움을 하고 있었다.

"그럼 저녁 먹고 잘생긴 가영이 애인 보러 가자."

은주가 웃으며 가영을 바라보았다. 가영은 속내를 들키지 않으려고 억지로 웃음 지으며 말했다.

"미국에서 사촌이 왔는데 집으로 온다고 해서 저녁 먹고 바로 가야 돼."

가영은 그날 핑계를 대고 집으로 오면서 후회를 하고 있는 자신 때문에 무척 혼란스러웠다. 일탈 보다 자신을 가누는 게 몇 배 나 힘들다는 것을 실감했다. 가영은 일부러 약속한 시간 보다 이십 분 정도 늦게 갔다. 그마저도 마음의 방어기제를 작동시키는 것이라고 생각했다.

"어떡하니? 잘생긴 너 애인 떠났대."

은주의 표정에 가영을 위로 하는 마음이 녹아있었다.

"알고 있었어. 근데 이렇게 빨리 갈 줄은 몰랐네."

가영은 마음이 뻥 뚫려 버린 듯한 허탈감을 추스르며 자리에 앉았다. 삶에 있어 정지되어 있는 것은 없다는 생각이 들었다.

"가영아, 우리 다른 데로 갈까?"

진애가 조심스레 물었다.

"아냐. 그냥 여기서 해. 실은 그 친구 그 후에 한 번 밖에 안 만났어. 왠지 겁이 나는 거야. 나 자신에게 말이야. 그 친구 때문에 내가 상처 받을 것 같아서. 내가 그 친구 정말로 좋아 했나 봐. 이젠 홀가분해. 어차피 떠날 사람이었는데 일찍 잘 떠났다고 생각해."

가영은 속 얘기를 털어놓고 나니 마음이 한결 홀가분해졌다.

"이젠 네게 일이 있잖니? 가영이 넌 일을 했다하면 다른 생각 안 하잖아?"

"얜, 내가 감정도 없는 로봇인 줄 아나 봐. 잘생긴 우리 애인 떠나서 무지 슬프단 말이야. 오늘 술은 진애 너가 사. 책 표지 잘 만들려면."

"그러지 뭐. 컨셉은 잡았어?"

"그래, 잡았다. 파랑새 한 마리 잡아놓고 왔다."

"갑자기 웬 파랑새야?"

"이번에 내가 내는 책 제목이야."

"파랑새, 느낌이 좋다. 우리 파랑새를 위해서 한 잔 하자."

명재가 막 들어서며 가영이 친구들과 술잔을 드는 것을 보았다. 그리고 가영이 앉아있는 옆 자리에 안주 접시를 놓고 있는 사십 대 중반으로 보이는 아주머니도 보았다. 빅토르는 없었다. 명재는 빅토르의 부재로 인한 텅 빈 마음을 무엇으로도 채울 수 없다는 생각이 들었다.

"김 사장님 이리로 오세요."

가영이 손을 흔들며 부르고 있었다. 명재는 가영이 있는 자리로 가며 억지로 마음을 가다듬었다.

"빅토르가 떠났어요. 여긴 만남의 광장이 아니라 이별의 광장이네요. 그래도 우릴 만났으니 작은 위안이라도 삼으세요."

명재는 가영의 말을 들으며 자신이 비극적인 존재라고 생각했다. 자신에게서 사라져버린 남성성이 원망스러웠다. 언제나 음지에서 도달하지 못할 곳을 바라보았던 자신이 가련하기까지 했다.

"김 사장님, 한 잔 드세요."

명재가 단숨에 잔을 비웠다.

"좀 전에 여기 왔을 때 문득 이런 생각이 들었어요. 삶에서 정지되어 있는 것은 없다고. 마음도 그렇지 않을까요?"

"모르겠어요. 내 마음이 어디 있는지를 나도 모르니까요."

말을 하고 있는 명재의 표정이 무엇을 놓아버린 사람 같았다.

"마음은 빛이나 공기 같은 것일 테죠. 분명히 있긴 한데 그 존재를 모르니까요."

은주가 말을 하고나서 들고 있던 잔을 내려놓으며 잠시 허공을 바라보았다.

"제가 결례를 하고 있다면 용서해주세요. 혹시 빅토르에게 우정 이상의 감정을 가지고 계셨나요?"

진애가 말을 하고 있는 가영을 향해 눈을 질끈 감았다 뜨며 제지를 했다.

"우정 이상의 감정이 무얼 말하는 거죠?"

"외국인이 한국에 와서 고생하고 있는 모습에서 느끼는 연민 같은 걸 말하는 걸 테죠."

진애가 가영이 하려는 말을 가로막으며 대답했다. 명재는 가영이 말한 우정 이상의 감정이 무얼 말하는지를 알고 있었다. 그리고 진애가 어색해질 분위기를 막기 위해 연민이라는 단어를 차용했다는 것도 알고 있었다.

"내 감정을 확인했다고 해서 살아가는 데 보탬이 될 건 없어요. 처음 만나던 날 사람이 사람에게 갖는 관심은 우열이 없다고 했던 말 기억하세요? 감정은 한 개인의 성역이라고 생각해요. 이성은 명료할수록 빛을 발하지만 감정은 감추어 둘수록 자신이나 타인에게도 좋으리라고 생각해요."

"그렇죠. 이성에는 이해가 따르지만 감정에는 존중이 따라야 하니까요."

진애가 명재의 말을 지지했다.

"죄송합니다. 실은 제가 빅토르를 좋아했어요. 그런데 좋아하는 감정을 힘들게 억눌렀거든요. 오늘 와보니 빅토르가 떠나고 없어서 그냥 추억담처럼 솔직하게 얘기를 하고 싶었어요. 말씀을 듣고 보니 저의 이런 감정마저도 묻어두어야 할 걸 그랬나봅니다."

가영은 빅토르에 대한 감정의 잔재를 털어버리려는 심정으로 말했다.

"감정을 왜곡해서 드러내는 것 보다는 솔직한 게 좋지요. 난 가영 씨 그런 점이 좋아요. 빅토르에게 우정 이상의 감정을 갖고 있었어요."

7
삶의 변곡점

덕윤의 아내 지정희는 며칠 안 되는 동안이지만 빅토르가 궁금했다. 손님들이 빅토르를 찾을 때 마다 그의 존재가 크게 부각되었다. 덕윤에게서 들은 빅토르라는 이방인은 고맙다 못해 신비한 사람이었다.

정희는 덕윤과 빅토르의 만남이 흔히 말하는 인연일 수도 있지만 만남 이후에 이어진 일들을 생각하면 인연이라는 말로 간단히 매듭지울 수가 없다고 생각했다.

덕윤과 일 년만의 재회는 삶의 변곡점이 이렇게도 깊을 수가 있다는 걸 새삼스레 실감하게 해주었다. 불구가 된 덕윤의 몸에 박혀있는 삶의 커다란 옹이가 변곡점의 깊이를 말해주고 있었다. 덕윤이 생을 포기하려던 시점에서 빅토르로 인해 바뀐 변곡점의 방향이 조각났던 가정을 봉합하기까지 이어진 걸 생각하면 그야말로 은인이었다.

정희는 일 년 만에 만난 덕윤에게서 희망을 보았다. 몸은 비록 불구가 되었지만 덕윤의 삶은 이전 보다 더 건강하고 활기가 있었다. 아들에게서 마지막 등록금을 주고 갔다는 말을 들었을 때 내심 의아하게 생각했다. 목돈을 마련할 여력이 없다는 걸 알고 있어서였다. 정희는 덕윤이 녁 달 동안 포장마차를 하면서 꼼꼼하게 기록한 매출 내역과 입금된 통장을 보고 마음을 바꾸었다. 도저히 용서할 수 없다는 모난 마음이 희망 앞에서 누그러졌다.

덕윤이 직장에서 쫓겨난 후 정희와 함께 식당을 운영한지 삼 년이 조금 넘어서였다. 건물주가 바뀌고 나서 신축을 한다며 가게를 비워달라고 했다. 임대료를 웃도는 권리금을 한 푼도 인정받지 못했다. 엎친데 덮친다고 살고 있는 아파트가 차압되고 이어서 경매가 이루어졌다. 덕윤이 사촌 형에게 서준 보증의 결과였다. 단 칸 지하 방으로 옮겨서 지내는 나날이 정희의 가슴을 송곳으로 찌르는 듯한 고통으로 이어졌다.

덕윤이 직장에서 쫓겨났을 때는 그래도 내 집을 지니고 있으니 어떻게든 살아 갈 수 있겠지 하고 자위라도 할 수 있었다. 서른다섯 평 아파트는 덕윤 혼자 힘으로 마련한 게 아니었다. 정희의 절약과 노력이 금액으로 환산 할 수 없는 몫을 차지하고 있었다. 정희는 덕윤이 보증을 서준 행위를 가족에 대한 배신이라고 단정했다. 가족의 삶의 터전이 위협받을 수 있는 일을 한 마디 의논 없이 은밀하게 한 행위는 분명 배신이었다.

정희는 모질게 마음을 먹고 아들과 함께 덕윤의 곁을 떠났다. 눈앞에 닥친 절망적인 현실 보다 덕윤에 대한 증오를 품고 함께 살기가 더 힘들 것 같아서였다.

정희는 아들과 함께 살면서 무슨 일이든 마다하지 않고 다 했다. 빌딩 청소, 식당 허드렛일, 치매환자 간병까지 할 수 있는 일은 다했다. 그러나 희망이 없었다. 계속되는 노동으로 쌓이는 피로 밖에 남는 게 없었다.

덕윤이 보여준 매출 내역과 통장에는 희망이 있었다. 점심 준비를 위해 아침부터 일을 해야 했던 식당보다 이익이 훨씬 더 좋았다. 덕윤이 일 년 동안 겪어야 했던 고독으로 이어진 고통의 시간이 예리하게 날을 세우고 있던 증오를 녹여주었다. 정희는 닷새 째 덕윤과 함께 포장마차에서 일하면서 새로운 삶의 가능성을 보고 있었다.

정희는 생각했다. 진정한 희망은 삶의 바닥에서 보는 것이라고. 덕윤이 삶은 오징어를 일정한 크기로 가지런히 자르는 것을 보고 피식 웃음이 나왔다. 예전에는 라면 하나 끓일 줄 모르던 사람이 안주 감을 척척 장만하는 게 신기하면서도 대견했다.

"당신 어디 가서 주방장해도 밥 굶지 않겠어요."

덕윤은 삶은 오징어를 접시에 옮기며 싱긋 웃었다. 참으로 오래 만에 웃는 웃음이었다. 웃음을 잃으면서 덕윤의 삶도 피폐해졌다. 웃음을 되찾게 해준 빅토르가 보고 싶었다. 일주일 밖에 안 되었는데도 길게 느껴졌다. 시간의 길이로 잴 수 없는 정 때문이었다.

"아저씨, 포장마차 아무 걱정 말고 하세요."

덕윤은 희규 패거리들이 와도 걱정하지 말라는 뜻으로 이해했다.

"지난번에 왔던 패거리들이 지켜줄 거예요."

덕윤은 무슨 말인지 도무지 이해가 안 되었다.

"이 지역 우두머리가 저하고 약속했어요. 제가 보는 앞에서 지난번에 왔던 패거리 두목을 불러서 아무도 아저씨 못 건드리게 잘 지키라고 지시를 했어요. 저는 한 달 동안 어디 좀 가있을 거예요. 일 끝내고 올게요."

덕윤은 직감적으로 조직 폭력단과 연관된 일이라고 생각했다.

"빅토르, 내가 이 장사 못해도 좋으니 그만 둬."

"아저씨, 걱정 하실 줄 알았어요. 그냥 어떤 사람을 지켜주기만 하면 되요. 아무 걱정 마세요. 제가 앞장서서 싸우는 게 아니고 한 사람을 지켜주기만 하면 되는 거예요."

덕윤은 빅토르를 믿었다. 돈 때문에 불의와 타협하지 않으리라는 것을.

빅토르의 빈자리를 아내가 매워주고 있는 것은 기쁨 이상의 의미가 있었다. 새로운 삶의 시작이었다. 삶을 포기하려 했던 자신이 이 터전에서 아내와 함께 일을 하고 있는 것은 분명 새로운 삶의 시작이었다. 덕윤은 아내가 매정하게 등을 돌리고 떠났을 때 닥친 정신의 공황과 차가운 현실 앞에서 자신의 삶은 끝났다고 생각했다. 인간으로서의 삶이 아닌 동물적인 삶인 생존만 있을 뿐이라고. 하루하루가 생존이었다. 서울이라는 도시는 정글이었고 덕윤은 허기진 한 마리 짐승이었다. 문명 세계에서 격리된 외롭고 비참한 짐승이었다.

덕윤은 사촌 형에게 서준 보증이 부메랑이 되어 가정을 파괴 시켰을 때 그 행위가 허영에서 비롯되었음을 절감했다. 위험 요소가 있는 줄 알면서 피하지 않은 것은 용기가 아니라 과시하려는 허영이었다는 것을. 덕윤은 활기 찬 표정으로 일하고 있는 아내를 보면서 삶은 알 수 없는 신비라고 생각했다. 동물적인 생존의 의욕마저 꺾어버린 사고를 당한 후에서부터 오늘까지 이어진 일들을 생각하면 분명 신비였다.

덕윤은 어둡고 힘든 날들을 보내면서 친지나 지인들로부터 스스로 멀어져갔다. 그들의 호의나 선심에 의지했을 때 뒤따르는 자괴가 정신마저도 파괴해 버릴 것 같아서였다. 세상살이의 냉엄한 질서 밖으로 밀려난 자신을 구원해 줄 손길은 없다고 단정했다. 산다는 것은 오직 자신의 선택과 결정에 의해서 이어지는 것이라고 생각했다. 막다른 길에서 죽음을 선택했을 때 그 또한 삶의 한 방법이라고 결론을 내렸다.

죽음과 마주 했을 때, 조금도 두렵지 않았다. 다리 아래로 흐르는 강물 속에 잠겨서 호흡이 멎으면 편안한 휴식이 이어지리라 생각했다. 살아오면서 추구했던 삶의 여러 가지 것들이 죽음 앞에 서자 무용한 것으로 퇴색되어 버렸다. 오십 년 생이 참으로 무의미하고 덧없었다. 이 도시에 살고 있는 천만이 넘는 사람들도 시차만 다를 뿐 모두가 죽음의 길동무라고 생각하니 위안이 되었다. 죽음이라는 우주보다 광대하고 알 수 없는 세계에 대한 기대마저 생겼다. 헤아릴 수 없는 세월 동안 헤아릴 수 없는 사람들이 가 있는 죽음의 세계로 가려는 자신의 선택에 주저함이 없었다.

자신의 선택이 타인에 의해 무시되어 다시 삶의 길로 이끌려 갈 때 느낀 것은 무력한 굴욕과 비애였다. 쏟아지는 빗속으로 자신의 남루한 육신을 끌고 가는 타인의 힘은 완강했다. 그 완강한 힘을 통해서 분노가 전해져 왔다. 알 수 없는 분노였다. 최선의 선택을 무시당한 자신이 느껴야 할 분노마저도 무시하는 분노였다. 세차게 내리는 빗속으로 끌려가며 그 힘을 뿌리칠 수 없는 무력함 때문에 눈물이 흘러 내렸다. 다리 끝에 도착했을 때 보이는 것은 가혹한 현실의 세계였다. 두려움과 참담함 때문에 눈물도 흐르지 않았다. 강을 가로질러 놓여 있는 다리는 비현실의 세계였다. 강 양 쪽의 현실을 이어주고 있을 뿐 다리라는 공간 자체는 비현실의 세계였다. 현실의 세계로 진입하고 싶지 않았다. 그러나

타인의 완강한 힘은 자신의 의지마저 차압해버렸다.

타인의 거처로 끌려가서야 얼굴을 볼 수 있었다. 이방인이었다. 그의 얼굴에 분노의 빛이 여전히 남아있었다. 이해할 수 없는 분노였다. 그가 술을 내놓았다. 이틀을 굶은 빈속으로 들어간 술이 뜨거운 통증으로 환치되었다. 거푸 술을 마셨다. 그리고 쓰러졌다. 다음 날 아침, 이방인이 깨워서 눈을 떠보니 끓인 라면이 앞에 있었다. 그는 라면을 다 먹을 때까지 한 마디 말도 하지 않았다. 덕윤이 일어서자 빅토르가 처음으로 입을 열었다.

"아저씨, 또 다리로 갈 거죠?"

빅토르의 말은 덕윤을 주저앉히는 힘을 지니고 있었다. 덕윤은 털썩 주저앉았다.

"아저씨, 내 돈 다 떨어질 때까지 여기 계세요. 돈이 떨어지면 그 다음엔 마음대로 하세요."

덕윤은 빅토르의 말 속에서 삶의 가능성을 보았다. 세상살이가 오직 나의 선택과 결정에 의해서 사는 게 아니라는 것을 알았다. 알 수 없는 신비가 삶 속에 있다는 것을.

"여보, 시장하지 않아요?"

아내의 말을 들은 덕윤은 그 말이 바로 삶이라고 생각했다.

"당신, 시장한 모양이오. 라면 끓일 테니 함께 먹읍시다."

정희의 마음속에 따뜻한 김이 피어오르고 있었다. 지금 이 순간, 이 세상 그 누구도 부럽지 않았다.

"당신, 내가 밉지 않아요?"

덕윤이 라면 가닥을 입에 문 채 고개를 들고 정희를 바라보았다. 눈빛이 따뜻했다.

"빅토르라는 친구가 그런 걸 다 녹여 없애버렸소. 밉기로 하자면 당신이야 말로 내가 미울 테지?"

"한 때는 당신이 미웠죠. 그렇지만 힘들었던 시간이 내 마음속에 있던 미움을 다 녹여버렸어요. 그 걸 이제야 알았지만."

"여보, 우리 술 한 잔 할까?"

"그래요."

정희는 덕윤이 따라주는 술잔을 들고 있는 손 안에 온 세상을 쥐고 있는 것 같았다.

"당신 몸은 괜찮아?"

덕윤이 술잔을 든 채 물었다.

"지금 보약 먹고 있잖아요."

정희는 속으로 '당신이야 말로 괜찮아요?' 하고 묻고 있었다.

"지난번에 제훈이가 그러더군. 엄마가 너무 힘들어서 걱정이라고."

"당신만큼 힘들었겠어요."

정희는 눈물이 흐를 것 같아 고개를 치켜들고 잔을 비웠다.

1
재회

인천대교 위 하늘에 노을이 붉게 물들고 있었다. 빅토르는 좁은 차안에 안나와 경준과 함께 앉아있다는 사실이 믿기지 않을 정도로 현실감이 없었다. 이 기막힌 재회의 비현실감은 공항에서부터 이어지고 있었다.

빅토르가 지켜야 할 그 사람이 게이트를 빠져나오는 승객들 중에 있었다. 빅토르는 경준과 함께 걸어 나오는 안나를 본 순간, 강렬한 빛을 정면으로 받고 있는 것처럼 아무 것도 보이지 않았다. 빅토르의 정신을 강타한 찰나의 충격이 지나갔을 때, 동우가 경준 앞으로 다가가고 있었다. 빅토르를 발견한 경준과 안나가 멈칫하며 걸음을 멈추었다.

"여행 즐거우셨습니까?"

경준의 시선은 동우가 내민 손을 잡으면서도 빅토르에게 머물고 있었다.

경준의 뒤에 서있는 안나의 표정이 하얗게 굳어 있었다. 경준이 빅토르 앞으로 다가왔다.

"빅토르, 오래만이군."

경준의 목소리가 굳어 있었다. 빅토르는 말없이 경준이 내민 손을 잡았다. 동우가 뜻밖이라는 표정으로 두 사람을 바라보았다.

"빅토르."

안나가 빅토르의 이름을 부르고 다음 말을 잇지 못했다. 빅토르도 두 사람에게 무슨 말을 할 수 없었다.

"회장님, 이 친구를 아시나 보네요?"

"알마티 회사에서 근무 했던 친구요."

"자, 우선 차를 타시지요. 차에 오르셔서 말씀 나누시지요."

차가 공항 구역을 벗어 날 때까지 경준도 안나도 말이 없었다. 동우는 운전을 하면서 백미러로 희규가 운전하고 있는 차를 확인했다. 동우는 지금부터 보이지 않은 전쟁이 시작 되었다고 생각했다. 이번 일을 깔끔하게 성사 시켰을 때 자신의 수중에 들어 올 20억이라는 거액의 고지가 눈앞에 보였다.

"회장님, 빅토르의 출현이 궁금하시지요?"

경준은 대답이 없었다.

"재작년 개포동 정 회장 사건 아시지요?"

경준은 여전히 말이 없었다.

"아! 그 때는 회장님이 한국에 안 계셨을 겁니다. 재개발 지역 주민들과 사인을 하루 앞두고 경쟁 업체에서 고용한 애한테 찔려서 혼수상태에 빠지는 바람에 무산되고 말았습니다."

동우는 룸미러로 경준의 표정을 흘깃 살핀 후 말을 계속했다.

"제가 수집한 정보에 의하면 태영에서 북한 특수부대 출신 탈북자를 고용했다고 합니다. 개포동 때처럼 회장님을 표적으로 삼은 겁니다.”

동우는 경준에게 이번 일을 성사시키기 위해 얼마나 빈틈없이 준비하고 있는지를 보여주려고 말을 지어서 하고 있었다. 하지만 북한 특수부대 출신이 경준을 표적으로 삼고 있는 것은 사실이었다.

“사업을 하는 데 그런 방법까지 동원 한단 말이오?”

“회장님은 순수한 사업가라서 우리 세계를 모르십니다. 회장님이야 자본으로 사업을 하시지만 우리 같은 사람은 사업에 방해가 되는 장해물을 제거하는 겁니다. 장해가 되는 폭발물을 제거도 하고 때로는 설치하기도 합니다.”

동우는 이번 경준의 사업이 제대로 성사되어야 자신의 세력도 커질 수가 있었다. 조폭 세계에서도 주먹만 가지고 세력을 키우던 시절은 이제 까마득히 멀어져 갔다. 이제는 돈이 힘이었다. 주먹 세계의 의리는 옛날 얘기였다. 의리도 돈 앞에서는 맥없이 녹아내렸다. 조직을 관리하고 키우기 위해서는 돈이 절대적으로 필요했다.

“회장님, 사업도 중요하지만 안전은 사업보다 더 중요합니다.”

“그건 맞는 말이오.”

경준은 주상복합아파트 건설을 통해 생길 막대한 이득을 떠올리며 그것을 움켜쥐기 위해서는 안전이 무엇보다 중요하다는 데 공감하고 있었다.

“회장님은 운이 따릅니다. 제가 그 북한 특수부대 출신을 제압할 수 있는 실력자를 찾으려고 우리 바닥 애들을 샅샅이 훑어 봐도 없었습니다. 빅토르 이 친구, 우리 바닥에서는 찾을 수 없는 최곱니다. 우리 바닥에서 꽤 알아주는 놈 열이 붙었는데도 간단히 제압해버렸습니다. 이미 검증이 끝났습니다."

동우는 희규 말을 믿었다. 평소 어떤 상황을 전달할 때 과장이 없이 정확했기 때문이었다. 희규도 이 바닥 물을 십 년 넘게 먹으면서 크고 작은 싸움을 수없이 겪었던 터라 고수를 알아보는 눈이 밝으리라는 생각이 들어서였다.

"알았소. 빈틈없이 준비를 해주어서 고맙소."

"회장님이 한 달은 자리를 비우실 수 없습니다. 한 달 안에 모든 게 종결됩니다. 일이 마무리 될 때까지 회장님 차 운전도 우리 애를 시키겠습니다. 그리고 빅토르 이 친구 하고 운전하는 애가 스물 네 시간 회장님 곁에 있을 겁니다."

경준은 빅토르 외에 또 한사람이 함께 있을 거라는 게 그나마 다행이라고 생각했다. 빅토르 혼자만 곁에 있다면 어색하고 답답한 분위기도 그렇지만 왠지 불안하기도 했다. 안나와 빅토르의 관계를 알고 있었기에 감정에 치우친 행동을 할지도 모른다는 우려 때문이었다.

"웬만한 업무는 회장님 댁에서 보십시오. 내일부터 회장님 업무를 도와 줄 비서를 회장님 댁으로 보내겠습니다. 한 달 동안 외출을 삼가시고 댁에 계십시오."

경준은 아파트에 도착한 후, 희규에게 방에 가 있으라고 한 다음 빅토르를 조용히 불렀다.

"빅토르, 안나와 나는 결혼을 했어. 빅토르에게 미안한 마음은 늘 갖고 있었어. 한국에서 이렇게 다시 만나게 된 것도 인연이라고 생각해. 지나간 일을 되돌릴 수 없지 않은가? 이번에 나를 위해서 하는 일이 안나를 위해서 하는 거라고 생각하고 잘 좀 해주게. 부탁하네."

"알겠습니다."

"한국엔 무슨 일로 왔나?'

빅토르는 안나 때문에 왔다는 말을 할 수가 없었다. 안나가 경준과 결혼을 했다는 사실을 알고 난 후, 현실을 받아들이기로 했다. 미움이나 원망은 없었다. 억누를 수 없었던 그리움이 미움이나 원망으로 바뀌지는 않았다. 안나가 이 낯선 땅에서 잘 살기를 바라는 마음뿐이었다.

"아이티 공부를 좀 해보려고 왔는데 여의치 않아서 돌아가려고 합니다. 이번에 회장님 일 끝나면 바로 돌아갈 겁니다."

빅토르는 안나에게로 향한 자신의 마음을 경준에게 조금이라도 보이고 싶지 않았다.

"왜? 공부를 하려고 왔으면 끝까지 하고 가지 그래? 내 도움이 필요하면 도와줄게."

"아닙니다. 이미 결정했습니다."

"그렇다면 할 수 없군. 안나, 이리 나와서 고향 친구하고 얘기 좀 나눠요. 빅토르, 편하게 얘기해. 난 피곤해서 먼저 쉬어야겠어."

경준이 방으로 들어가고 잠시 후에 안나가 거실로 나왔다.

"빅토르."

안나는 공항에서처럼 이름만 부르고 말을 잇지 못했다. 빅토르도 무어라 말을 할 수가 없었다.

"미안해. 빅토르."

침묵을 깨고 안나가 입을 열었다. 빅토르는 안나의 얼굴을 똑바로 보았다. 알마티에서 보았던 안나의 얼굴이 아니었다. 침부트 평원에서 불어오는 바람에 머리카락을 날리며 달려오던 안나의 모습은 지워지고 없었다. 알마티의 자연을 닮은 안나의 건강한 아름다움은 도시의 박제된 세련됨으로 바뀌어 있었다. 빅토르는 그토록 간절하게 그리워했던 안나와 마주 앉아 있는 현실이 허망하다는 생각마저 들었다.

"빅토르."

안나가 안타까운 눈빛으로 빅토르를 바라보았다.

"용서해달라는 말은 못 하겠어."

"안나, 지난 일이야."

"시간이 흘러도 마음은 흘러가지 않아."

"그렇다고 마음을 붙잡고 있을 수 없잖아. 이 일 끝나면 알마티로 갈 거야."

"알마티가 그리워."

"누구나 고향을 떠나오면 그리운 거야."

안나는 알미로스 동산이 그립다는 말을 차마 할 수 없었다. 빅토르 뒤에 우람한 아버지나무가 있는 것 같았다. 그리고 사과꽃 향기가 풍겨왔다.

안나는 공항에서 말쑥한 베이지 색 양복 차림으로 서 있는 빅토르를 처음 본 순간, 몇 번이나 눈을 크게 깜빡거리고 나서 확인했다. 그리고 나서도 믿기지가 않았다. 환상을 보고 있다고 생각했다. 억누를 수 없는 반가움과 아픈 자책이 뒤엉켜 소용돌이치는 마음을 가까스로 가누며 가까이 갔을 때, 빅토르의 얼굴은 굳어 있었다. 반가움을 표현할 수도, 자책으로 고개를 돌릴 수도 없는 상황에서 겨우 이름을 불렀을 때도 타인처럼 대답 없이 굳어 있었다. 안나는 자신에 대한 미움 때문이라고 생각했다. 지금도 빅토르의 마음속에 미움의 응어리가 그대로 있으리라는 생각이 들었다.

"빅토르, 이렇게 얼굴을 마주보며 이름을 불러 볼 수 없을 거라고 생각했어."

"나도 그래."

"빅토르, 날 오래도록 미워해도 좋아. 미움이 사라지지 않으면 빅토르의 마음속에 내가 있을 수 있으니까. 나에 대한 미움 지우지 마."

안나의 눈에 눈물이 고였다. 빅토르는 안나의 볼 위로 흘러내리는 눈물을 닦아주고 싶었다. 그러나 그럴 수 없는 현실 때문에 마음이 아팠다. 안나는 눈앞에 있어도 결코 닿을 수 없는 곳에 있었다.

"안나."

빅토르는 안나의 이름을 부르고 나서 잠시 허공으로 눈길을 돌렸다.

"한국에 와서 이렇게 안나를 마주보며 이름을 부를 수 있는 것만으로도 좋아. 알미로스 동산에 있는 아버지나무처럼 안나는 내 마음속에 살아 있을 거야."

"미안해."

"미안하다는 말 하지 마."

"그럼 고마워."

"안나를 위해서 남편 잘 지켜줄게. 그때 고맙다고 해."

"일 끝나면 바로 떠날 거야?"

"그래."

"그럼 고맙다는 말 한 번 밖에 못하잖아."

안나의 얼굴에 엷은 미소가 번졌다.

"마음으로 하는 말은 한 번만 하는 거야."

"그럼 입으로 여러 번 하고 싶어."

"내가 돌아가거든 알마티 쪽으로 많이 해"

"빅토르, 알마티에 가서 나 만났다는 말 하지 마."

빅토르는 말없이 안나를 바라보았다.

"모든 사람들의 기억 속에서 잊혀지고 싶어."

"과거를 살아 있게 해주는 건 기억이야."

"알마티에서의 나는 없어. 빅토르의 기억 속에만 남고 싶어."

"나 때문에 그렇게까지 할 필요는 없어."

"빅토르, 난 이제 한국 사람이야. 모국을 버린 사람이야."

안나는 경준을 따라 한국에 온 깊은 내막을 말할 수 없었다. 가족의 안정된 삶과 빅토르에 대한 사랑을 바꾸었다는 것을. 경준이 안나의 오빠에게 슈퍼마켓을 차릴 수 있는 자금을 제공했다는 사실을 도저히 말할 수 없었다. 그 말을 했을 때 자신이 더욱 비참해질 것 같았다.

"빅토르, 한 달 동안 가까이서 빅토르를 볼 수 있다는 게 축복이라고 생각해. 나의 기억으로 살릴 수 있는 과거는 빅토르 뿐이야. 그만 들어갈게."

침실로 들어가는 안나의 뒷모습을 보는 빅토르의 마음에 매운 연기가 피어오르고 있었다.

2
표적

　승룡은 23층 오피스텔 창밖으로 도시의 불빛을 바라보았다. 도시의 힘이 느껴졌다. 잠들지 않은 도시의 불빛 속에는 살아서 움직이고 있는 힘이 있었다. 해가 지면 어둠과 함께 정적이 무겁게 쌓이던 압록강변 마을에는 살아 있는 힘이 없었다. 남루한 옷차림에 허기를 끌어안고 동공이 풀려버린 눈으로 길을 걷는 사람들이 유령 같았다.

　서울에 와서 그것을 느꼈다. 서울은 윤기 흐르는 살집의 사람들과 매끄러운 광택이 번쩍이는 자동차의 흐름이 밤이 되면 더욱 활기를 띠고 있었다.

　승룡은 여기가 바로 천국이라고 생각했다. 일 년에 한 번 구경조차할 수 없는 쌀밥에 고기 국이며 산열매 보다 더 흔한 계란과 골라서 먹어야 하는 갖가지 반찬들, 화려하고 맵시 있는 옷차림, 안락한 잠자리, 공화국 인민들이 꿈에서조차 누릴 수 없는 호사였다.

　"서울에 있는 동안 지낼 숙소요."

닷새 전, 태영컨설턴트 회장 태영이 오피스텔을 보여 줬을 때, 승룡은 그냥 서울에 눌러 앉고 싶다는 생각이 들었다. 침대, 텔레비전, 4인용 응접세트, 싱크대와 주방용품들, 욕조와 좌변기, 그 밖의 일상용품들, 사는데 더 이상 무엇이 필요할까 싶을 정도로 완벽했다.

"전화는 항상 켜두시오. 1번을 누르면 바로 나와 통화가 되오. 수신은 진동으로 맞춰뒀으니 그대로 사용하시오."

태영이 담배에 불을 붙이고 두어 모금 빨고 나서 말을 계속했다.

"옷장 안에 갈아입을 옷을 준비해 두었소. 같은 옷을 하루 이상 입지 마시오. 내 말 뜻을 알겠소?"

"예, 알갔습네다."

승룡은 옷이 날개라는 말을 실감했다. 도착한 다음 날, 백화점에서 회색 양복과 와이셔츠, 넥타이, 구두로 몸치장을 하고 거울 앞에 섰을 때, 다른 사람이 서 있는 것 같았다.

"표적이오."

태영이 탁자 위에 사진 두 장을 내려놓았다. 남자와 여자였다. 알맞게 살이 오른 사십 대로 보이는 남자와 젊은 외국인 여자였다.

"표적은 남자지만 그 외국 여자가 마누라니까 함께 있거나 걸어가면 표적이 틀림없소. 참고 하라고 준 거요."

태영이 담배를 끄고 나서 잠시 뜸을 들이고 나서 말했다.

"소음기와 조준경이 달린 밀렵용 총이 있긴 한데 너무 커서 지니고 다닐 수가 없소. 멧돼지도 한 방이면 쓰러뜨릴 만큼 강력한데 상황 봐서 필요하다 싶으면 구해 주겠소."

"길이가 짧은 던지는 칼 석 자루를 마련해 주시라요. 급소에 백히문

총알만큼 치명적이니까니."

"알았소. 서울 지리에 익숙하지 못하니 운전하는 애를 붙여주겠소. 표적이 사는 아파트와 사무실을 가르쳐 주겠소. 기회를 한 번 놓쳤소. 표적이 어제 귀국했소. 개찰구에서 나올 때가 완벽하게 노출된 기회였는데."

승룡은 이틀 동안 차 안에서 표적이 사는 아파트를 지켜보았지만 표적은 움직이지 않았다. 오피스텔로 돌아오니 새벽 한 시가 막 지나고 있었다. 승룡은 이번 일을 성공하면 공화국에 있는 동생 둘을 데려오려고 작정하고 있었다. 그리고 무슨 수단을 써서라도 한국으로 와야겠다고 생각했다. 부모는 국경을 넘기 전 해에 세상을 떠났고 동생 둘만 남아 있었다. 이젠 공화국에서도 돈만 있으면 안 될 일이 없었다.

승룡은 서울에 와서 위대한 수령이나 영명한 지도자가 말라빠진 개 뼈다귀 보다 못한 존재라는 것을 알았다. 주체사상, 천리마 운동, 고난의 행군 따위는 인민들의 등골을 빼어서 굶주림으로 몰아넣는 지옥에서나 통할 구호였다. 사람이 사는데 먹고 입고 자는 것 이상 더 중요한게 또 있을까!

서리 내린 들판에서 이삭 하나, 채소 한 잎을 줍기 위해 들짐승처럼 배회하던 아이들, 벼 뿌리를 캐어다 삶아서 멀건 물을 마시던 인민들, 뺑 한 눈을 감지도 못하고 죽어가던 아이들에게 위대한 수령, 영명한 지도자, 주체사상, 천리마 운동, 고난의 행군 따위가 티끌만큼의 도움도 되지 못했다.

승룡이 공화국의 용맹한 전사가 되기 위해 귀신도 견디기 힘든 훈련을 받을 때는 주체사상이 탱탱한 공처럼 팽배해 있었다. 허리까지 눈이 쌓인 개마고원에서 닷새 동안 오로지 생존을 위한 생존 훈련을 할 때도 주체사상은 푸른 소나무처럼 꿋꿋했다. 비 내리는 밤 자정 무렵 공동묘지에서 해골을 파가지고 올 때도 주체사상은 밝은 등불처럼 빛나고 있었다. 사람 죽이는 고도의 기술을 습득하기 위해 상대 동무의 급소에 칼끝을 찌를 때조차도 주체사상은 흔들림이 없었다.

썩은 자본주의에 물든 제국주의자들의 압제에서 고통 받으며 신음하는 남조선 인민들을 해방시키기 위해 주체사상으로 무장하지 않으면 안 된다고 생각했다. 승룡은 공화국 인민들 중에서 선택된 영예로운 전사였다. 남조선으로 남파될 날을 위해 피와 살을 지닌 인간이 아니라 인간을 죽이기 위해 태어난 병기로 변해갔다.

승룡은 특수공작대라는 병영 안에 있을 때는 공화국 인민들의 현실을 몰랐다. 자신들을 국경의 사냥개로 풀어 놓았을 때, 공화국 인민들의 참상을 조금씩 알게 되었다. 그러나 정신과 뼈가 덜 여문 열아홉 살 때부터 칠 년 동안 받은 야만의 훈련이 정신과 몸에 밴 승룡은 송곳니를 드러낸 사냥개의 임무를 충실히 이행했다.

어느 때부터 부대의 급식량이 줄어들면서 허기가 그림자처럼 따라다니기 시작했다. 가뭄과 홍수로 공화국의 들판은 계절 구분 없이 황폐해지고 인민들의 얼굴도 누렇게 뜨다 못해 가뭄으로 메마른 들판처럼 변해갔다.

승룡의 가슴에서 매운 연기 같은 분노가 피어오르기 시작했다. 국경을 넘는 인민들을 향해 총을 겨누었을 때 분노가 불꽃처럼 피어올랐다. 인민들에 대한 분노가 아니었다. 위대한 조국, 공화국으로부터 배신을 당한 분노였다. 개마고원의 눈 속에서 오로지 살아남으려고 훈련 아닌 생존을 위해 나무껍질을 벗겨 씹어야 했던 자신의 모습을 인민들에게서 보았다. 살아남기 위해서는 동무의 살이라도 베어 먹고 싶었던 그 때의 모습을 똑똑히 보았다.

인민들은 살기 위해 국경을 넘어갔다. 인민들은 공화국을 배신하지 않았다. 공화국이, 영명한 지도자가, 주체사상이 인민들을 배신했다. 승룡은 분노의 주체를 알았다. 전사이기 이전에 인민이었기에 공화국과 영도자와 주체사상이 인민을 배신한 데 대한 분노라는 것을 분명히 알았다.

승룡은 3월 중순, 비가 내리는 새벽 두 시 무렵에 압록강 상류에서 국경을 넘는 한 가족을 발견했다. 어른 허리께까지 차는 압록강을 절반 못 미쳐 건너고 있었다. 부부와 애가 셋이었다. 아버지가 한 아이를 어깨에 앉히고 가슴에도 한 아이를 안고 있었다. 가슴에 안은 아이가 막내 같았다. 어머니 손을 잡은 아이는 턱밑까지 물에 잠겨 있었다.

승룡은 총을 든 채 그들에게로 다가갔다. 다가오는 승룡을 발견한 그들은 움직이지도 못한 채 그 자리에 서 있었다. 절망에 뒤이은 체념이 그들을 세워두고 있었다.

"그 아이 내게 주시라요."

아버지는 '죽이려면 한꺼번에 죽여라' 하는 표정으로 승룡을 바라보았다.

승룡은 총을 던져버리고 말했다.

"그 아이 내게 주구 날래 가시자요."

아버지가 믿을 수 없는 기적 앞에서 얼이 빠진 채 아이를 넘겨주었다. 승룡은 그렇게 인민을 배신한 공화국을 떠나왔다.

승룡은 오피스텔을 나섰다. 잠도 오지 않고 출출 해서였다. 한 시가 넘은지가 꽤 되었는데도 거리에는 사람들이 넘치고 있었다. 불이 환히 켜져 있는 업소들 마다 사람들이 가득 앉아 있었다. 마시고 먹는 집들이 었다. 남조선 사람들은 얼마나 뱃구레가 컸으면 세 끼를 배불리 먹고도 이른 새벽까지 저렇게 먹고 마시나 하는 생각이 들었다.

승룡은 아무집이나 선뜻 들어가기가 주저되어 적당한 집을 찾으려고 걸어갔다. 허벅지를 드러내다 못해 엉덩이까지는 올라 갈 수 없어서 멈춘 빤쓰 같은 짧은 바지를 입은 젊은 여자들과 남자들이 엉겨 붙어서 오가고 있었다. 남자들은 그렇다 쳐도 젊은 여자들이 새벽 거리를 활보하고 다니는 게 이해가 안 되었다. 여동생 나이가 이제 스물 둘, 그 동생이 빤쓰 같은 바지를 입고 남자와 엉켜서 밤거리를 걷는다면 도저히 용납할 수 없을 것 같았다.

한 젊은 여자가 길가에 쪼그리고 앉아서 토악질을 하고 있었다. 뒤에서 또래의 남자가 등을 두드려주고 있었다. 갑자기 굉음이 들리며 십여 대의 오토바이가 밤거리를 질풍처럼 달려갔다. 스물이 채 안 되어 보이는 애들이 타고 있었다. 승룡이 걸어가는 맞은편에서 한 남자가 팔을 휘저으면서 큰소리로 떠들며 갈 짓자 걸음으로 걸어오고 있었다.

"씨발놈, 내가 그 정도 밖에 안 보여. 나 안 죽었어. 돈이면 다야?"

스쳐지나가는 남자에게서 역한 술 냄새가 훅 풍겼다. 택시를 잡으려고 차도로 내려간 사람들이 경쟁을 하듯 도로 안쪽으로 다가가며 손을 흔들고 있었다. 저만치 앞에서 한 남자가 스쳐지나가는 여자의 핸드백을 낚아채서 건물 사이의 좁은 길로 달아났다. 남자가 핸드백을 낚아채서 달아난 좁은 길 안에서 젊은 남녀가 끌어안고 입을 맞추고 있었다.

좁은 길을 지나서 조금 걸어가자 젊은 남자 대 여섯이 두 패로 나뉘어 치고받는 싸움을 하고 있었다. 멀쩡하게 양복을 입은 한 남자가 길바닥에 모로 누어 정신없이 코를 골고 있었다.

"그 씹 새끼가 약 올리잖아. 그래서 좆 까라 그랬지."

맵시 있는 옷차림의 젊은 여자 둘이 씹 좆을 입에 달고 지나갔다. 횡단보도가 시작되는 곳에서 허리가 굽은 할머니가 신호를 기다리고 서 있는 사람들에게 손을 내밀어 구걸을 하고 있었다.

"주 예수를 믿고 지옥 불에서 구원을 받으시오."

한 남자가 세로에는 '불신 지옥' 가로에는 '예수 천국'이라는 글귀를 붙인 십자가를 들고 쇳소리로 외치고 있었다.

승룡은 꽤 걸었는데도 선뜻 들어 갈 수 있는 마땅한 집을 찾지 못했다. 편의점에 들어가서 햄과 소주 한 병을 샀다. 오피스텔로 돌아 온 승룡의 머릿속에 조금 전 길거리에서 본 광경들이 가득 채워져 있었다. 소주를 한 잔 마셨다. 소주 맛이 물처럼 싱거웠다. 햄을 베어 먹으며 거푸 석 잔을 마셨다. 그래도 술기운이 오르지 않았다. 한 병을 다 비우고 나자 그 제서야 술기운이 조금 오르는 것 같았다.

승룡은 자리에 누워도 잠이 오지 않았다. 길거리에서 본 광경들이 머릿속에서 떠나지 않고 있었다. 서울이 단순히 먹고 사는 건 천국인지는 몰라도 속은 곪고 있다는 생각이 들었다. 불을 켜고 표적의 사진을 보았다. 알맞게 살이 오른 평범한 얼굴이었다.

국경에 풀어놓은 사냥개가 되어 죽여야 했던 사람들이 떠올랐다. 얼굴은 하나도 기억되지 않지만 사진 속의 표적보다 더 선량한 사람들이었다. 오직 살아야겠다는 그들에게는 사회주의도 자본주의도 안중에 없었다. 주린 배를 채울 수만 있다면 그곳이 어떤 주의든 상관이 없었다. 결국 사냥개였던 승룡도 주린 배를 채우기 위해 국경을 넘었다. 승룡은 그 선량한 사람들을 죽인 것도 모자라 남조선에까지 사람을 죽이러 온 자신이 야차 같았다. 중국에서도 살기 위해 사람을 몇 죽이기도 했다. 유일하게 할 수 있는 밥벌이였다.

승룡은 표적의 사진 위로 겹쳐지는 자신이 죽인 선량한 인민들의 얼굴을 지울 수가 없었다. 얼굴도 모르는 인민들은 아버지 모습으로, 어머니 모습으로, 동생들 모습으로 겹쳐지고 있었다. 아까 횡단보도가 시작되는 곳에서 굽은 허리로 구걸을 하던 할머니 모습까지 겹쳐지고 있었다.

표적에 대한 가책이나 동정심이 눈곱만큼도 없는 데도 표적의 사진 위로 힘없고 선량한 사람들의 얼굴이 겹쳐지고 있었다. 그들은 표적을 보호하기 위해 겹겹이 가로막고 있었다. 표적을 죽이기 위해서는 그들을 다시 죽여야 할 것 같았다.

알 수 없는 일이었다. 승룡은 자신을 모르고 있었다. 사람을 죽이는 고도의 기술을 연마하기 위해 동무의 명치에 칼을 찌르던 살인 병기가 국경의 사냥개가 되어 인민들을 죽인 행위에 대한 가책이 자신을 인간의 자리로 밀어내고 있는 것을 몰랐다.

서울에 와서 사람이 사람답게 사는 모습을 보고 공화국 인민들의 비극을 생각하며 인간의 모습을 되찾으려는 자신을 모르고 있었다.

3
삶의 가치

명재는 추풍령과 황간 사이의 경부 고속 도로 상행선에서 수산물을 싣고 오던 30톤 냉장차가 전복 되었다는 보고를 받았다. 정확한 사고 원인은 아직 모르지만 고속도로 순찰대의 말로는 졸음운전 때문인 것 같다고 했다.

"기사는?"

"왼쪽 쇄골이 부러지는 중상을 입었지만 목숨에는 지장이 없답니다."

"생명에 지장이 없다니 다행이오. 나머지는 보험처리를 하면 별 문제없겠지요?"

"예, 이미 조처를 해두었습니다. 사고 내용만 보고 드리는 겁니다."

명재는 총무부장이 나가고 난 후 보고 있던 결재 서류를 다시보기 시작했다.

〈운전직 사원 해외 휴가 행선지 선정 건〉이라는 제목의 서류에 눈길이 머물렀다.

회사의 영업 실적이 좋아서 기사들 전원을 가족과 함께 해외로 휴가를 보내면서 회사에서 비용을 전액 지원하라고 지시를 해두었던 내용이었다. 괌, 태국, 필리핀 등 주로 동남아 지역에 대한 장소와 비용 내역이 적혀 있었다.

명재가 경영하고 있는 물류회사는 대형 트럭이나 특장차를 운전하는 기사들에 의해서 돌아가고 있었다. 명재는 회사 경영이 성능 좋은 대형트럭의 주행처럼 잘되고 있어서 그런 생각을 하게 되었다. 명재는 동남아 지역이 선뜻 마음에 들지 않았다. 뭔가 미진하다는 느낌이 들어서였다. 획기적이면서도 오래도록 기억에 남는 휴가여행이 될 수 있는 지역이 좋겠다고 생각했다.

서류에서 눈을 떼고 의자 등받이에 기대어 눈을 감았다. 짧은 자세의 변화에서 생각이 끊기며 빅토르의 얼굴이 떠올랐다. 빅토르가 가 있는 그의 조국 카자흐스탄이 궁금했다. 얼핏 떠오르는 건 중앙아시아라는 광범한 지리적 위치였다. 그리고 광활한 평원이 뒤를 이었다. 갑자기 명재의 머릿속에서 한 가지 생각이 떠올랐다.

총무부장을 불렀다.

"내년에 사원들 휴가를 시베리아 횡단 열차를 타는 코스로 정했으면 하는데요."

총무부장이 의아한 표정으로 명재를 바라보았다.

"밤낮으로 운전대에 앉아서 긴장 속에 있던 사람들이 가족과 함께 느긋하게 기차의 침대칸에서 새로운 경치를 즐기는 것도 괜찮을 것 같지 않아요?"

"좋을 것 같습니다만 경비와 일정이 아무래도……."

"코스가 휴가 기간으로는 짧다 이거지요?"

"그렇습니다. 제가 알기로는 기차를 타고 모스코바까지 가는 데만 일주일이 걸린다던데요."

"휴가는 세 파트로 나누고 휴가 기간 동안 대신 할 수 있는 기사 예비 인력을 확보 하세요. 그리고 여행사에 알아봐서 모스크바에서 동유럽을 거쳐 파리에서 한국으로 오는 코스와 소요기간을 알아보세요. 바이칼 호를 끼고 있는 도시에서 일박을 포함해서입니다."

총무부장이 어리둥절한 표정으로 잠시 있었다.

"이런 휴가는 대기업에서도 시도조차 하지 않는 걸로 압니다."

"이보세요. 직원 복지를 위해서 휴가 계획을 잡는 것도 대기업 하는 것 따라가야 합니까?"

명재의 목소리에는 짜증이 묻어 있었다.

"총무부장, 한 번 생각해보세요. 시베리아의 광활한 평원을 가족과 함께 오붓하게 침대칸에서 바라보며 즐기는 시간을 말이에요. 그리고 유레일을 타고 동유럽의 역사와 문화의 자취를 감상하며 파리에 도착해서 에펠탑에 올라가서 시가지를 바라 볼 때 가족들의 기분이 어떻겠어요?"

"지금 사장님 말씀만 듣고 있어도 기분이 좋습니다."

"그럼 됐어요. 모스크바에서 파리까지의 일정을 여유 있게 잡고 파리에서 이박을 꼭 일정에 넣으세요."

"이번 휴가 대상자는 기사들에게만 적용되는 겁니까?"

"그렇습니다. 그동안 운송을 하러 나간 남편이나 아버지가 혹시라도 사고가 나면 어쩌나 하고 가슴 졸였던 가족들을 위한 휴가입니다."

"예, 알겠습니다. 빈 틈 없이 일정을 잡겠습니다."

총무부장은 말은 그렇게 하고 있었지만 얼굴에는 사무직 직원들이 배제된데 대한 아쉬움이 진하게 배어 있었다.

명재가 빅토르를 생각했을 때 텅 비어 버린 듯 했던 마음이 뿌듯하게 채워지고 있었다. 운전직 사원에게 파격적인 휴가를, 그것도 짧은 시간에 결정할 수 있었던 건 빅토르의 존재가 보이지 않게 작용했다.

명재는 빅토르가 떠난 후 자신의 비어있는 마음을 무엇으로든 채우고 싶었다. 사원의 팔십 프로가 운전직 사원으로 설립 이후 오늘까지 그들에 의해서 회사가 발전해온 걸 생각하면서 언제나 그들의 노고에 고마움을 지니고 있었다. 빅토르의 얼굴이 떠오른 순간, 그들에게 파격적인 휴가를 제공하는 나름대로의 기쁨으로 텅 빈 마음을 채워 보자는 생각이 들었다.

명재의 생각은 옳았다. 남에게 무언가를 해 줄 수 있다는 것은 순수한 기쁨이었다. 아직도 직업에 대한 편견이 작용하고 있는 우리 사회에서 기사라는 직업은 당사자는 물론 가족들까지 은연중에 열등감을 지니게 했을 터였다. 다른 회사에서 제공하지 못하는 스케일이 큰 휴가를 가족들과 함께 즐길 것을 생각하니 마음이 뿌듯함으로 채워지고 있었다.

명재는 생각했다. 슬픔이나 괴로움을 지울 수 있는 것은 순수한 기쁨이라고. 자신을 위해서보다는 타인을 위해서 무언가를 했을 때 얻을 수 있는 게 순수한 기쁨이라는 걸 알았다.

결재서류를 검토하며 사인을 하고 있을 때 둘 째 누님에게서 전화가 왔다. 누님의 목소리가 무거웠다.

"언니가 널 보고 싶어 해."

동생을 보고 싶다는 말을 작은 누님이 하고 있는 데는 그만한 사연이 있으리라는 직감이 들었다.

"무슨 일 있으세요?"

"언니가 암이래."

작은 누님의 목소리가 꺼져 내려앉고 있었다.

"예?"

명재는 가슴을 때리는 충격 때문에 말을 이을 수가 없었다.

"췌장암 말기란다. 삼일 후에 입원해서 수술 받을 거래. 이따 언니 집으로 와."

명재에게 큰 누님은 어머니와 같은 존재였다. 다섯 살 때 세상을 떠난 어머니를 대신해서 명재를 키워 준 건 큰 누님이었다. 친척들의 권유에도 아버지는 끝내 재혼을 하지 않았다. 막내인 명재는 큰 누님을 비롯해서 세 명의 누님 손에서 자랐다.

이제 예순이 채 안된 누님에게 암이라니! 믿고 싶지 않았다.

큰 누님의 안색은 초췌하다 못해 지푸라기처럼 힘이 없어 보였다. 전화를 한 작은 누님과 셋째 누님도 와 있었다. 매형을 비롯해서 모두의 얼굴이 어둡고 무거웠다.

"명재야."

큰 누님은 명재의 이름을 부르고는 말없이 바라보기만 했다. 명재가 큰 누님의 손을 잡았다. 따뜻하게 전해져 오는 온기를 느끼면서 몸속에 암세포가 퍼져 있다는 게 믿어지지 않았다.

"네가 장가든 것을 못 보고 가면 아버지와 어머니께 무슨 말씀을 드릴 수 있겠니?"

"언니는……. 쓸데없는 말 그만해요. 요새 의료 기술이 얼마나 좋은데 수술 받으면 완치돼요. 걱정하지 말아요."

둘째 누님이 질책하듯 말했다.

"경준이는 두 번 씩이나 결혼을 하는데 넌 왜 장가 들 생각을 안 하니?"

큰 누님은 자신에게 번진 암보다 명재의 결혼 문제가 더 신경이 쓰이는 것 같았다.

"안하는 게 아니고 인연이 안 닿아서 그런 거예요."

"인연이 따로 없어. 결혼해서 살면 그게 인연이야. 명희가 그러는데 좋은 사람이 있대. 한 번 만나 봐라."

"알았어요. 누님 건강이나 빨리 회복하세요."

명재는 이 상황에서 차마 못하겠다는 말을 할 수가 없었다.

"나이는 서른다섯인데 화가야. 꽤 능력을 인정받고 있나보더라. 내 친구 동생인데 상당히 미인이야."

셋째 누님이 차분한 목소리로 설득의 목표를 달성하기 위해 진지하게 말했다.

"명재 네가 남편 겸 스폰서가 되어 능력을 발휘할 수 있게 해주는 것도 좋은 일이겠다."

둘째 누님이 거들고 나섰다. 큰 누님의 병환 소식을 듣고 모인 게 아니라 마치 명재 결혼을 성사시키기 위해 모인 것 같았다.

"처남, 남자는 가정을 이루어야 그때부터 어른 대접을 받을 수 있는 거야."

매형까지 가세하고 나섰다.

"다섯 살이면 그리 큰 차이도 아니구나. 명희가 허투루 말 안하는 거 잘 알지 않니? 내일이라도 만나 봐라."

명재는 싫다는 말을 도저히 할 수가 없었다.

"예. 만나 볼게요."

"고맙다 명재야. 네가 내 마음을 알아주어서."

명재는 그 동안 누님들이 아무리 성화를 부려도 한 번도 응해 본 적이 없었다. 그러나 오늘은 암 선고를 받은 큰 누님의 간절한 마음을 차마 외면 할 수 없었다. 큰 누님의 바람을 외면하는 차가운 이기심을 드러내 보일 수가 없었다.

"요새는 옛날 같지 않아서 당사자들끼리 마음만 맞으면 금세 결혼식을 올린다더라. 명희야, 바로 연락해서 내일이라도 만나게 해라."

큰 누님은 자신의 병세를 잊고 있었다. 누님이 아니라 어머니의 마음으로 명재의 결혼에 마음을 쏟고 있었다.

"명희야, 지금 바로 친구한테 전화를 걸어서 약속을 잡아라."

큰 누님은 죽기 전에 아들 혼례를 보고 싶은 어머니의 마음을 그대로 드러내 보이고 있었다.

명재는 셋째 누님과 함께 약속 장소로 가는 동안 마음이 착잡했다. 자신이 온전한 남성성을 지닌 남자였다면 얼마나 좋을까 하는 생각이 들어서였다. 남자가 미모와 재능을 지닌 여자를 만나러 간다는 것은 분명 행복한 일일 것이기에. 지금 명재의 마음은 어머니의 존재와 같은 큰 누님에 대한 걱정뿐이었다. 큰 누님 생의 마지막 소원을 들어주려고 가고 있는 것 같아서 마음이 저렸다. 어머니와 아버지의 죽음을 통해서 크나 큰 상실감을 안고 있는 명재로서는 죽음과 마주하고 있는 큰 누님 때문에 마음이 무너지는 것 같았다.

"명재야, 세월이 지났으니 담담하게 대답 할 수 있겠다 싶어서 물어볼 게. 왜 화경이하고 헤어졌니?"

명재하고 세 살 터울인 셋째 누님은 화경을 무척 좋아했다. 화경 역시도 셋째 누님을 좋아했다. 화경이 경준과 결혼을 한다고 했을 때 셋째 누님은 세상에 있을 수 없는 일인 것처럼 충격을 받았다. 명재와 헤어진 것도 모자라 사촌인 경준과 결혼을 하는 데서 받은 충격이었다.

"뚜렷한 이유 같은 것은 없어."

"근데 왜 화경이하고 헤어지고 나서 이때까지 이성 교제가 없었어?"

"아버지 사업 물려받아서 정신없이 지내다 보니 이렇게 된 거지 뭐."

심리학을 전공한 명희는 가끔씩 명재가 독신으로 지내는 것에 대해서 가벼운 의문을 품을 때가 있었다. 어머니가 일찍 돌아가시고 나서 누나들 틈에서 자라다보니 자신도 모르게 남성성을 상실한 게 아닌가 하고. 그런 사례들이 임상적으로 확인된 것을 상기하면 저절로 의문이 생기곤 했다. 하지만 그런 의문이 생길 때마다 강하게 자신을 부정했다.

"명재야, 내 친구 동생 참 괜찮은 애야. 걔 전시회 할 때 몇 번 가서 보았는데 그림에 대한 순수한 열정을 지닌 애였어. 예술 한다고 도가 넘치게 행동하는 사람들이 있지 않니? 남자든 여자든 말이야. 난 무슨 일을 하던 사람의 본분에서 벗어나는 사람을 인정할 수 없어. 예술가들의 일탈, 난 그게 용납이 안 돼. 그럴 바에야 혼자 살아야지. 그런 면에서 내 친구 동생 정말 괜찮아."

"누나, 솔직히 말할 게. 나, 큰 누님 말을 도저히 뿌리칠 수 없어서 가는 거야. 사람이 왜 결혼을 꼭 해야만 돼? 결혼을 안 하는 대신 자유로운 영혼으로 살 수도 있잖아? 누나가 친구 같아서 솔직하게 얘기하는 거야."

"결혼을 한다고 영혼이 속박 받는 건 아니잖아? 결혼은 인류가 최초로 만든 제도야. 결혼은 보편적이면서도 심오한 가치를 지니고 있어."

"삶의 가치는 개인이 스스로 정하고 거기에 의미를 두는 거라고 생각해. 보편의 기준으로 정신의 영역에 울타리를 칠 수는 없는 거야."

명재의 말을 듣고 있는 명희의 마음속에 불순한 의문이 다시 고개를 들고 있었다.

4
숲의 요정

빅토르의 의식 속에는 뿌연 안개가 끼어 있었다. 날이 밝기 전의 여명처럼 희붐한 의식이 현실의 명료함을 지우고 있었다. 안나와 한 공간 안에 있다는 사실조차 현실 밖의 일처럼 여겨졌다.

70평짜리 아파트 타워팰리스는 공간 구획이 엄정하게 되어 있어서 안나와 마주할 기회가 없었다. 열흘 동안 한 자리에서 식사를 한 적이 한 번도 없었다. 늘 시차를 두고 있었다. 32층 높이와 방문자를 확인할 수 있는 CCTV가 지켜보고 있는 데다 정교하면서도 강력한 잠금장치가 달려있는 철문이 봉쇄하고 있는 실내는 요새나 다름없었다.

경준은 열흘 동안 한 번도 외출을 하지 않았다. 포장마차로 빅토르를 데리러 왔던 지현이 아파트로 출퇴근을 했다. 경준의 비서가 되어 이메일로 오가는 업무처리를 하고 있었다. 지현이 업무를 보는 책상은 실내의 중앙에 있었다. 현관에서 왼쪽에 있는 삼분의 일 가량을 차지하는 공간에서 경준과 안나가 지내고 거실을 겸한 중앙 홀에서 지현이 업무를 보고 있었다. 홀 오른 쪽에 식당과 주방이 있고 나머지 공간을 차단하는 벽이 있었다. 화장실이 딸린 세 개의 방이 그 나머지 공간에 있었다. 중앙 홀을 차단하는 벽 옆의 공간에 크림색 톤의 안락의자 세트와 보라색이 감도는 푸른 색 유리 탁자가 있었다.

높은 천정과 블랙의 추상적인 무늬가 있는 화이트 톤의 대리석을 깐 바닥, 상아 색깔의 벽, 현대적 미감을 살린 심플한 디자인의 가구, 공간 배치의 예술성, 최고급의 자재, 타워팰리스는 한국 최고의 아파트였다. 빅토르는 현관과 가까운 중앙 홀을 차단하는 벽 옆에 있는 공간의 안락의자에서 낮 시간을 주로 보냈다. 희규는 방에서 종일 텔레비전의 영화 채널을 고정 시켜놓고 보고 있었다.

"회장님이 좀 보시제요."

지현이 쉬고 있는 빅토르에게 다가와 말했다. 지현의 뒤를 따라 중앙 홀로 나가니 경준이 안락의자에 앉아 있었다.

"이번 일 끝나면 알마티로 간다고 했지?"

"예."

"돌아가면 무슨 계획이라도 있나?"

"아직은 없습니다."

"그럼, 한국에 그냥 있는 게 어때?"

빅토르는 대답을 하지 않았다. 알마티로 돌아가야 한다는 마음은 변함이 없었다. 그러나 경준의 다음 말이 궁금해서 입을 다물고 있었다.

"빅토르, 알마티에서 2년 동안 나를 위해 성심껏 일해 준 데 대한 보답을 하고 싶어. 그래서 하고 싶은 공부를 할 수 있도록 내가 비용을 대

줄 게."

"아닙니다. 이미 내린 결정입니다."

경준은 빅토르와 함께 열흘 동안 한 공간에 있다는 사실이 부담스럽다 못해 숨이 막힐 것처럼 답답했다. 안나가 빅토르와 자주 대면해서 얘기라도 나누면 차라리 편할 것 같았다. 안나는 귀국하던 날, 한차례 빅토르와 얘기를 나눈 후로는 빅토르와 얼굴을 마주치지 않았다. 그러한 안나를 생각하면 저절로 마음이 무거웠다.

경준은 동우에게 전화를 해서 빅토르를 철수시키라고 할까 하는 생각을 여러 차례 했다. 그 때마다 이번 사업이 마무리 되었을 때, 거머쥐게 될 막대한 이득이 마음을 눌렀다. 북한 특수 부대 출신의 킬러가 자신을 노리고 있는 터라 어색하고 부담스럽더라도 빅토르를 곁에 두고 있어야 한다는 결론을 내릴 수밖에 없었다.

경준은 동우가 한 달 동안 집 안에만 있으라고 했지만 일이 진행되고 있는 걸로 보아 몇 번은 부득이 집을 나서야만 될 것 같았다. 동우 말대로라면 분명 그 킬러가 어디선가 경준이 나오기를 기다리고 있을 것이다. 그 방면의 전문가라면 전문가일 수도 있는 동우의 말대로 빅토르 이상 적임자가 없다니 그대로 따를 수밖에 없었다. 경준은 이런 상황에서 빅토르의 환심을 사두는 게 그런대로 마음이 편할 것 같았다.

"내가 빅토르에게 해줄 수 있는 거라곤 돈 밖에 없네."

경준이 윗옷 안주머니에서 봉투를 꺼내 빅토르에게 내밀었다.

"이천만 원이야. 내 마음이라 생각하고 받아주게."

빅토르는 경준의 마음이 읽혀졌다. 이 돈이 순수한 의도에서 비롯된 게 아니라는 것을.

"회장님, 마음 불편하신 거 압니다. 나 역시 편한 마음은 아닙니다. 허지만 모든 건 지난 일입니다. 안나에게도 분명히 말했습니다. 모든 건 지난 일이라고. 우연한 기회에 자살을 하려는 어떤 사람을 구해주고 그 아저씨가 하는 포장마차 일을 도와주고 있었습니다. 어느 날 추회장의 부하들이 와서 행패를 부려서 다리를 못 쓰는 아저씨를 지켜주려고 그들을 막았습니다. 그게 계기가 되어서 오늘까지 이어졌습니다. 나는 지금 회장님을 보호하는 일을 하러 왔습니다. 이 돈, 회장님을 끝까지 지켜드리고 나서 보너스로 받겠습니다. 그때 주십시오. 그리고 안나도 회장님도 나 때문에 불편해 하지 않았으면 좋겠습니다."

경준은 빅토르의 말에 마음이 한결 편해졌다. 빅토르의 마음이 말 속에 그대로 담겨있어서였다.

"고맙네. 빅토르의 마음이 그렇다니까 나도 한결 마음이 편하네. 안나에게도 빅토르의 마음을 전해주겠네. 안나가 내게 마음이 쓰여서 그런지 빅토르와 마주치지 않으려고 애를 쓰던데 편하게 얘기도 나누라고 하겠네."

빅토르는 이 기묘한 동거 상태에서 경준에게 자신의 마음을 열어서 보이는 게 안나를 편하게 해주는 길이라고 판단했다. 마음 깊은 데서는 안나를 향한 그리움이 새롭게 고개를 들고 있었지만 이제는 그리움에 자신을 맡겨서는 안 된다고 생각했다. 안나가 이 공간 안에서 경준과 한 침대에 누워 있는 걸 상상하면 미칠 듯이 괴로웠지만 그 마저도 이겨내야 한다고 생각했다.

빅토르는 마음과 현실의 괴리를 인정했다. 그걸 인정하지 않으면 혼란과 괴로움에 걷잡을 수 없이 휩싸여 버릴 것 같았다. 자신의 현재 위치에 집중하려고 노력했다.

알마티에서 자신을 가르친 강 사범을 생각하면 북한의 특수 부대 출신의 킬러가 강적임이 분명했다. 북한 출신의 킬러는 목적을 위해서라면 집요함은 물론 어떤 수단이라도 동원할 것이다. 강 사범 같은 실력자가 키워낸 자라면 일격에 목숨을 뺏을 수 있는 필살기를 지니고 있을 것이다. 그와 맞섰을 때 경준을 지켜낼 수 있다고 장담할 수는 없다. 노리는 자는 어떤 작은 빈틈이라도 놓치지 않고 공격 할 것이기에. 그 자는 경준을 명백하게 인지하고 있지만 빅토르는 킬러의 정체를 모르고 있었다. 그렇기 때문에 지키기가 어려울 수밖에 없었다.

빅토르는 눈을 감고 경준이 외출을 했을 때 일어 날 수 있는 여러 가지 상황을 상상해 보았다. 경준이 타고 있는 차가 아파트를 벗어났을 때 일어날 수 있는 차량 공격, 차에서 내리는 순간의 공격, 움직일 때 기회를 포착해서 하는 공격, 실내에서 벽의 커브를 돌때의 공격, 등등 여러 가지 상황을 상상해 보았지만 대처할 만 한 뚜렷한 답이 나오지 않았다. 유일한 대안은 경준이 외출을 할 경우 행선지의 상황을 미리 세심하게 숙지해 두는 것뿐이었다.

"영화를 하도 오래 봤더니 눈이 아프네요."

희규가 벽에 등을 기대고 앉았다.

"형님, 답답하지 않아요? 난 사지가 뒤틀리는 것 같은데……."

희규는 경준의 아파트에 온 이후 빅토르를 형님이라고 불렀다. 빅토르는 나이가 자신보다 보다 위인 것 같아서 형님 소리 거북하니 그냥 이름을 부르라고 했다.

"우리 세계에서 나이는 좆도 아니에요. 실력이 있으면 무조건 형님이에요."

빅토르는 조직폭력 세계의 질서를 보는 것 같았다. 보편적인 사람들 사이에서 지속되어 온 질서는 그야말로 좆도 아니었다.

"나도 답답해요."

빅토르도 답답했다. 그토록 그리워했던 안나가 한 공간에 있어서 더욱 답답했다.

"담배도 못 피우는 데다 술 생각까지 나서 미치겠어요. 꼭 빵에 있는 것 같아요."

빅토르는 '빵'이 무얼 의미하는지 몰라서 어리둥절한 표정으로 희규를 바라보았다.

"감방을 그냥 빵이라고 해요."

눈치 빠른 희규가 빅토르의 표정을 보고 설명을 해주었다.

"여기가 한국에서 가장 비싼 데니까 우린 지금 최고의 빵에 있는 거네요. 이 안에 아무나 못 와요. 더구나 우리 같은 놈들은 꿈도 꿀 수 없는 곳이에요."

"꿈 꿔서 좋을 게 뭐 있겠어요? 그래봐야 빵인데."

"형님, 재치 있네. 금방 빵을 빗대서 말하는 걸 보니."

"빵이 어떤 곳인지 가르쳐 줬잖아요."

"근데 형님, 그 무서운 실력 어떻게 배운 거예요?"

"그냥 우연히 배우게 됐어요."

"나한테 몇 수만 가르쳐 줄 수 없어요?"

그 때, 지현이 커피를 들고 왔다. 빅토르는 지현이 반가웠다. 희규의 청을 들어주기가 내키지 않아서였다.

"두 분, 답답하시죠?"

"아뇨. 하루 종일 지현 씨랑 같이 있는 데 답답하긴요."

"거짓말 마세요. 영화만 보고 계시는 것 같던데……."

"허긴, 나보다는 이 형님이 답답하겠죠."

"빅토르 씨는 말씨를 들어보면 꼭 한국사람 같아요."

"국적만 다르지 사실은 한국 사람이에요."

지현과 희규가 놀란 표정으로 빅토르를 바라보았다.

"설마, 형님 얼굴을 보면 완전히 저 쪽 사람인데……."

"내 성은 강 가에요. 알마티에 가면 아주 오랜 옛날부터 있어 온 사과나무 숲이 있어요. 사과 빛깔과 크기와 맛이 제각기 달라도 모두가 사과거든요. 그런 것처럼 나도 한국 사람이 분명해요. 우리 할아버지 때 카자흐스탄으로 갔는데 우리 어머니는 러시아 사람이에요."

"그럼 스탈린이 연해주 일대의 우리 동포들을 강제이주를 시킬 때 그리로 간 거네요?"

지현이 관심을 가지고 물었다.

"그랬대요."

"방금 아주 오랜 옛날부터 있어 온 사과나무 숲이라고 했는데 야생 사과나무 숲이에요?"

"알마티는 이 세상 모든 사과들의 고향이에요. 사람의 손길이 닿지 않고 저절로 자란 사과나무 숲이 있어요. 알마티는 카자흐 말로 사과의 아버지라는 뜻이에요. 사과나무가 우거진 알미로스 동산이 있는 데 정말 아름다워요."

"에덴 동산일지도 모르겠네요. 그 사과나무가 우거진 알미로스 동산에 꼭 가보고 싶어요. 그 동산이 아름다울 것 같아요."

"성서에 나오는 노아의 방주를 찾아다니는 사람들처럼 성서에 빠져 있는 사람들이 더러 에덴 동산이라고 주장한다고 하더군요. 난 어렸을 때 그 숲에 요정들이 살고 있을 거라고 생각했어요. 색색의 사과를 먹으면서요."

"지금도 살고 있겠지요. 빅토르 씨에게는 사과나무가 우거진 알미로스 동산에 대한 잊지 못할 추억이 있을 것 같아요?"

"아름답고 슬픈 추억이 있지요. 알미로스 동산에 아버지나무라는 아주 큰 나무가 있어요. 그 나무 밑에서 사랑하는 사람과 헤어졌어요."

빅토르는 이 공간 안에 안나가 있다는 말은 할 수가 없었다.

"빅토르 씨에게는 가슴 아픈 추억일 테지만 저에게는 아름다운 사연으로 들려요. 그게 당사자와 듣는 사람의 차이겠지만요. 비극적인 사랑을 그린 소설이나 영화에 매료되는 게 그 때문인 것 같아요."

"희규 씨도 아름다운 추억이 있어요?"

지현은 빅토르 하고만 말을 너무 많이 하고 있는 것 같아서 물었다.

"나 같은 놈한테 아름다운 추억이 있겠어요?"

희규는 나이 들어서 아름답게 기억될 추억이 있을까를 생각해 보았다. 고아원에서 자라 열일곱 살 때부터 이 바닥의 똘마니가 된 자신에게 아름다운 추억은커녕 기억하고 싶지 않은 일들뿐이었다.

5
타워팰리스

　승룡은 표적이 살고 있는 타워팰리스 아파트를 올려다보았다. 햇볕을 받은 유리창과 외벽의 은빛 마감재가 번쩍거리고 있었다. 32층 높이와 겹겹의 보안망, 강철 문, CCTV, 표적의 거처는 요새였다.

　승룡은 열 이틀째 차에 앉아서 아파트 단지에서 외부로 나오는 표적이 탄 차를 기다렸다. 내심 초조했다. 기한인 한 달 동안 거처에서 표적이 움직이지 않는다면 모두가 물거품이 되고 말 것이기에. 공화국에 있는 동생들을 데리고 오려면 반드시 성공을 해야만 했다. 동생들을 생각하면 털끝만큼의 동요도 없이 표적을 제거할 수 있으리라 자신했다.

　승룡은 아파트 단지에서 나오는 승용차들을 먹이를 노리는 매처럼 노려보고 있었다. 표적의 승용차 BMW745의 번호를 머릿속에 각인시켜 놓고서. 고급 승용차들이 경쟁을 하듯 나왔지만 표적의 차는 모습을 보이지 않았다. 이따금씩 표적의 차와 같은 차종이 나올 때는 온 몸의 세포에 비상이 걸렸다.

"빅토르 씨, 회장님께서 외출을 하셔야 된답니다."

빅토르는 지현의 말을 듣는 순간, 얼굴을 알 수 없는 킬러를 떠올렸다. 어디에선가 짐승의 길목을 노리고 있는 인내심 강한 포수처럼 기다리고 있을 킬러를.

"회장님, 행선지가 어딥니까?"

"논현동에 있는 은행인데 사인만 하고 바로 돌아 올 거야."

"은행 주차장이 지하에 있습니까?"

"잠시만, 확인해 볼게."

"회장님, 주차장이 지하에 있으면 엘리베이터와 가장 가까운 곳에 주차가 가능한지도 확인해주십시오."

"저가 지점장에게 전화를 해서 조치를 해달라고 하겠습니다."

지현이 은행으로 전화를 했다.

"주차장은 지하 2층이고 엘리베이터에서 10미터 거리에 주차할 수 있도록 조치를 해놓겠답니다."

"회장님 혼자 가시는 거죠?"

"저도 회장님을 수행해서 가겠습니다."

"안 돼요. 지현씨가 업무상 꼭 있어야 한다면 모르지만."

빅토르는 킬러가 공격을 했을 때 정신을 집중하기 위해 자르듯이 말했다.

"사인만 하면 되니까 혼자서 갔다 올게."

빅토르는 지하 주차장으로 내려가는 엘리베이터를 탔을 때부터 팽팽하게 당겨진 활시위처럼 긴장하고 있었다. 희규에게 차의 시동을 걸어 놓고 기다리라 해놓고 경준의 승용차를 중심으로 주변을 샅샅이 훑어보았다. 빅토르의 시선은 경준이 승차할 때까지 주변에서 움직이는 물체를 포착하기 위해 날을 세우고 있었다.

빅토르는 차가 아파트 구역을 막 벗어났을 때, 도로 건너편에 정차해 있는 검은 색 소나타를 보았다. 아파트단지에서 나와서 진행하는 길은 소나타가 정차해 있는 방향뿐이었다.

승룡은 아파트 단지를 막 벗어나는 은회색 BMW745의 번호를 확인한 순간, 온 몸의 세포가 팽팽하게 긴장되었다. 표적의 차가 분명했다. 두 동생의 얼굴이 떠오르며 표적의 출현이 고맙기까지 했다.

강춘일은 열 이틀째 같은 자리에서 차 안에 있는 게 넌덜머리가 났다. 보스 태영의 지시를 조건 없이 따라야 하는 게 불문율이지만 돌덩이처럼 딱딱한 승룡과 함께 매일 같이 열다섯 시간이 넘게 좁은 차 안에 있는 게 숨이 막혔다. 스마트 폰으로 영화를 다운 받아 보지 않았으면 견딜 수 없었을 지도 모른다.

LA컨피덴셜이라는 영화에서 러셀 크로가 고급 창녀 킴 베신져와 격렬한 정사를 벌이기 직전의 장면을 침을 삼키며 보고 있을 때였다.

"그거 끄구 날래 시동 걸기요."

승룡의 목소리가 싸늘하게 날이 서있었다.

"저 차 놓치지 말구 눈치 채지 않게 따라 가기오."

아파트 구역에서 막 좌회전을 하는 은회색 BMW745를 가리켰다. 춘일은 자신도 모르게 긴장을 하며 차를 출발 시켰다. 태영에게서 무조건 승룡의 지시만 따르라고 했지 왜 그래야 하는지에 대해서는 한 마디도 없었다.

경준이 타고 있는 차는 도곡동 네거리 쪽으로 가고 있었다. 네거리에서 우회전 신호를 받으면 논현동 방향으로 직진할 수 있었다. 빅토르는 백미러를 뚫어져라 쳐다보았다. 아파트 구역에서 막 벗어난 지점에 정차해 있던 검은 색 소나타가 마음에 걸렸다.

신호대에 거의 도착할 무렵, 경준의 차가 가고 있는 차선으로 무리해서 진입하는 검은 색 소나타가 백미러에 보였다. 뒤에 있는 아반떼와 그랜저 바로 다음이었다. 신호대의 신호가 빨간 불로 막 바뀌고 있었다.

"희규, 신호 무시하고 그대로 달려."

희규가 세차게 엑셀레터를 밟자 성능 좋은 차에 가속이 붙었다. 양재동 방향에서 오던 에쿠우스와 아슬아슬하게 충돌을 피하고 직진했다.

"희규, 교통 법규 무시하고 이면도로로 빠져."

"안 좋은 상황인가?"

경준이 바짝 긴장을 하고 물었다.

"아까 아파트 구역에서 도로로 나왔을 때 정차해 있던 차가 따라오고 있었습니다. 따 돌렸으니 빨리 일처리 하고 귀가하시면 별일 없을 겁니다."

승룡은 앞에 있는 두 대가 신호를 기다리느라 정차해 있는 탓에 어쩔 도리가 없었다.

"눈치 채지 못하게 따르랬더니 이게 뭐 이가?"

승룡은 춘일이 뒤통수에다 소리를 버럭 질렀다.

춘일은 입을 다물고 있을 수밖에 없었다.

"도로 그리로 갈까요?"

"아니야. 그 아새끼들이 눈치를 챘으니 안 되갔어. 가만있자…… 일단 그리루 가자우."

승룡은 아파트 단지에서 차가 나와 진행할 수 있는 방향을 다시 검토해 보았다. 표적이 살고 있는 6동 아파트에서 나온 차들은 모두 도곡동 사거리 쪽으로 일단 방향을 잡고 직진 할 수밖에 없었다. 간선도로까지는 오백 미터가 조금 넘었다. 간선도로 방향으로 이십 미터 쯤 되는 지점에 주택가로 이어지는 좁은 도로가 있었다. 담 옆으로 차들이 주차되어 있는 옆 공간으로 차들이 다녔다. 일방통행이었다.

승룡은 골목 입구에 주차를 해두고 아파트 단지 입구에서 전화로 시동을 걸게 한 후 달려와 승차하기까지 20초면 충분하다고 판단했다. 간선도로로 나간 차들은 일단 우회전을 해야 되기 때문에 차를 놓칠 염려는 없었다. 승룡은 지금 쓰고 있는 차가 노출 되었으니 다른 차로 바꿔달라고 해야겠다고 생각했다.

희규는 경준과 빅토르가 은행으로 들어가고 난 후 차에 앉아서 생각했다. 아파트 구역을 벗어나면서 길 건너편에 서있던 차를 보았다. 그리고 그 차가 따라오는 것도 보았다. 신호가 바뀌었을 때, 그대로 직진을 할까 하고 망설였다. 그 때, 빅토르의 단호한 말이 없었으면 망설이다 그대로 멈춰 서 있었을 것이다. 상황에 대처하는 빅토르의 능력은 뛰어났다. 지난번 자신의 똘마니들을 상대할 때도 전혀 빈틈이 없었지만 조금 전에 보여준 행동에서도 빈틈이 없었다. 십 년 넘게 조폭 세계에 몸을 담고 있었지만 빅토르만한 인물을 보지 못했다.

안나는 곧 귀가한다는 경준의 전화를 받고 홀로 나갔다.

"사모님, 차라도 한 잔 드릴까요?"

지현이 책상에서 일어나며 물었다.

"같이 한 잔 해요. 난 커피로 할래요."

안나는 지현의 뒷모습을 보며 친구로 지내면 좋겠다는 생각을 하고 있었다. 나이도 비슷해 보이는 데다 맑은 눈빛과 더불어 자신감에 찬 행동이 부러웠다.

"지현 씨 몇 살이에요?"

안나가 커피 잔을 들고서 물었다.

"스물일곱이에요."

"나 하고 같네요. 지현 씨, 보다시피 난 한국인 친구가 없어요. 지현 씨랑 친구하고 싶어요."

"그러세요. 나도 사모님을 볼 때마다 친구였으면 좋겠다는 생각을 했어요."

지현은 안나의 흰 얼굴에서 빛나는 푸른 눈을 보면 어떤 신비감이 느껴졌다. 말로만 들은 바이칼호수 물빛이 저러지 않을까 싶었다. 비록 궁전 같은 아파트에 살고는 있지만 우수어린 얼굴을 볼 때마다 퍽 외로울 거 같다는 생각이 들었다.

"고마워요. 앞으로 사모님이라고 부르지 말고 그냥 안나라고 불러요."

"그건 차츰 그렇게 하죠. 근데 사모님 고향은 어디에요?"

"알마티."

"사과의 아버지라는 뜻이죠?"

안나는 깜짝 놀랐다.

"지현 씨가 그걸 어떻게 알아요?"

"빅토르 씨가 어제 얘기를 해주었어요. 그러고 보니 빅토르 씨와 한 고향이네요? 알마티에서는 서로 몰랐나요?"

"몰랐어요."

안나의 마음이 아렸다.

"알마티가 큰 도시인가 봐요?"

"전에는 수도였으니까요."

"알마티 근교에 야생 사과나무 숲이 있다던데요?"

"있어요. 사과나무가 우거진 아름다운 동산도 있어요."

지현은 안나의 푸른 눈 속에 어리는 그리움을 보았다. 그리고 이상하게도 빅토르가 말한 알미로스 동산의 슬프면서도 아름다운 추억의 주인공이 안나 일지도 모른다는 생각이 들었다.

"지현 씨가 친구라서 하는 말인데 그 동산에는 아버지나무라는 아주 오래 묵은 큰 사과나무가 있어요. 내 마음속에 그 아버지나무 같은 사람이 있어요."

지현은 깜짝 놀랐다. 놀라움을 드러내지 않으려고 고개를 잠시 숙였다. 알미로스 동산의 아버지나무, 이별, 추억, 빅토르와 안나의 말은 우연일 수가 없었다. 지현은 두 연인이 이 공간 안에 함께 있으면서 어찌할 수 없는 현실 때문에 터질 것 같은 마음을 이렇게라도 털어놓고 있다고 생각했다.

"아름다운 추억으로 오래 간직하세요."

빅토르가 했던 말을 떠올리며 진심으로 말했다.

"그러려고 생각해요."

"앞으로 좋은 친구가 될게요."

지현은 진심으로 안나가 외로울 때 마음을 기댈 수 있는 친구가 되고 싶었다.

"고마워요. 나도 좋은 친구가 될게요."

지현은 안나의 푸른 눈에 고여 있는 그리움을 보았다. 바이칼 호수처럼 깊은 그리움이었다. 죽는 날까지 고여 있을 그리움이었다.

"나도 커피 한 잔 줘요. 두 사람도 함께 하지?"

경준이 실내로 들어서며 커피 잔을 놓고 마주 앉아 있는 두 사람을 보면서 말했다. 경준은 일어서는 지현을 보며 한세실업과는 어울리지 않는 여자라고 생각했다. 말이 한세실업이지 조폭 집단이라는 것을 익히 알고 있었기 때문이었다. 용모는 물론 말과 작은 행동에 이르기까지 교양미와 품위를 지니고 있었다.

"두 사람 수고 했어. 근데 아까 그 차 우릴 쫓아 왔던 게 확실해?"

"반드시 그렇다고 확신은 할 수 없지만 뒤따라 왔던 것만은 분명 합니다."

"저도 그 차를 보고 있었는데 신호를 받으면서 바로 직진을 할까 하고 잠시 망설였습니다. 빅토르 형님 아니었으면 망설이다 타이밍을 놓쳤을 겁니다. 회장님, 안심하십시오. 빅토르 형님은 제가 본 어떤 사람보다 강합니다. 제가 직접 봤습니다."

희규 말을 듣고 있는 안나는 공항에서 나와 차 안에서 했던 동우의 말이 현실로 드러나고 있음을 실감했다. 걱정이 되었다. 경준 보다는 빅토르가 더 걱정되었다. 킬러와 맞서 경준을 보호해야 하기 때문에 더 위험하기도 했지만 마음 깊은데서 시작되는 걱정은 빅토르에게로 이어지고 있었다.

　지현은 커피 잔을 탁자 위에 놓으며 안나와 빅토르 사이에 흐르는 내밀한 기류를 느꼈다. 그리고 마주 앉아 있는 두 연인 사이에 오가는 말이 들렸다. 언어라는 기호로 전달 될 수 없는 말이었다.

　경준은 커피를 마시며 오늘 일을 생각했다. 집을 나서서부터 돌아오기 까지 빅토르가 보여준 행동은 빈틈이 없었다. 그리고 자신을 보호해야 한다는 진심이 행동 속에 그대로 배어있었다.

6

아침의 전쟁

태영은 승룡을 믿고 기다리기가 초조했다. 승룡이 성공을 못한다면 모든 게 물거품처럼 허망하게 꺼져버릴 것이기에. 태영은 조직에서 가장 믿을만한 애들 열 명을 골랐다. 그리고 동우의 한세실업 근처에도 애들을 심어놓았다. 동우가 출근하는 때를 맞추어서 습격하기로 마음을 굳혔다.

동우만 제거해도 김 회장 혼자서 사업을 계속 추진할 수 없을 것이다. 동우라는 궂은 일을 맡아서 처리해줄 파트너가 꼭 필요하기에. 경우에 따라서는 자신이 동우를 대신해서 파트너가 될 수도 있으리라는 계산까지 하고 있었다. 어차피 김 회장은 누구와 파트너가 되던 사업만 성공시키면 되니까. 동우는 선발해놓은 애들 명단을 세심하게 보았다.

규칠, 목포가 고향이고 칼을 쓰는 데 뛰어났다. 황구, 별명은 똥개지만 깡다구와 저돌성은 아무도 따를 자가 없었다. 규만, 부산 칠성파 출신으로 맹수 같은 근성을 지니고 있었다. 병만, 체대 출신의 태권도 4단인 그의 돌려차기는 가공할 파괴력을 지니고 있었다. 용진, 맷집이 좋고 힘이 장사여서 싸움이 붙었을 때 조직의 앞장을 서는 선봉장이었다. 대호, 한 때 특공무술 도장을 운영했던 공수 특전단 출신으로 차돌 같았다. 세종, 마른 몸집에 날쎈돌이라는 별명답게 민첩성과 공격력이 뛰어났다. 홍철, 평소에는 얼음처럼 차갑지만 전쟁에서는 불처럼 용맹했다. 철환, 통뼈라고 부르는 그의 주먹 한방에 나가떨어지지 않은 건 전봇대뿐이었다. 태홍, 쌍절곤의 고수로 몸놀림은 홍콩의 무술배우 이소룡을 방불케 했다.

태영은 자신이 거느리고 있는 조직에서 이 이상의 정예를 뽑을 수는 없다고 생각했다. 그렇지만 규태가 없는 게 아쉬웠다. 규태는 싸움은 물론 조직원을 통솔하는 데 뛰어난 능력을 지닌 심복이었다. 어려운 상황일수록 규태의 존재감이 뚜렷이 살아났다.

태영은 지난 3월 한세실업의 동우와 벌인 세력 싸움에서 패해 역삼동 일대를 내주고 규태까지 감옥으로 보내야 했던 일을 생각하면 섰던 좆도 팍 죽어버렸다. 그 때 싸움은 근래에 가장 치열하고 거센 피바람이 불었다. 역삼동 일대의 포장마차와 안마시술소를 비롯해서 룸살롱 영업권을 차지하기 위해 양 쪽을 합쳐서 100여명이 붙은 전쟁이었다.

역삼동의 한 안마시술소 뒷길에서 벌어진 싸움에서 태영의 조직원 일곱 명이 중상을 입었을 정도로 피해가 컸다. 거기다 동우의 조직원 중에서 한 명이 칼에 찔려 죽는 바람에 규태가 주모자라고 뒤집어쓰고 감옥으로 갔다. 그 전쟁은 태영의 패배였다. 그 후유증으로 동우의 세력은 커졌고 태영의 세력은 찬물에 좆 줄듯이 줄어들었다.

규태가 감옥으로 가면서 지켜달라고 부탁한 제현 빌딩 옆에 있는 포장마차가 그대로 장사를 하는 게 이상했다. 동우의 굶주린 들개 같은 똘마니들이 역삼동 일대에서 가장 장사가 잘되는 그 곳을 그대로 두고 있었다. 전쟁에서 이기면 하부조직 보스에게 구역 내 노점상 관리권을 주는 게 어느 조직이든 관례였다. 그것은 일종의 논공행상이었다.

태영은 동우가 사무실에 나오는 때에 초점을 맞추었다. 한세실업 사무실은 간선도로에서 한 블록 뒤에 있는 이면도로 변에 있는 건물 3층에 있었다. 이면도로로 진입해서 백 미터쯤 들어 간 곳에 있는 5층 건물이었다. 열 명의 특공대를 한세실업이 있는 건물 근처에 배치 시켰다. 동우의 차가 간선도로에서 이면도로로 진입 할 때 그 곳에 있던 감시조가 '떴다'는 문자를 날리면 집결하도록 시나리오를 짜 놓았다.

태영은 규칠에게 특별한 지시를 내렸다. 앞장서서 나서지 말고 기회를 노려서 한세실업 보스 동우를 확실하게 제거하라고. 성공하면 제일 먼저 빠져나와서 연락을 하면 바로 도피할 수 있도록 조처는 물론 가족들의 생활을 전적으로 책임을 지겠다고 약속을 했다.

동우가 탄 차는 오전 열시가 조금 지난 때에 이면도로 진입했다. 한세실업이 있는 건물 앞에 열 명 정도의 부하들이 두 줄로 서서 대기하고 있었다. 동우가 차에서 내려 세 걸음을 움직였을 때였다. 차 뒤 쪽에서 튀어 나온 세 놈이 방심하고 서 있는 동우 부하들의 머리를 쇠파이프로 내려쳤다. 동시에 앞에서 걸어 온 네 놈이 같은 방법으로 동우 부하들 공격했다. 곧이어 세 놈이 가세를 했다.

동우의 최 측근인 창태와 춘배가 머리에서 피를 흘리면서도 동우 곁으로 붙어 섰다. 기습을 당한 부하들 중에서 정신을 차린 여섯 놈이 쇠파이프를 피해가며 싸우고 있었다. 규만이 휘두른 쇠파이프에 무릎 관절을 강타 당한 동우 부하가 쓰러졌다.

창태가 품에서 짧은 쇠꼬챙이를 꺼내서 규만을 겨냥해서 던졌다. 쇠꼬챙이가 규만의 등에 꽂혔다. 쓰러진 동우 부하를 가격하려던 규만이 고통에 겨운 비명을 지르며 쳐들었던 쇠파이프를 떨어뜨렸다.

병만의 돌려차기에 면상이 채인 동우 부하가 쓰러졌다. 대호는 주먹을 내지르는 동우 부하의 팔목을 왼손날로 쳐내면서 오른손 정권으로 얼굴을 가격했다. 동우를 보호하고 있는 창태 앞으로 태홍이 쌍절곤으로 바람을 가르며 다가왔다. 쌍절곤 한 쪽 끝이 창태 왼쪽 어깨를 강타했다.

창태는 이어서 공격해오는 쌍절곤 한 쪽을 잡으며 옆차기로 태홍의 턱을 찼다. 턱을 차인 태홍이 중심을 잃고 비틀거리는 걸 보면서 다가오는 황구와 맞섰다.

춘배 앞으로 우람한 몸집의 용진이 돌진해 왔다. 춘배는 몸을 틀면서 용진의 오른쪽 턱에 주먹을 작렬시켰다. 고개가 휙 돌아간 용진이 다시 자세를 가다듬고 춘배를 잡아먹을 듯한 기세로 다가왔다.

철환의 주먹을 정통으로 면상에 맞은 동우 부하가 나가 자빠졌다. 홍철이 내려친 쇠 파이프에 머리를 맞은 동우 부하가 쓰러졌다. 규칠은 용진에게 허리를 잡힌 춘배가 팔굽으로 용진의 등짝을 내리 찍는 것을 보았다. 칼을 들고 동우를 찌를 기회를 노렸다.

창태가 황구와 대호 둘과 대치하고 있었다. 병만과 세종이 동우를 앞

뒤에서 공격했다. 동우는 병만의 앞차기 발끝을 피하며 자세를 낮춤과 동시에 옆으로 발을 뻗어 세종의 가슴을 찼다. 동우의 실력은 아직 녹슬지 않았다. 창태와 춘배를 제외한 나머지 동우 부하들은 몸을 쓰지 못했다. 용진의 턱밑 급소를 찔러 무력하게 만들어버린 춘배를 철환과 홍철, 태홍이 에워쌌다.

창태는 대호의 강력한 주먹을 피하며 협공하는 황구의 명치를 찼다. 등에 쇠꼬챙이가 박힌 규만과 턱밑 급소를 찔린 용진은 몸을 가누지 못했다. 병만의 발길이 바람을 가르며 동우의 턱을 찼다. 동우가 비틀거리며 몸의 중심을 가누지 못했다. 규칠은 그 틈을 놓치지 않고 동우의 명치를 겨냥해서 칼을 쑤셔 박았다. 황구와 대호를 상대하고 있던 창태가 규칠의 턱을 찼다. 규칠이 동우의 몸에서 칼을 빼지도 못한 채 나뒹굴었다. 그 때서야 한세실업 건물 안에서 십여 명의 동우 부하들이 뛰어나왔다.

그 때까지 십 분이 채 안 걸렸다. 근처에서 상황을 지켜보고 있던 태영의 부하가 규칠이 동우의 가슴에 칼을 찌르는 것을 확인 하고 신호를 보냈다. 대기 하고 있던 승합차가 빠르게 직진해서 멈추자 태영의 부하들이 규만과 용진을 부축해서 태우고 뒤따라 잽싸게 올라탔다. 승합차가 요란하게 출발했다.

동우는 이대로 죽을지도 모른다고 생각했다. 처음에는 달구어진 쇠꼬챙이가 살을 뚫고 들어오는 것 같은 고통을 느꼈다. 이어서 고통이 온몸으로 퍼져나갔다. 검은 죽음의 그늘이 점점 짙게 자신을 덮쳐오고 있었다. 지금까지 살아 온 세월이 허망했다. 오로지 돈을 움켜쥐기 위해 피비린내를 풍기며 살아 온 세월이 허망했다. 동우는 칼이 꽂힌 채 병원으로 실려 갔다. 동우는 치명상을 입지는 않았다. 의사는 생명에는 지장이 없을 테지만 안심할 수 없는 중상이라고 했다.

정오 뉴스를 보고 있던 경준은 눈을 의심했다. 뉴스 첫머리에 〈아침의 전쟁, 조폭의 세력다툼〉이라는 제목으로 무려 3분여 동안 생중계하듯 싸움 장면을 보도했다.

쇠파이프를 휘두르는 태영의 부하들이 기습하는 장면에서부터 규만의 등에 창태가 던진 쇠꼬챙이가 꽂히고, 병만이 돌려차기로 동우의 부하를 쓰러뜨리고, 대호의 주먹이 동우 부하의 면상을 가격하고, 태홍이 쌍절곤을 잡힌 채 창태의 발에 나가떨어지고, 용진이 우람한 몸으로 춘배에게 돌진하고, 철환의 주먹에 동우 부하가 쓰러지고, 홍철이 쇠파이프로 동우 부하 머리를 내려치고, 동우가 몸을 낮추며 세종의 가슴을 차고, 병만의 발길이 동우의 턱을 차고, 규칠이 몸의 중심을 잃은 동우의 가슴에 칼을 찌르는 장면, 그리고 승합차로 재빠르게 철수하는 장면까지 스포츠 중계를 하듯 보여주고 있었다.

조직폭력단 끼리 이권 다툼으로 인한 싸움인 것 같다며 칼에 찔린 동우는 중태라는 멘트로 마무리를 했다. 싸움 장면들은 전부가 부감으로 촬영되었다. 한세실업 맞은편에 있는 건물 2층에서 누군가가 스마트폰 동영상으로 촬영한 것을 방송사에 곧바로 전송을 했다.

경준은 경악에 따르는 충격에 휩싸여 한 동안 정신을 가다듬을 수가 없었다. 경준은 뒤이어 걱정에 휘말렸다. 집요한 기자들이 동우와 자신의 관계를 파헤칠 것 같아서였다.

태영은 사무실에서 뉴스를 보며 쾌재를 부르고 있었다. 규칠이 동우

의 가슴에 칼을 찌르는 장면을 보며 틀림없다고 확신했다. 규칠의 실력
이면 동우의 급소를 놓치지 않았으리라고. 태영은 철수까지 깔끔하게
이루어진 것을 보며 작전은 대성공이라고 생각했다. 빈 라덴을 사살하
는 작전을 백악관에서 지켜보았다는 오바마 대통령이라도 된 듯한 기
분이었다. 동영상을 촬영해서 방송사로 전송해준 사람에게 술이라도
사고 싶었다. 태영이 규칠에게 전화를 했다. 빨리 공항으로 가라고. 규
칠은 중국행 비자를 받아놓은 여권을 지니고 있었다.

동우는 수술을 받은 후 회복실로 옮겨졌다. 동우는 저녁 아홉 시 뉴
스에서 머리기사로 보도되는 아침에 있었던 일을 생생히 보았다. 규칠
이 자신의 가슴에 칼을 찌르는 장면까지. 동우는 그 장면을 보는 순간,
그 때의 통증이 되살아나는 것 같았다. 동우는 매스컴의 집요한 추적을
피해야 한다는 생각을 먼저 했다. 병실을 지키고 있는 부하에게 사무실
을 폐쇄하라고 지시했다. 동우가 병원으로 옮겨오는 것과 동시에 사무
실을 폐쇄했다는 말을 듣고 일단 안심을 했다.

창태와 춘배는 큰 부상이 아니라고 했다. 창태가 아니었으면 틀림없
이 규칠이 칼을 뽑아서 재차 찔렀을 것을 생각하면 정신이 아찔했다. 창
태에게 큰 빚을 졌다.

경준은 밤 열시 무렵에 동우의 전화를 받았다. 동우의 목소리가 이외
로 또렷했다.

"회장님, 걱정 많이 하셨지요? 전 괜찮습니다. 사업은 차질 없이 진
행될 겁니다. 사무실을 바로 폐쇄했기 때문에 매스컴에서 눈치 채지 못
할 겁니다. 그 점 안심하셔도 됩니다. 만에 하나라도 문병 올 생각은 마

십시오. 기자들이 냄새를 맡기 위해 잠복해 있을 테니까요. 회장님도 안전에 만전을 기하십시오."

경준은 통화를 끝내고 나서 동우를 믿어야 할지 말아야 할지를 저울질 해보았다. 동우의 목소리로 보아서는 중태는 아닌 것 같았다. 어차피 이 사업은 동우와 같은 파트너가 없이는 성공하기가 힘들었다. 그리고 동우가 조합장을 비롯해서 조합 임원들과 접촉해서 구축해놓은 기반이 있었다.

경준은 사업을 포기하지 않는 한 동우와의 관계를 유지해야 한다는 결론을 내렸다. 그러나 더 중요한 것은 자신의 안전이었다. 경준은 거실로 나와서 빅토르를 불렀다.

"빅토르, 뉴스를 봤나?"

"못 봤습니다."

"추 회장이 피습 당했어."

빅토르는 피습이라는 단어의 정확한 의미를 정리하느라 생각을 잠시 가다듬고 있었다.

"추 회장이 칼에 찔려서 병원에 있어."

빅토르는 갑자기 경준이 추진하고 있는 사업이 궁금했다. 조직폭력단의 두목인 동우와 손을 잡은 것 하며 동우가 칼에 찔린 것 자체가 비밀스러운 암투가 개입되어 있는 것 같았다.

"빅토르, 날 안전하게 지켜줄 수 있겠나?"

"그러기로 작정했습니다."

"사업이 마무리되면 며칠 전에 그 것 말고 특별 보너스를 주겠네."

"회장님, 그걸로 만족합니다. 회장님과 안나를 지켜주고 편한 마음으로 알마티로 돌아가겠습니다."

"고맙네. 내가 방금 한 약속은 빅토르의 말과 상관없이 내가 지키겠네."

7
광장

"사장님, 안녕하세요?"

낯선 청년이 앉으며 덕윤에게 인사를 했다. 덕윤은 혹시 그간 다녀갔던 손님인가 생각하며 청년을 보아도 전혀 기억이 나지 않았다.

"저는 규태 형님 동생입니다."

덕윤은 그 말을 듣고 규태 밑에 당질 애가 또 있었나 하고 생각하다 속으로 '아하!' 하고 고개를 끄덕였다. 소문으로 들은, 규태가 조폭에서 일한다는 말이 떠올라서였다.

"규태 형님이 사장님 잘 계시는지 뵙고 인사드리고 오라 해서 왔습니다. 별일 없으시지요?"

덕윤은 지난번에 사람을 보내어 권리금을 받고 빨리 정리하라고 했던 규태가 궁금하던 차였다.

"그래요. 규태는 잘 지내오?"

"형님은 중요한 일 때문에 외국에 가 있습니다. 좀 오래 있을 것 같습니다."

덕윤은 무슨 일을 저질러서 형무소에 들어가 있는 게 분명하다고 생각했다.

"형님이 사장님 걱정을 많이 했습니다. 혹시 고약한 놈들이 와서 행패를 부리지는 않았습니까?"

"그런 일은 없었소."

덕윤은 지난번에 희규 패거리들이 와서 난동을 피웠던 일을 말하고 싶지 않았다. 왠지 그 패거리들과 규태가 연관되어 있을 것 같아서였다. 그런 일이 있었다는 걸 규태 패에서 알았을 때 새로운 분란이 생길지도 모른다는 우려 때문이었다.

"그럼 다행입니다. 그냥 편하게 영업을 하고 계시면 곧 저희들이 사장님을 잘 지켜드리겠습니다."

"저어, 혹시 규태가 나쁜데 가있는 건 아닌가요? 그렇다면 내게 말해주시오. 규태는 남이 아니고 조카이니 내가 알아야 돼요."

"아닙니다. 형님은 지금 분명히 외국에 나가 있습니다. 잘 있으니까 그런 걱정은 조금도 마십시오. 그럼 안녕히 계십시오. 또 찾아뵙겠습니다."

덕윤은 당황한 기색을 감추며 서둘러 가는 청년의 뒷모습을 보며 자신의 짐작이 틀림없다고 생각했다. 덕윤은 인생이 보이지 않은 인과의 끈으로 연결되어 있다는 걸 요즘 들어 짙게 실감하고 있었다.

사촌 형인 규태 아버지가 경영하던 알루미늄새시 공장이 부도 직전에 몰렸을 때 덕윤에게 보증을 부탁했다. 덕윤은 망설였지만 남도 아닌 사촌인데다 이번 위기만 넘기면 틀림없이 회복할 수 있다는 말에 승낙을 했다. 자신의 도움으로 위기를 넘기고 회복할 수만 있다면 보람 있는 일이라 생각하면서. 그러나 결국 사촌 형은 부도를 막지 못했다.

사촌형이 덕윤에게 전화를 해서 "이렇게 될 줄 알았으면 널 끌어 들이지 말았어야 했는데" 하고 후회를 했지만 아무리 빨리 해도 늦은 게 후회였다.

규태는 체육대학의 태권도 선수였지만 국가대표 선발전에서 번번이 탈락했다. 사촌 형이 부도를 내기 직전 형편이 안 좋을 때 규태가 찾아와서 "아저씨, 국가대표 선발전이 곧 있는 데 등록금 한 번만 대주세요. 국가대표로 선발되면 반드시 갚을 게요" 하고 사정을 해서 등록금을 대주었다.

덕윤은 지금 희망이라는 확실한 동산을 보고 있었다. 그리고 행복했다. 비록 사촌 형 때문에 집을 날리고 가정마저도 깨어졌지만 규태로 인해서 이렇게 삶의 터전을 잡게 되었다. 온전히 집을 지니고 있었다 해도 지금처럼 희망이라는 확실한 동산을 볼 수는 없었으리라. 그리고 모진 시련을 겪은 후에 아내와 함께 살고 있는 행복의 소중함 또한 몰랐으리라.

"여보, 무슨 생각을 그렇게 골똘하게 하시우? 낙지 한 접시하고 삶은 오징어 한 접시 준비해 줘요."

정희는 주문한 안주를 장만해주라고 덕윤에게 전할 때마다 깨소금 같은 삶의 재미를 느끼곤 했다. 지난날을 생각하면 진저리가 쳐지도록 싫었지만 그 힘들고 가혹했던 시간이 삶의 소중한 의미를 알게 해주었다. 덕윤과 함께 수산시장에 들러서 안주 감으로 낙지와 멍게 해삼을 사면서 늘 속으로 말을 했다.

"저 넓은 바다 어디에서 왔는지 모르는 너희들 덕분에 살아가고 있다. 참 고맙다."

정희는 살아오면서 지금처럼 많은 대상들에게 고마움을 느껴 본 적이 없었다. 서울이라는 과밀하고 경쟁이 치열한 도시에 살면서 집을 장만하고 저축을 한 푼이라도 더 해야 한다는 일상에서 삶의 깊이를 생각할 겨를이 없었다. 시간의 흐름에 떠밀려 오늘이 어제가 되고 내일이 오늘이 되는 일상에서 지켜왔던 습관을 이어가면서 사는 게 무난한 삶이라고 생각했다. 고마움을 느끼는 건 일상의 표면에서 이루어지는 어떤 일이나 대상일 뿐 삶의 깊이에서 비롯되는 고마움은 없었다. 톱니바퀴처럼 맛 물려 돌아가는 일상에서 그럴 겨를조차 없었다.

정희는 일상의 공고한 틀 밖으로 밀려나 황량한 변방을 떠돌 때 원망과 증오의 가시가 마음의 속살을 찌르는 고통 때문에 몸부림쳤다. 정희를 힘들게 했던 건 곤궁하고 힘겨운 현실보다 원망과 증오가 마음속에 똬리를 틀고 있었기 때문이었는지도 모른다.

정희는 고마움을 알고부터 긍정이 지닌 힘을 깨달았다.

원망과 증오의 가시가 곧추 서 있을 때는 온통 부정과 회의뿐이었다. 물론 팍팍한 현실의 고달픔에서 고마움을 느낄 아무런 건덕지도 없었다. 그리고 예전의 일상의 틀 안으로 복귀할 수 있었다 해도 오로지 그 사실에 대한 안도와 고마움뿐이었을 것이다. 넓은 바다 어디에서 왔는지도 모르는 낙지 멍게 해삼들에게 갖는 그런 고마움은 못 느꼈으리라.

긍정은 일상의 사소한 것들을 밝게 비추면서 의욕을 갖게 해주었다. 정희는 자신이 겪은 고난이 삶을 성찰할 수 소중한 계기라는 것을 알게 되었다. 비록 길바닥에서 장사를 하고 있지만 자신의 존재가 세상의 중심에 있다는 자부심이 있었다. 매일 밤 찾아오는 많은 사람들은 물론 흔한 해산물들에게 까지 갖는 고마움이 없었다면 그런 자부심도 못 가졌을 것이다. 알게 모르게 이어진 관계로 형성된 세계의 중심에 존재하고 있는 게 분명했다.

정희는 이번 일요일에 사촌 시숙 댁을 찾아가 봐야겠다고 작정했다. 전에 식당을 할 때는 일요일도 없이 장사를 했는데 포장마차이지만 일요일이나 공휴일이면 꼬박꼬박 쉬었다. 근처 사무실이 쉬기 때문이었다. 그마저도 쉴 수 있어서 고마웠다.

부도를 낸 시숙은 재기를 못하고 반 지하 단칸방에서 살고 있었다. 한 때는 시숙에 대한 원망이 하늘을 찌르기도 했었다. 그러나 지금 생각해보니 보장된 안전판을 딛고 살 수 없는 게 삶이었다. 예측할 수 없는 변수와 태풍의 눈 같은 불행의 요인들과 동행하는 게 삶이었다. 어느 시점에서 내린 결정이나 실수가 되돌릴 수 없는 고난의 길로 들어서게 하는 게 삶이었다.

"아주머니, 언제나 표정이 밝아서 참 좋습니다."

정희가 주문한 안주를 가지고 가자 오십이 넘어 보이는 손님이 웃으며 말했다.

"밝게 보아주시는 선생님 마음이 밝아서 그렇게 보이는 거겠죠."

"허허, 제 마음이 밝아서 그런 건 아니고요 밝은 모습을 마음에 담아두려고 노력할 뿐입니다."

"그러니까 마음이 밝아질 수밖에 없겠네요."

정희는 이곳이 광장이라고 생각했다. 만나고 헤어지고 다시 만나는 삶의 광장이라고. 정희는 살아오면서 만난 사람들보다 이곳에서 더 많은 사람들을 만났다. 그리고 그들의 얼굴에 드러난 다양한 삶의 무늬를 보았다. 웃음, 분노, 희망, 좌절, 희열, 실의, 환희, 고뇌 등의 무늬들이 이 광장에 펼쳐졌다 사라지고 다음 날이면 새롭게 펼쳐졌다. 그것은 매일 같이 이어지는 삶의 파노라마였다.

명재는 혼자서 자리를 차지하고 있는 게 미안해서 안주를 하나 더 시키려고 정희를 불렀다.

"아주머니, 안주 다른 걸로 한 접시 더 주세요."

"안주가 남아 있는 데 뭘 또 시켜요? 혼자 자리 차지하고 있어서 미안해서 그러죠? 괜찮아요. 마음 편하게 드세요."

정희가 '혼자 자리'에서부터 목소리를 낮추어서 말하고는 주문도 받지 않고 그대로 갔다. 명재는 정희 뒷모습을 보며 사람 사는 동네의 훈훈함 같은 것을 느꼈다.

명재가 큰 누님이 입원해 있는 병실에서 나왔을 때 밤 기온이 옷깃을 여미게 할 정도로 싸늘했다. 병원 구내에 서있는 은행나무 잎들이 불빛을 받아 노란 빛깔이 더욱 화사하게 보였다. 명재는 그 화사하게 노란 은행잎에서 그리움을 보았다. 명재의 마음속에 있는 빅토르에 대한 그리움이 은행잎에 투영되었는지도 모른다.

술잔을 비웠다. 두 병 째 술병 바닥이 거의 드러나고 있었다. 술기운이 그리움을 부풀리고 있었다. 빅토르의 존재가 실존 인물이 아닌 것 같다는 생각이 들었다. 빅토르는 환상이었고 자신은 지금 환상을 찾아서 앉아 있다고 생각했다. 이런 자신도 환상이라고 생각했다. 평소보다 술을 많이 마신 탓만은 아니었다.

남자로 태어나서 남자를 사랑하고 있는 자신의 존재는 분명 환상이었다. 지금 생에서 결코 이룰 수 없는 사랑 때문에 영혼이 방황하고 있는 자신을 타인이 보았을 때 환상을 쫓는 환상으로 밖에 볼 수 없으리라.

"전에 여기서 일하던 외국인 친구 있었잖아? 무서운 친구던데……."

명재는 귀를 활짝 열고 환상을 떨쳤다. '무서운 친구'라는 말이 지닌 온갖 의미를 떠올리면서 옆자리에서 말을 꺼낸 사람의 다음 말을 기다렸다.

"이 주가 조금 더 되었을 거야. 퇴근을 하고 마땅히 갈 데도 없어서 한 잔하고 일찍 들어가려고 여길 왔어. 근데 조폭들이 자리를 다 차지하고 인상을 쓰면서 앉아 있는 거야. 에이 김샜다 하고 돌아가려는 데 그 친구가 조폭들 하고 붙었어. 조폭들은 열 명이 분명 넘었어. 야! 진짜! 영화는 저리 가라야. 한 동작에 한 명 씩 나가 떨어졌어. 나중에는 예닐곱이 칼을 빼들고 그 친구를 에워쌌어. 발 한 번, 손 한 번, 또 발 한 번에 칼을 든 조폭 둘을 그대로 보내버리는 거야. 보고 있던 조폭 보스가 철수를 시키더라구. 그 친구 생기도 잘 생겼잖아? 액션 배우 했으면 금방 스타가 되겠더라구."

"그 친구, 같은 남자가 봐도 마음이 끌리던 데 그런 고수인 줄은 몰랐네."

"구경하는 데 넋이 빠져서 동영상으로 찍지 못한 게 후회막급이야. 블로그에 올렸으면 조회 수가 줄을 이었을 텐데."

명재는 '무서운 사람'이란 이미지가 부정적이지 않아서 마음을 놓았다. 그리고 뒤이어 정말 무서운 일면을 지니고 있었다는 게 놀라웠다. 그 놀라움이 빅토르의 존재를 제 자리로 불러들였다. 그러나 환상처럼 결코 가까이 다가갈 수 없고, 다시는 볼 수 없는 사람이었다.

명재가 마지막 잔을 비우고 일어서려고 할 때였다.

"어머! 김 사장님 반가워요."

가영이 진애와 함께 다가왔다.

명재도 반가웠다.

"잘 왔어요. 그만 일어서려던 참인데 반가운 사람이 왔으니 도로 앉아야겠네."

"제 사무실이 이 근처에 있어요. 가영이하고 일 마무리하느라 늦은 김에 한 잔 하고 가려고 들렀어요."

"두 분이 함께 일하나요?"

"아니에요. 저는 조그만 출판사를 하고 있고 가영인 책 표지 디자인을 해요. 가영인 프리랜서에요."

진애 말이 끝났을 때, 정희가 왔다.

"혼자 외롭게 계신다 했더니 이분들 기다리셨던 거예요?"

"아니에요. 우연히 만났어요. 김 사장님은 언제나 외로운 분이에요."

진애가 정희 말에 대답을 했다.

"김 사장님, 마음속의 파랑새는 날아가 버렸죠?"

가영이 첫 잔을 비우고 나서 명재의 마음을 찔렀다. 그러나 말과는 달리 우호적인 표정으로 명재를 바라보았다.

"김 사장님, 희망을 가지면 파랑새는 날아온대요."

명재는 가영의 말을 어떻게 해석해야 할지를 몰라 입을 다물고 있었다.

"가영이가 표지 디자인 한 소설 내용을 인용해서 하는 말이에요."

진애가 어리둥절한 표정을 짓고 있는 명재에게 말했다.

명재는 가영의 나중 말이 빅토르를 다시 만날 수 있으리라는 암시 같아서 귀가 번쩍 뜨였지만 차마 물을 수는 없었다. 윤 과장에게 부탁을 해서라도 덕윤에게서 빅토르의 연락처를 알아내어 카자흐스탄에 다녀오리라는 생각을 하고 있었다.

"가영 씨 마음속에 있는 파랑새는 날아가지 않았나요?"

"날아가 버렸어요. 오래전에. 그래서 희망을 가지려고 노력하고 있어요. 파랑새를 다시 불러오려고요."

명재는 술잔을 들고 이미 날아 가버린 빅토르라는 파랑새를 생각했다. 그 파랑새만은 절대로 돌아 올 수 없는 파랑새라고.

사과나무 숲

우연 속의 사연

태영건설턴트회장 태영이 선능 B지구 재개발 조합장에게 잔을 건넸다. 조합장 옆에 앉은 여자가 술을 따라주었다. 여자의 미모가 빼어났다. 와인 색깔의 원피스가 앞이 깊게 패어 유두를 겨우 가릴 정도로 가슴골이 훤히 드러났다. 도전적으로 솟은 유두가 얇은 원피스 천을 밀어내고 있었다. 허벅지 맨 위 쪽에 겨우 머물러 있는 원피스 아랫자락이 아슬아슬하게 하체를 가리고 있었다.

"사흘 전 뉴스를 보셨지요?"

"한세실업 추 회장 일 말입니까?"

"예. 중태라고 보도를 했지만 내가 보기에는 치명적이에요. 조합장님도 텔레비전을 보아서 아시겠지만 칼이 박힌 자리가 급소에요. 정확히 명치를 찌른 것 같았습니다. 그 정도면 살기가 어렵습니다."

조합장 조건우는 술잔을 비우고 태영에게 잔을 건넸다. 말을 잠시 끊고 머리를 정리 할 시간을 벌기 위해서였다. 동우와 구체적으로 얘기가 마무리 된 상황이었다.

한세실업회장 동우가 비록 중태라 해도 죽지만 않으면 조직은 살아 있는 것이다. 동우와 적대 관계인 태영에게 돌아섰을 경우 집요하면서도 잔인한 보복이 뒤따를 게 분명했다.

"조합장님, 추동우는 회생 불능입니다. 재개발 사업이 빨리 추진되어야 조합장님은 물론 전체 조합원들의 숙원이 이루지는 것 아닙니까?"

"물론입니다. 회장님이 무슨 말씀을 하시려는지 알고 있습니다. 조합 임원들과 상의를 해서 결론을 모아 보겠습니다."

건우는 본론이 구체적으로 나오기 전에 말을 봉합해 두자는 심산으로 임원들을 거론하며 말머리를 돌렸다.

"알겠습니다. 조합장님을 믿겠습니다. 자, 한잔 드시지요."

건우는 비운 술잔을 옆에 앉은 여자에게 건넸다. 작은 위스키 잔을 받는 여자의 손이 예술품 같았다. 긴 손가락이 점점 가늘어진 끝에 있는 정갈한 손톱에 와인 빛 매니큐어가 칠해져 있었다. 예술가가 심혈을 기울여 만든 손 같았다.

얘기가 마무리 된 것을 알고 여자들이 교태를 부리며 술을 권했다. 건우가 테이블 밑으로 여자의 허벅지를 쓰다듬자 부드럽고 따뜻한 손이 손등을 살며시 덮으며 손가락을 움직여 자극했다. 여자의 나머지 한 손이 불끈 고개를 치켜든 건우의 좆을 움켜쥐고 교묘한 손놀림으로 격려해 주었다. 여자가 룸으로 들어오기 전에 동우와 동행한 남자를 녹이라는 지시를 받은 터였다.

"회장님, 한 잔 드세요."

건우에게 몸이 기운 여자가 술잔을 비워서 입에 머금고 목을 끌어안으며 입술을 갖다 대었다. 입 안에서 데워진 술이 건우의 입 안으로 흘러 들어오고 이어서 혀가 밀려들어왔다. 태영 옆에 앉아있는 여자도 뒤질세라 태영의 대퇴부 안쪽으로 미끄러져 들어간 손가락이 현란하게 움직이기 시작했다. 여자의 몸이 태영에게로 기울며 입술이 다가왔다. 태영의 좆이 탱탱하게 포화되며 불끈 치솟고 있었다.

전화가 왔다. 설왕설래하고 있던 입을 아쉽게 떼고 전화를 받았다. 동우가 죽지 않았다는 부하의 보고였다. 태영의 탱탱하게 포화되어 솟구쳤던 좆이 팍 죽어버렸다.

동우는 자신을 대신해서 조합장을 만나서 일을 처리해줄 사람이 떠오르지 않았다. 부하들 중에는 믿고 맡길만한 놈이 한 놈도 없었다.

지금 쯤, 태영이 조합장과 접촉해서 일을 꾸미고 있을 게 틀림없었다. 동우는 아차! 하고 후회를 하며 전화기를 들었다. 뉴스를 보아서 사태를 알고 있을 조합장에게 자신이 건재를 알렸어야 했는데 사흘이 지나도록 그대로 있었다는 게 뒤늦게 생각나서였다. 신호가 계속 가는 데도 조합장이 전화를 받지 않았다. 동우는 불길한 생각을 떨칠 수가 없었다. 조합장이 태영에게로 돌아 선다면 일이 복잡하게 꼬이다 못해 자칫하면 말짱 도루묵이 되어버릴 수도 있었다. 동우는 전화를 끄고 문자를 날렸다.

"나 추동우 건재합니다. 연락 바랍니다."

심사가 안 좋아지자 숨을 쉴 때마다 상처가 욱신거리다 못해 통증으로 번졌다. 제대로 활동을 하려면 6주가 걸린다고 한, 의사 말이 심사를 휘젓고 있었다. 조합장을 병실로 부를 수도 없는 상황이어서 초조와 불안이 마구 뒤엉켜 마음을 어지럽혔다. 분명 냄새를 맡은 기자가 특종을 노리고 병실로 찾아오는 사람들을 조준하고 있을 것이다.

동우는 부하들 중에서 쓸 만 한 놈이 없을까 하고 아무리 골통을 굴려 봐도 모두가 그 놈이 그놈이었다. 조합장을 만나서 조합원 명단과 더불어 조합원 위임장과 계약서 내용, 그리고 계약이 완료되었을 때 조합장과 임원들에게 건네질 액수 등을 생각하면 아무나 선불리 보낼 수가 없었다. 설사 먹물이 들어서 능력이 있는 놈이 있다 해도 조합장과 임원들에게 건네질 돈에 대해서는 부하들이 모르고 있어야 했다.

전화가 걸려왔다.

"회장님이 통화 가능하신지 물으십니다."

지현이었다.

"추 회장, 몸은 좀 어때요?"

"하루가 다르게 좋아지고 있습니다."

말은 그렇게 하고 있지만 말을 할 때마다 통증이 예리하게 뻗치고 있었다. 첫날은 마취가 덜 풀린 상태여서 그나마 나았다.

"저 쪽 하고 계약 날짜가 언제 쯤 될 것 같아요?"

"아직 확실하게 날짜를 잡지 못했습니다. 이 일을 안 당했으면 어제 계약 날짜를 잡았을 텐데 그 바람에 지연되었습니다. 곧 조합장과 접촉해서 마무리 하겠습니다."

"그렇게 하세요. 계약금 하고 공사 적립금은 얼마를 준비해야 합니까?"

"삼백 억은 준비를 해두셔야 할 겁니다."

"알았소."

동우는 전화를 끊고 나서 필요 할 때 쓸 사람이 없다는 게 답답했다. 이번 일의 법률문제를 담당하고 있는 변호사를 생각해 보았지만 그 역시도 아니었다. 가장 민감한 조합장과 임원들의 문제를 변호사에게 노출시킬 수는 없었다.

조금 전, 전화를 걸었던 지현이 떠올랐다. 지현이라면 서류를 보는 눈이 밝은데다 비밀이 새어나갈 염려가 없었다. 두 달 동안 가까이서 본 지현은 흐트러짐 없이 침착하면서도 당당했다. 거친 남자들만 있는 사무실에서 조금도 위축되지 않고 도도하다 싶을 정도로 자세를 유지했다. 그러면서도 이따금씩 던지는 농담이 그러한 모습에 매력을 더 했다. 동우는 지현이라면 믿을 수 있다는 확신이 섰다.

두어 달 전이었다. 주연건설 정호연회장에게서 전화가 왔다. 저녁 때 술이나 같이 한 잔 하자고 했다. 주연건설과 한세실업은 일 때문에 지속적이지는 않아도 나름대로 관계를 유지하고 있었다.

동우는 좀 의아한 생각이 들었다. 일 때문이라면 전담 직원이 연락을 하거나 사무실로 찾아와 상의를 했다. 일이래야 궂은 일을 처리하는 거지만 한세실업의 주력 사업이었다.

정 회장 정도의 위치에 있는 사람은 자신과 같은 조폭 보스와 술자리를 함께 하는 건 품위 유지를 위해서도 피하게 마련이었다. 정 회장과 몇 차례 일 때문에 자리를 함께 했을 때, 격식을 차려서 권위를 내세우지 않는 소탈한 성품이라는 건 알고 있었다. 그렇지만 설마 술친구가 없어서 자신에게 연락을 하지 않았으리라는 생각 때문에 궁금증이 더 했다.

정 회장은 만나마자 엉뚱하게 딸 얘기를 먼저 꺼냈다.

"추 회장, 내게 딸이 둘 있는 데 한 녀석이 개성이 좀 강해요. 고집이

세단 말이오."

동우는 딸 얘기를 꺼내는 정 회장의 의중이 궁금했다.

"그런데 이 녀석이 방송드라마작가가 되려고 제 딴에는 공부를 열심히 하고 있어요. 그 공부라는 게 학위를 받기 위해서 하는 공부하고 다르잖소? 드라마라는 게 사람 사는 얘기니까."

정 회장이 말을 중단하고 술잔을 비웠다.

"그런데 이 녀석이 야심찬 극본을 쓰겠다며 내게 엉뚱한 부탁을 한단 말이오. 그게 참, 말하기가 좀 뭣 하오만 추 회장이 몸담고 있는 세계를 써보고 싶다며 연결을 해달라는 거요. 그냥 단순한 연결이 아니라 거기 가서 일을 하겠다는 거요. 무슨 일이던 시키는 대로 하겠다는 거외다. 그 애 성깔로 보아 충분히 할 수 있을 거외다."

동우는 정 회장이 어렵게 한 말을 듣고 망설임 없이 결정을 했다. 조폭 세계를 다룬 영화나 드라마가 수도 없이 쏟아져 나왔는데 굳이 숨길 필요가 없다고 생각했다. 더구나 앞으로 주연 건설과 손잡고 일 할 때를 생각해서라도.

"회장님, 따님을 제게 보내십시오."

"그래주면 고맙겠소. 그 녀석한테 일부러 보여줄 건 없고 몇 달이고 있으면서 지가 알아서 공부를 할 테니 그냥 데리고만 있어주시오."

"회장님, 염려 마십시오. 따님이 참 대견합니다. 귀하게 키운 따님 잘 지켜드리겠습니다."

동우는 지현을 처음 보았을 때, 정 회장의 말처럼 마음먹은 일은 해내야만 직성을 풀 수 있는 당찬 면을 느꼈다. 스물일곱의 젊음이 지닌 패기라기보다는 지현의 내면에 축적된 저력에서 생겨난 자신감 때문이었다. 어디에 내놔도 뒤지지 않을 미모와 건강하면서도 우아한 몸매를 지닌 딸을 선뜻 조폭 세계에 맡긴 정 회장도 대단하다는 생각이 들었다.

지현은 빅토르와 안나라는 비련의 두 연인을 주인공으로 드라마의 틀을 짜 보았다. 지금, 경준의 아파트 안에 두 연인이 함께 있다는 것은 가상의 현실을 상정해서 쓴다 해도 쉽게 발상이 떠오르지 않을 극적인 상황이었다. 더구나 빅토르가 안나의 남편인 경준의 신변보호를 해주고 있는 것 또한 드라마의 관심과 재미를 끌 수 있는 절묘한 요소였다. 빅토르의 마음에 치유될 수 없는 상처를 준 장본인이 경준이기에.

조폭의 밥이라 할 수 있는 포장마차를 지키기 위해 희규 패거리를 물리친 빅토르의 활약.

다리를 저는 포장마차 주인과 빅토르의 관계.

김 회장이 추진하고 있는 주상복합아파트 건설.

탐욕적인 자본에 기생해서 단물을 빨아먹는 조직폭력단 한세실업의 역할.

재개발 지역 세입자들이 처한 현실.

북한 특수부대 출신의 킬러.

주상복합아파트와 포장마차로 대비 되는 우리 사회의 두 얼굴.

빅토르와 안나에게서 들은 알마티의 원시 사과나무 숲, 알미로스 동산, 아버지나무, 빅토르와 안나의 사랑, 그리고 이별과 재회, 한 편의 극본을 완성 할 수 있는 요소들이 충분히 갖추어져 있었다.

희규는 방에서 갱 영화를 보느라 지현이 들어가도 기척을 채지 못했다.

"희규 씨, 그거 나중에 보고 저랑 얘기 좀 해요."

희규가 미진한 여운을 떨치지 못한 채 텔레비전을 껐다.

"희규 씨, 추 회장님과 일한지 몇 년이나 됐어요?"

"그건 왜요?"

"묻는 저가 형사 같아요?"

희규가 피식 웃었다.

"아뇨. 여검사 같은 데요"

이번에는 지현이 웃었다.

"심문에 고분고분 대답하지 않으면 고문도 할 수 있어요."

"대한민국에서 깡이 제일 쎈 검사네요. 십년이 조금 넘었습니다. 검사님."

"좋아. 조직들 사이에 벌어지는 전쟁은 몇 번이나 참가했지?

"큰 전쟁만 다섯 번 정돕니다."

"전쟁에서 당한 부상은?"

"갈비뼈 두 대 골절, 왼쪽 팔목 뼈 골절, 왼쪽 머리 여덟 바늘 봉합, 이상입니다."

"우와! 역전의 용사네요."

"역전에서는 한 번도 전쟁을 안 했습니다. 검사님."

지현이 웃음을 참을 수가 없었다.

"근데 이런 건 알아서 뭐하게요?"

희규가 정색을 하며 물었다.

"남자들의 야성적인 세계가 궁금해서요. 희규 씨, 전화번호 좀 가르쳐줘요."

"나 같은 놈 전화번호는 알아서 뭐 하게요?"

"데이트 신청하려고요."

희규가 설마 하는 표정을 지으며 잠시 바라보다 번호를 알려주었다. 지현이 희규 전화번호를 입력하고 나서 나긋한 목소리로 말했다.

"희규 씨, 나중에 전화하면 만나줘요. 제가 밥도 사고 술도 살게요."

희규는 어안이 벙벙했다. 그리고 뒤이어 조폭들의 로망인 〈맨 발의 청춘〉이란 영화가 떠올랐다.

"전화만 하세요. 술, 밥은 내가 살게요."

"사양 안할게요. 근데 지난번에 제현 빌딩 옆에 있는 포장마차 현장에 희규 씨도 있었다고 했죠?"

"그럼요. 모든 상황을 봤죠."

"정말로 빅토르 씨가 대단했어요?"

"한 마디로 빅토르 형님은 최곱니다. 다른 말이 필요 없어요. 최고 그 한 마디로 끝나요."

"나중에 자세한 얘기 들려주세요. 참, 빅토르 씨 하고 의형제 맺었어요?"

"우리 세계에서는 나이 따져서 형님이라고 부르지 않습니다. 실력이 형님입니다."

"희규 씨 고마워요. 나중에 꼭 전화 할게요."

지현은 확실한 취재원을 확보했다는 만족감을 안고 방을 나왔다.

중앙 홀을 차단하는 벽 옆에 있는 안락의자에 빅토르가 눈을 지그시 감고 앉아 있었다. 깊은 상념에 잠겨 있는 것 같았다. 지현은 그런 빅토르의 모습에서 애잔한 연민을 느꼈다. 지현이 조용히 다가갔는데도 빅토르가 금방 눈을 뜨고 지현을 바라보았다.

"쉬고 계시는 데 방해해서 미안해요."

"아닙니다. 그냥 생각 좀 하고 있었습니다."

"빅토르 씨, 알마티의 연락처 좀 알려줄 수 있으세요?"

빅토르가 의아한 표정으로 지현을 바라보았다.

"빅토르 씨가 말해줬던 야생 사과나무 숲과 알미로스 동산의 아버지 나무를 꼭 보고 싶어서요."

"보고 싶은 특별한 이유라도 있나요?"

"있지요. 야생 사과나무 숲, 상상만 해도 그 숲에 많은 이야기가 있을 것 같아요. 빅토르 씨가 말했잖아요? 어렸을 때 그 숲에 요정들이 살고 있는 줄 알았다고. 지금도 살고 있을 거예요. 그 요정들을 만나러 가고 싶어요."

"요정들이 마귀할멈들처럼 늙었으면 어떡하려고요?"

"요정들은 안 늙잖아요? 만약 늙었으면 추억담이라도 듣겠어요. 추억은 아름다우니까요. 그리고 빅토르 씨의 아름다운 사랑을 알고 있는 아버지나무한테서도 얘기를 듣고 싶어요."

지현은 자칫했으면 '빅토르와 안나의 사랑'이라고 말할 뻔 했다.

"꼭 보고 싶다면 오세요. 내가 안내를 할 테니까요. 알마티에 오시면 사과나무 숲 말고도 정말로 중요한 걸 볼 수 있어요. 사람 사는 모습이에요. 알마티만 해도 여러 종족들이 살고 있어요. 그리고 종족만큼이나 다양한 종교가 있어요. 그렇지만 한 번도 종족이나 종교가 다르다고 분쟁이나 충돌이 없었어요. 알마티라는 도시가 자연과 분리되지 않아서 함께 어우러져 사는 자연에서 관용을 배워서 그렇다고 생각해요."

"자연에서 배운 관용으로 함께 어우러져 사는 건 아름다운 모습이지요. 빅토르 씨는 그런 관용으로 포장마차 사장님을 도운 거예요?"

"내가 도움을 드린 건 없어요. 오히려 내가 도움을 받았어요. 아저씨는 내게 삶이 무엇인지를 알게 해 주셨어요. 이 만큼 큰 도움이 있을까요?"

"두 분은 어떻게 인연을 맺게 되었어요?"

"우연이에요. 태어날 때부터 어떤 사람을 만날 것이라고 예정되어 있는 것은 아니잖아요?"

"우연 속에 사연이 있잖아요? 그래서 관계가 이루어지는 게 삶이 아닌 가요?"

"사연이라면 방황하고 있는 내게 빛을 비춰주셨어요. 그게 전부예요."

"빅토르 씨, 그건 좀 추상적이에요. 사연은 어떤 여자가 길을 가다 발목이 삐끗해서 쓰러졌다. 일어나서 걸으려 해도 걷지를 못했다. 지나가던 한 남자가 부축해서 병원까지 데려다 주었다. 그래서 두 사람은 우연이 인연이 되어 사랑이 시작되었다. 뭐 이런 거 아니에요?"

"그래요. 삶의 어느 길목에서 방황하다 쓰러져진 나를 일으켜 세워서 방향을 가르쳐 주고 어두운 밤에도 길을 잃지 않도록 빛까지 비춰주었다. 아름다운 사연 아니에요?"

지현은 빅토르의 말을 들으며 그 내용에다 현실의 옷을 입히면 얼마든지 아름다운 사연을 그릴 수 있으리라 생각했다.

2
따가운 이기심

"이 사업은 우리 조합원들의 오래된 숙원입니다. 서울 시민으로서 삶의 질을 높이고자 하는 권리이기도 합니다."

지현은 조합장 건우의 말 속에 담겨있는 상투성과 카멜레온처럼 상황에 따라 유리한 색으로 변신하고 있는 보호막을 보고 있었다.

역겨웠다.

조합장이 내민 서류는 완벽하리만치 준비가 잘되어 있었다. 전체 조합원을 위해 헌신한 노력의 결과라기보다는 깔끔하게 준비를 해서 일을 마무리 했을 때 생길 검은 돈에 대한 탐욕 때문이라는 생각이 들었다.

"그럼, 계약 날짜는 언제로 할까요?"

"사흘 후로 하지요."

"시간은요?"

"두 시에 여기 조합 사무실에서 하지요."

"알겠습니다."

조합장이 지현을 바라보았다. 눈길이 '가장 중요한 얘기가 남았는데'하고 말하고 있었다.

"조합장님께 긴히 드릴 말씀이 있는데 저랑 함께 나가시지요."

조합장은 지현의 차에 앉아 동우가 전화로 했던 말을 생각했다.

"인센티브 건에 대해서 내 직원하고 최종적으로 매듭을 지으시오. 내 직원이 합의하고 온 내용을 그대로 이행하겠소. 액수와 지급 방법까지 구체적으로 매듭을 짓기 바랍니다."

조합장은 동우보다 이 젊은 여자를 상대로 최종적인 마무리를 하는 게 잘된 일이라는 생각이 들었다.

"이번 사업이 조합원들의 숙원을 풀고 삶의 질을 높이는데 초점을 두고 애쓰신 조합장님과 임원 여러분의 헌신적인 노고의 결과로 사흘 후에 계약과 더불어 결실을 맺게 되었습니다. 애쓰신 분들의 노고에 보답하고자 추동우 회장님과 시행사의 김경준 회장님께서 성의 표시로 금품을 마련 하셨습니다. 이것은 어디까지나 노고에 대한 보답 차원에서 순수한 성의의 표시로 드리는 것임을 분명히 말씀 드립니다."

조합장 건호는 은밀하게 주고받는 돈에 대해 연설을 하듯 긴 말을 하고 있는 지현이 내심 불쾌했다. 그러나 추 회장이 이 여자하고 합의된 내용을 그대로 이행하겠다는 말을 상기하며 표정 관리를 했다. 어차피 돈만 받으면 종결이라 생각하면서.

"추 회장님 하고 이미 얘기가 끝난 일이에요. 액수까지 도요."

"저는 추 회장님의 심부름으로 왔기에 확인 차원에서 여쭙겠습니다. 액수에 대해서 정확한 말씀을 해주셨으면 합니다."

"내게는 이억, 임원 여섯 사람에는 일억씩으로 얘기가 끝난 사항입니다.”

　“그럼 지급 방법은 어떻게 하기로 하셨습니까? 어디까지나 확인 차원에서 여쭙는 겁니다.”

　“계약 전 날 전액 현금으로 받기로 했습니다.”

　“조합장님, 자꾸 여쭙는다고 불쾌하게 생각지 말아주셨으면 합니다. 저는 심부름을 왔기 때문에 추 회장님과 조합장님 사이에 있었던 정확한 내용을 확인해야겠기에 마지막으로 여쭙겠습니다. 시간과 장소는 어떻게 정하셨습니까?”

　“오후 두시 여의 나루 둔치에서 만나기로 했습니다.”

　“알겠습니다. 그런데 조합장님과 임원 분들의 수고에 비해서 액수가 너무 많은데요.”

　“추 회장님 하고 얘기가 끝난 일이라니까요.”

　“그럼 추 회장님이 뇌물을 드리겠다고 한 거네요?”

　“아가씨, 추 회장님 심부름 온 사람치고 도에 넘는 말을 하고 있는데, 추회장님 하고 직접 통화를 하겠소.”

　“잠깐, 통화를 하시기 전에 이걸 먼저 들어 보시죠.”

　지현이 스마트 폰을 들고 녹음 버전을 터치했다. 조합장이 방금 했던 말이 흘러나왔다.

　“제가 서두에 추동우 회장님과 김경준 회장님은 조합장님과 임원 분들의 노고에 대한 보답 차원에서 순수한 성의 표시로 금품을 마련하셨다고 했는데 조합장님 말씀을 들어보니 뇌물을 요구하고 있으시네요. 이 내용이면 검찰에서 그냥 넘어가지 않겠는데요. 안 그래도 재개발 지역의 비리 때문에 검찰에서 촉각을 곤두세우고 있다고 하던데요.”

건우는 말문이 꽉 막혔다. 딸 아이 또래의 새파란 애한테 농락을 당하고 있다는 울화와 범죄를 시인한 녹음된 내용에 대한 걱정이 뒤엉켜 말문을 막고 있었다.

"조합장님, 이렇게 하시는 게 어떻겠습니까? 계약이 끝난 후 모든 조합원들이 보는 앞에서 김경준 회장님이 조합장님과 임원 분들에게 그동안의 노고에 보답하는 차원에서 조합장님 이천만 원 임원 분들에게는 천만 원씩 드리는 걸로 하면 어떻겠습니까? 그러면 모든 조합원들에게 두고두고 존경 받으실 텐데요."

건호는 포로가 된 기분이었다. 아니 실제로 포로가 되어 있었다. 지현이 제시한 요구를 거절할 수 있는 상황이 아니었다. 그러나 그대로 두 손을 들고 따르자니 치밀어 오르는 울화를 누를 수가 없었다.

"아가씨 정체가 뭐요?"

"저요? 한세실업의 행동대원입니다. 이젠 조폭도 쇠파이프나 사시미칼만 휘둘러서는 클 수가 없습니다. 저 같은 지능적인 행동대원이 필요한 때입니다."

"젊은 아가씨가 할 일이 없어서 조폭 조직원 노릇을 하는 거요? 나도 나지만 참 한심하군."

"조합장님, 이익 받으시고 나서 자식들에게 떳떳치 못한 아버지로 사시는 것 보다 자식들과 조합원들에게 존경 받는 아버지로 사시는 게 훨씬 행복하실 겁니다."

지현은 낮에 조합장을 꼼짝 못하게 굴복 시킨 게 통쾌하기보다는 씁쓸했다. 아버지가 경영하는 주연건설에서도 동우와 같은 조직폭력단과 손잡고 몇 건의 재개발 사업을 했으리라는 생각이 들어서였다.

어제 저녁 세입자 대표인 정창원을 만난 건 순전히 세입자들의 처지를 확인해서 극본을 리얼하게 쓰려는 의도에서였다. 지현은 창원과 함께 술을 마시면서 만나자고 한 의도를 솔직하게 털어놓았다. 창원이 소주 한 병을 거의 비웠을 때 침울한 표정으로 말했다.

"우리처럼 가난하고 힘없는 사람들에게 관심을 가져줘서 고맙네요. 드라마를 보니까 잘 사는 사람들 돈 때문에 갈등하고 싸우는 내용이 주류를 이루던데."

"관심이 있다 뿐이지 힘없는 저가 무슨 도움이 되겠어요."

"함께 어우러져 살아가는 데는 무엇보다 관심이 필요하다고 생각해요. 사람과 사람 사이의 따뜻한 관계는 관심에서 시작되는 것입니다. 지금 우리가 사는 지역 재개발업자도 세입자들의 입장에 조금만 관심을 가져준다면 많은 사람들이 비참해 지지는 않을 겁니다."

"개발업자 측 하고 어떤 타협점을 찾지 못했나요?"

"지금까지 모든 재개발사업이 그랬듯이 일방적인 통보만 있을 뿐이지 우리말에는 아예 귀를 닫고 있어요. 수일 내에 계약이 이루어지면 그 다음 수순은 뻔해요. 조폭들인 철거 용역 업체 직원들이 투입되서 강제 퇴거가 시작되고 법원의 판결은 뒤에서 그들의 폭력을 합법화 시켜주는 거지요. 새로 얻을 전세값도 손에 쥐지 못한 세입자들은 오래 동안 정붙이고 살던 동네에서 쫓겨날 수밖에 없어요. 쥐꼬리만 한 이주 보상비와 전세금을 가지고는 다른 곳에 가서 전세를 얻을 수가 없어요. 서울에서 가장 낙후된 지역에서 살았기 때문에 돈이 턱없이 부족한 겁니다. 주거 이주 문제 이전에 삶이 파괴되는 겁니다."

지현은 위로나 격려, 그 밖의 어떤 말도 할 수 없었다. 탐욕스런 자본에 기생해서 살아가는 비열한 집단의 폭력에 밀려 쫓겨나게 될 사람에게 해줄 수 있는 말은 없었다.

"술이나 한 잔 드시자는 말 밖에 할 말이 없네요."

"그래도 누군가 우리들의 처지에 관심을 가지고 있다는 게 위로가 됩니다."

창원은 씁쓸하게 웃으며 술잔을 비웠다. 지현은 어제 힘없는 그들에게 작은 위로나 격려를 해줄 주제도 못되면서 오직 자신의 목적 때문에 창원을 만났던 게 후회가 되었다.

"오실 분이 있으세요?"

정희가 혼자 앉아 있는 지현에게 물었다. 지현에게서 느껴지는 분위기가 이런 포장마차에서 혼자 술을 마실 여자 같지 않아서였다.

"아니에요. 소주 한 병하고 산낙지 한 접시 주세요."

지현이 소주를 한 잔 비우고 나서 내려놓는 잔 속에 어제 만났던 창원의 얼굴이 있었다. 자신의 관심이 위로가 되었다는 말이 마음이 아려오는 여운으로 남아 있었다. 이기심을 관심으로 받아준 창원의 말이 마음의 껍질을 한 꺼풀 벗겨내고 있었다.

드라마 작가가 되겠다고 시작한 자신의 마음이 보였다. 가난과는 담을 쌓고 살면서 얻고 싶었던 건 많은 사람들의 관심과 세상에 자신을 드러내 보이고 싶은 욕심이었다. 지현은 그러한 자신이 부끄러웠다. 창원의 말대로 삶이 파괴되어 전세값도 없이 쫓겨날 처지에 있는 사람들을 이기심을 가지고 찾아갔던 자신이 부끄러웠다.

"우리 집 양반이 빅토르 잘 있느냐고 물어보래요."

지현이 세 번째 잔을 막 비우고 났을 때 정희가 물었다. 지현은 빅토르라는 말에 흠칫 놀랐다가 이어 빅토르를 '모시러' 왔던 일이 생각났다.

"예. 잘 있습니다. 저어, 저 쪽에 앉아 있는 손님들 가시면 제가 그리로 가서 앉아도 되겠습니까?"

지현이 포장마차 앞에 있는 등받이가 없는 의자에 앉아 있는 손님들을 보며 물었다.

"그러세요. 안 그래도 우리 집 양반이 손님하고 얘기를 하고 싶어 하는 것 같았어요."

"전에 제가 왔을 때는 아주머니가 안계셨는데……?"

"빅토르 떠나고 이틀 후에 왔어요. 난 빅토르라는 사람을 한 번도 본적이 없는 데 손님들이 말을 많이 해요. 참 멋있는 사람이라고."

"예. 그래요."

"손님은 요즘 그 사람 자주 보나요?"

"예."

지현은 여기에 올 때도 빅토르와 덕윤 사이의 사연을 들어보고픈 바람에서였다. 그러나 창원의 얼굴이 떠오르면서부터 그 역시도 이기심이라고 생각했다. 이제는 그냥 덕윤을 한 번 보고 싶다는 마음뿐이었다.

"안녕하세요?"

"반가워요. 빅토르 잘 있지요?"

"예. 잘 있습니다. 빅토르 씨를 보고 싶으신 가 봅니다."

"보고 싶지요. 혹시 빅토르가 무얼 하는지 알고 있어요?"

덕윤이 조심스럽게 물어보는 말 속에 염려가 짙게 배어 있었다. 지현은 선량하게 보이는 덕윤에게 걱정의 짐을 지워 줄 것 같아서 사실대로 말하기가 주저 되었다.

"저도 잘은 모르는데 곧 일이 끝날 거예요. 염려하시지 마세요."

지현의 머릿속에 북한 특수부대 출신의 킬러가 떠올랐다. 뒤이어 킬러의 존재가 폭발물 같은 위험성을 안고 있다는 생각이 들면서 무거운 걱정으로 바뀌었다.

지현은 빅토르와 한 공간에 있는 동안 한 번도 이런 걱정을 해본 적이 없었다. 공간의 안전성 때문이기도 하지만 킬러를 상대할 빅토르의 안전에 대해 관심을 가지기 보다는 킬러와 빅토르가 맞닥뜨렸을 때 벌어질 극적인 상황을 내심 기대하고 있었다. 지현은 새삼 자신의 마음속에 도사리고 있는 이기심을 확인했다. 함께 살아가는 데 무엇보다 필요한 게 따뜻한 관심이라는 창원의 말이 묵직한 여운을 남기고 있었다.

"빅토르는 내게 하늘이 내려 준 사람이나 다름없어요."

지현은 덕윤의 말 속에 담겨있는 진심의 무게가 느껴졌다. 사연은 알 수 없지만 하늘이 내려준 존재로 받아들이고 있는 덕윤의 지극한 마음이 전해져 왔다.

"빅토르 씨는 사장님께서 삶의 길을 가르쳐 주셨다고 하던데요?"

덕윤이 잠시 깊은 눈빛으로 지현을 바라보고 나서 말했다.

"내가 이런 말 하는 거 빅토르 그 사람이 바라지 않을 테니까 듣고 그냥 마음에 담아 둬요. 빅토르 그 사람이 내 목숨을 살려주었고 또 이렇게 희망을 가지고 살게 해주었소. 하늘이 내려준 사람이나 다름없다고 한 말이 그냥 한말이 아니라는 걸 알겠지요?"

"예. 사장님 말씀 알겠습니다."

지현은 뭉클한 감동과 함께 빅토르라는 한 인간이 지닌 무게가 느껴졌다.

3
음악 같은 존재

승룡은 다트 판을 노려보았다. 몸에서 힘을 뺀 채 어깨 위로 치켜든 칼을 쥔 손에 지그시 힘을 주었다. 다트 판 중심에 있는 빨간 색 원이 표적의 얼굴로 보였다. 칼을 던지는 순간, 온 몸의 힘이 칼을 쥔 손끝으로 모아졌다. 칼이 다트 판 중심에 있는 빨간 색 가장 자리에 박혔다.

승룡은 미간을 찌푸리며 두 번째 칼을 들었다. 손 안에 있는 칼의 중량감에서 느껴지는 믿음이 찌푸렸던 미간을 펴주었다. 실탄을 한 발 손바닥에 올려놓았을 때 실제 무게보다 더 무겁게 느껴지던 그런 믿음이었다. 칼과 총알이 지니고 있는 살상력에 대한 믿음이었다.

두 번째 칼은 빨간 색 원에 꽂히며 몇 차례 경련을 했다. 칼자루의 떨림이 멎기 전에 세 번째 칼을 던졌다. 빨간 색 원에 꽂혀있는 두 번째 칼옆에 나란히 꽂혔다.

승룡은 다트 판에서 칼을 뽑으며 무려 석 달 동안 매일 같이 칼 던지는 훈련만 하던 때가 떠올랐다. 하루에 천 번도 넘게 칼을 던졌다. 두 달 무렵이 되어서 부터는 숟가락을 들어 올리기가 힘이 들 정도로 어깨가 아팠다. 그런데도 다음 날이면 또 반복해서 칼을 던졌다. 몸은 신비한 회복력을 지니고 있었다. 석 달 가까이 되자 어깨에서 팔 끝까지가 칼 던지기로 기능화 되어버렸다. 인체의 상반신 표적에서 목과 명치를 겨냥해서 던진 칼은 어김없이 그 자리에 꽂혔다.

승룡은 열 번을 더 던져서 녹슬지 않은 기능을 확인했다. 승룡은 초조했다. 표적이 탄 차가 한 차례 움직인 이후 꼼짝을 하지 않았다. 요새 같은 집안에서 움직이지 않는 표적을 어찌해 볼 방법이 없었다.

그 날, 신호가 빨간 색으로 바뀌었는데도 직진을 해버린 걸로 보아 자신의 존재를 알고 있는 게 분명했다. 뿐만 아니라 표적을 막아줄 누군가가 곁에 있었다. 승룡은 운전석 옆에 앉아있던 남자를 떠올렸다. 분명 외국인이었다. 직감으로 표적의 보디가드인 것 같았다. 상황에 따라서는 그를 먼저 제거해야만 목적을 이룰 수 있으리라 생각했다.

승룡은 요즘 들어 공화국에 있는 동생들 꿈을 자주 꾸었다. 빨리 일을 끝내고 동생들을 데려와야겠다는 조바심 때문이었다. 스무 살이 된 남동생이 꿈에서 자신이 받았던 훈련을 받고 있었다. 눈에 핏발이 선 동생은 이미 인간의 조건이 마모 되어버린 병기였다. 꿈에서도 안타까웠다. 사람 죽이는 기술을 몸에 익히면 결국 그 길을 걸을 수밖에 없는 자신의 처지가 싫어서였다.

승룡의 하루하루는 오직 표적에 집중되어 있었다. 자동차 안에 옷을 두고 하루에도 두 세 번씩 갈아입고 표적의 아파트 입구를 지켰다. 표적의 차와 같은 차종을 보면 몸과 정신 속에 웅크리고 있던 본능 같은 살인 욕구가 번뜩이며 날을 세웠다.

승룡은 고급 승용차를 타고 드나드는 사람들을 보면서 그들이 누리는 풍요와 안락 속에서 무엇을 더 바라며 살고 있을까 하는 생각을 하곤 했다.

공화국의 국경을 넘어 온 많은 인민들은 중국에서도 헐벗고 굶주리긴 마찬가지였다. 가족의 주린 배를 채워주기 위해 여자들은 몸을 팔았고 아이들은 도둑고양이처럼 시장을 배회했다. 몸을 팔러 가는 아내를 바라보는 남편은 이미 남편이 아니었다. 딸을 매춘 굴에다 팔아버린 아버지 또한 아버지가 아니었다. 하루를 살고 또 하루를 살아가는 것만이 목적이었다.

남편과 아이들을 남겨두고 변방에 있는 중국인에게 팔려가는 여자들은 슬퍼할 감정도 흘릴 눈물도 메말라 버린 것 같았다. 슬픔마저도 증발되어버린 것 같았다. 비참하다고 생각하는 것 자체가 사치였다. 살아야 한다는 본능이 불행이나 슬픔을 삼켜버렸다. 불행이나 슬픔을 삼켜서 허기를 잠시라도 면할 수 있다면 그게 바로 행복이었다.

승룡은 남조선 최상류층 부자들을 매일 같이 보면서 혁명을 빨리 해야 된다고 생각했다. 공화국에서 살인 병기가 되어 남조선에 투입되기 위해 훈련을 받을 때 귀에 못이 박히도록 들었던 혁명과는 다른 혁명이었다. 썩은 자본주의와 제국주의 압제에 시달리는 남조선 인민을 해방시켜야한다는 그런 멍청하면서도 황당한 혁명이 아니었다.

돼지처럼 멍청한 부류의 공화국 얼간이들은 주둥이에 혁명을 달고 있으면서도 대가리 속으로는 진정한 혁명이 무엇인지를 모르고 있었다. 아니 알고 있으면서도 인민들을 속이고 있었다. 먹다 남긴 음식 쓰레기가 넘쳐나는 남조선 인민들의 풍족함을 공화국 인민들이 알아서는 안 되었기에. 멍청한 돼지들이 아니라 교활한 돼지들이었다.

승룡은 표적의 사진을 볼 때 떠오르던 얼굴들을 지울 수가 없었다. 승룡은 그 때, 살인 병기였던 자신의 내면에서 인간의 정신이 깨어나고 있었다. 자신이 저지른 일들에 대한 기억들이 되살아나며 인간으로서의 정신을 깨우고 있었다. 표적의 사진 위로 겹쳐지던 얼굴들이 가끔씩 살아나며 승룡을 혼란스럽게 했다. 암살자로서의 자신을 그 얼굴들이 되돌아보게 했다.

승룡은 이제 암살자가 아니라 진정한 혁명을 위해 싸우는 전사로 자신을 규정했다. 넘쳐나도록 많이 가진 자들의 탐욕에 대한 증오가 승룡의 정신을 무장시켰다.

승룡의 마음속에 표적이 지니고 있는 부와 탐욕을 생각하면 증오가 끓어올랐다. 단순한 암살자가 아니라 탐욕을 저지하는 사명감을 지닌 혁명 전사로 자신을 격상시켰다.

안나는 하루하루가 지나가는 게 안타까웠다. 킬러가 노리고 있는 상황에서 별 일 없이 날짜가 빨리 지나가야 하지만 빅토르가 떠날 날이 가까워지고 있는 게 슬펐다. 알미로스 동산의 기억이 안나의 머릿속을 가득 채우고 있었다. 빅토르와 한 공간에서 지낸 이후부터 사과꽃 향기가 실내에 배어있는 것 같았다.

알미티의 모든 풍경들이 그리웠다. 하얗게 핀 목화송이들로 뒤덮인 들판 멀리로 만년설이 쌓여있는 천산산맥 연봉들, 침블락 계곡의 폭포, 침부트평원의 아득한 지평선, 나무가 우거진 시가지, 코스타나이 대학 광장, 코스타나이 공원, 푸른 청색 돔과 흰색으로 칠해진 이슬람 사원,

황금 빛 돔과 복잡한 장식으로 치장된 러시아 정교회 성당, 거리를 오가는 여유로운 표정의 사람들.

안나는 그 정겨운 풍경들이 있는 곳으로 되돌아 갈 수 없다는 사실이 슬펐다. 안나는 빨리 젊음이 퇴색해서 기억마저도 그렇게 퇴색되어 버리기를 바랐다. 빅토르와 한 공간에 있는 안타까움을 견디기가 힘들었다. 빅토르로 인해 되살아나는 알마티의 풍경들은 마음을 헤집는 고통을 수반하고 있었다. 빅토르가 그리운 풍경들이 있는 알마티로 돌아가고 나면 그리움으로 이어질 나날들이 두려웠다.

"빅토르가 떠날 날도 얼마 안 남았는데 나가서 얘기라도 하지 그래."

경준이 축구 경기 중계를 하고 있는 텔레비전에 시선을 둔 채 말했다. 현대판 검투사들처럼 그라운드에서 부딪치고 쓰러지면서 공을 몰고 달릴 때 콜로세움을 꽉 채운 로마 시민들처럼 관중들이 함성을 지르고 있었다. 골을 넣은 선수가 환희의 정점을 향해 솟구치면서 하늘을 향해 힘껏 팔을 뻗고 있었다.

안나가 거실로 나왔을 때, 지현이 컴퓨터의 키보드를 열심히 두드리고 있었다.

"지현 씨 바쁜가 봐요?"

안나가 나온 것도 모르고 드라마의 얼개를 짜는데 열중해 있던 지현이 고개를 돌렸다.

"지현 씨하고 커피 마시고 싶어서 왔어요."

"좋아요. 나도 커피 생각이 있었는데."

안나는 지현이 부러웠다. 지현에게는 안나가 갖지 못한 자유가 있었다. 그리고 자유가 주는 가능성이 열려 있었다. 안나는 지금 있는 공간

만큼의 자유와 가능성 밖에 없다는 걸 실감했다.

빅토르가 오기 전에는 최고급 마감재와 예술적 감각으로 장식된 이 공간에서 편안함과 즐거움을 느낄 수 있었다. 삶을 풍요롭게 해 주는 품격 높은 공간이었다. 공간과 사물에 대한 느낌이나 인식이 함께 있는 사람에 따라 달라지고 있었다. 빅토르가 떠나고 나면 이 공간은 폐쇄와 한계라는 삭막함만 남아 있을 것이다.

"빅토르 씨 커피 함께 마셔요."

지현이 커피 잔이 세 개가 놓여있는 쟁반을 들고 오며 큰 소리로 빅토르를 불렀다. 안나는 빅토르를 부르는 지현의 목소리에 실려 있는 자유를 보았다. 빅토르의 이름을 셀 수도 없이 되 내면서 한 번도 불러보지 못한 자신에게 없는 자유가 있었다. 빅토르가 차단된 벽을 돌아 나오면서 안나를 보고 잠시 멈칫 했다.

"빅토르."

안나는 부르고 싶어도 부를 수 없었던 안타까움을 목소리에 담고 불렀다. 빅토르가 대답 없이 안나를 바라보았다.

"이제 며칠 있으면 알마티로 가겠네?"

"그러겠지."

빅토르의 대답이 건조했다.

"빅토르 씨, 일 끝내고나서 떠나기 전에 김 회장님이랑 모두 함께 짧은 여행이라도 가요. 회장님께는 내가 말씀드릴게요. 알마티에 가면 바다를 볼 수 없잖아요. 제주도에 가면 아름다운 바다를 볼 수 있어요."

안나는 다가오는 빅토르를 보는 순간, 두 연인을 위해서 바다를 핑계삼아 며칠이라도 시간을 벌어주고 싶었다.

"글쎄요."

빅토르의 대답이 애매했다.

"안나 씨는 어때요?"

"좋아요."

"빅토르 씨, 애매하게 글쎄요 하지 말고 안나 씨처럼 좋아요 라고 대답하세요."

"좋아요."

"그럼 됐어요. 회장님께는 내가 말씀드릴 게요. 두 분 말씀 나누세요. 저는 하던 일 좀 마저 할게요."

지현이 책상으로 돌아가자 안나가 입을 떼었다.

"빅토르, 끝까지 별 일 없었으면 좋겠어."

"염려 하지 마. 별 일 없을 거야."

"만약 빅토르에게 무슨 일이 생기면 고통에서 영원히 헤어나지 못할 거야."

"안나, 내가 지켜줄게. 절대로 고통을 겪게 하지 않을 거야."

"빅토르, 내가 너무 이기적이지?"

"그런 말 하지 마. 안나가 그런 말을 하면 괴로워."

"고마워. 안 할게."

"안나, 힘들더라도 현실을 받아들이고 살았으면 좋겠어."

"그렇게. 빅토르를 서울에서 만날 수 있었던 건 신의 가호라고 생각해. 빅토르를 영원히 못 만날 줄 알았어."

"나도 그랬어."

"빅토르, 혼자 있을 때는 음악을 들었어. 음악은 모든 예술에서 유일하게 눈으로 볼 수가 없잖아. 그렇지만 눈으로   볼 수없는 음악이 내게 큰 위안을 주었어. 빅토르도 내게 음악 같은 존재였어.”

“안나, 내가 떠나고 난 후에도 음악 같은 존재로 기억해주면 좋겠어.”

“그럴 거야. 음악을 듣고 있으면 현실의 나를 잊을 수 있었어. 빅토르의 모습도, 알미로스 동산도, 아버지나무도, 사과꽃 향기도, 모두 전설처럼 기억되어서 아픔을 잊을 수 있었어.”

“추억은 멀수록 아름다울 거야. 시간이 모든 걸 정화시켜주기 때문일 테지. 고통마저도. 다행이야. 음악이라는 위안처가 있다는 게.”

“빅토르, 지난번에도 말했지만 나에 대한 미움 지우지 마. 그래야만 빅토르 마음에 내가 살아 있을 테니까.”

“안나를 미워해본 적 없었어. 안나를 미워했다면 지금 내가 여기 있을 수가 없었을 거야. 그 미움이 나를 불행의 골짜기로 밀어버렸을 테니까.”

“고맙다는 말 마음 깊이 담아두겠어.”

“천산산맥의 만년설처럼 안나는 세월이 흘러도 그렇게 내 마음 속 남아 있을 거야.”

4
비극의 나무

경준은 경리과장의 전화를 끊고 실내를 잠시 서성거렸다. 자금 운용에 차질이 생겨 70억이 모자란다고 했다. 내일 당장 필요한 자금에서 70억이 모자란다니 난감했다.

명재 생각이 떠올랐다.

"형, 나야. 잘 지냈어?"

"어디야?"

"서울에 왔어. 형 좀 만나야겠어. 지금 어디 있어?"

"회사야."

"알았어. 한 시간 내로 갈게."

경준은 전화로 말하는 것 보다는 직접 만나서 해결해야 할 문제라고 생각했다. 신변의 안전이 마음에 걸렸지만 때로는 눈앞에 닥친 문제가 더 크게 부각되기도 하는 게 사람의 일이었다.

"빅토르, 외출을 해야 돼. 장소는 역삼동에 있는 형 회사야."

"나도 함께 갈래요."

안나가 경준을 바라보며 말했다. 낮은 목소리에 꼭 동행하겠다는 의지가 배어있었다. 위험한 상황이 발생할 수도 있다는 걸 알고 있었다. 그 위험한 상황을 감당해야 할 빅토르 곁에 있고 싶었다. 자신이 방해가 되었으면 되었지 전혀 도움이 안 된다는 걸 알면서도 그 자리에 있고 싶었다. 경준은 명재의 회사라면 그다지 위험하지 않으리라는 생각을 하며 빅토르를 바라보았다. 빅토르는 안나의 마음을 알 수 있었다.

"그렇게 하지요."

"산토리니 섬에 왔던 그 형 회사에 가는 거야."

경준이 빅토르가 승낙하자 안나를 보며 말했다. 경준이 탄 차가 아파트 구역을 벗어 날 때 길 건너편에 정차해 있는 차는 없었다.

승룡은 표적이 탄 은회색 BMW745를 보는 순간, 온 몸의 터럭이 곤두섰다. 차에서 대기하고 있는 춘일에게 전화를 했다.

"시동 걸 라우."

승룡은 서두르지 않고 주차해 있는 골목으로 들어갔다. 태영의 부하가 시동을 걸어놓은 차가 있는 골목 앞을 표적이 탄 차가 지나갔다. 승룡이 재빠르게 차에 오름과 동시에 출발했다. 큰길로 나섰을 때 표적이 탄 차 뒤로 두 대의 승용차가 있었다. 승룡이 탄 차는 앞 차 때문에 속도를 내지 못하는 표적이 탄 차와 일정한 거리를 두고 따라 갔다. 승룡이 타고 있는 차는 흔한 회색 아반떼였다.

표적이 탄 차의 차선을 거리를 유지한 채 따라갔다. 표적이 탄 차 뒤에서 따라가던 세 번째 차가 차선을 바꾸었다. 신호대에서 우회전 신호를 받으려는 것 같았다. 표적이 탄 차가 좌회전 깜빡이를 켜면서 신호대 앞에 멈추었다. 승룡이 타고 있는 차도 앞에 있는 두 대와 간격을 유지한 채 좌회전 깜빡이를 켜고 멈추었다.

승룡은 표적이 사람이 많이 오가는 거리를 5미터만이라도 걸었으면 하고 바랐다. 사람 틈에 섞이면 노출되지 않고 표적에 접근해서 짧은 한 동작으로 처치하고 도주하기가 용이해서였다. 좌회전을 한 표적이 탄 차가 뱅뱅 사거리 쪽으로 속도를 내서 달렸다. 승룡이 탄 차 바로 앞에서 가던 볼보가 차선을 바꾸었다. 다행히 그 앞에서 가는 그랜저가 표적이 탄 차와 속도를 맞추어서 달리고 있었다.

빅토르는 백미러에서 눈을 떼지 않고 있었다. 수상한 차가 따라오고 있는 것 같지는 않았다. 희규도 운전을 하면서 계속 백미러를 주시하고 있었다.

"형님, 괜찮지요?"

"아직은."

희규는 내심 북한 특수부대 출신의 킬러와 빅토르가 맞붙는 상황을 기대하고 있었다. 빅토르의 실력에 대한 믿음이 크기도 했지만 두 고수가 목숨을 걸고 벌이는 대결을 보고 싶었다. 상상만 해도 두 고수의 대결은 전설이 될 것 같았다.

안나는 차에 오르면서부터 자신도 모르게 주먹을 쥐고 있었다. 쥐고 있는 주먹 안에 땀이 배어있었다. 제발 아무 일 없이 끝나고 빅토르가 무사히 알마티로 돌아 갈 수 있기를 빌었다. 빅토르의 뒷모습이 산처럼 크게 느껴졌다. 이제 며칠만 있으면 산처럼 크게 보이는 빅토르를 볼 수 없다고 생각하니 마음이 저렸다. 서울이라는 낯선 도시에 자신을 남겨

두고 그리운 풍경들이 있는 알마티로 돌아 갈 빅토르가 야속하기까지 했다.

지현은 승룡이 타고 있는 차 바로 뒤에서 따라가고 있었다. 경준 일행이 나설 때 지현도 뒤따라 나섰다. 킬러가 탄 차가 경준 일행을 뒤쫓아 가면서 앞에만 신경을 쓰느라 뒤는 돌아보지도 않을 게 뻔했다. 그 점을 이용해서 마음 놓고 앞을 살펴보며 수상한 기미가 보이는 차가 있으면 바로 연락을 하리라 작정하고 뒤따르고 있었다.

지현의 앞 쪽으로 회색 아반떼가 같은 차선으로 가고 있었지만 수상한 징후는 보이지 않았다. 뱅뱅 사거리를 오십 미터 쯤 남긴 지점에서 승합차가 앞서 가는 아반떼와 지현의 차 사이로 무리하게 파고들어 왔다. 지현은 승합차의 진입을 허용하지 않으려고 했지만 이미 차선을 물고 들어오는 바람에 어쩔 수가 없었다. 약간의 지체 때문에 신호대에 도달 했을 때 노란 불 신호에 걸리고 말았다.

명재는 사무실에 앉아서 시계를 보았다. 경준의 전화를 받은 것은 열한시 반쯤이었다. 한 시간 내로 오겠다고 했으니 도착하면 함께 점심을 먹어야겠다고 생각했다. 명재는 지금도 크루즈 여행을 계속하고 있을 줄 알았던 경준이 서울에 와 있다는 게 뜻밖이면서 궁금했다.

지난 번 산토리니섬에서 말한 사업 얘기를 꺼낸다면 분명하게 거절하리라고 다짐했다. 왠지 건전한 내용의 사업일 것 같지 않았다. 설사 건전한 내용이라 할지라도 경준의 사업에 참여하고 싶지 않았다.

경준은 멀리 내다보고 사업 계획을 세우지 않고 주로 단기성 사업에 치중했다. 달리 말하면 투기성 사업이었다. 알마티의 희토류 광산에 5

억을 투자한 것은 경준의 집요한 요청 때문이었다. 경준은 그 전까지 몇 건의 사업에 30억 가까이를 날리고 대단위 아파트 단지가 들어서면서 땅값이 급격히 치솟은 남양주의 땅을 처분해서 100억이 넘는 자금을 마련했다.

경준은 명재에게 가능한 많은 금액을 투자하라고 종용했지만 5억만 투자를 했다. 손해를 봐도 전혀 타격을 받지 않을 금액이었다. 다섯 배가 넘는 이득을 봤지만 애당초 이득을 염두에 두지 않았다.

승룡은 표적이 탄차가 역삼동 대로에서 이면도로로 진입하는 것을 확인했다. 뱅뱅 사거리에서 오는 동안 그랜저가 차선을 바꿀 때 일부러 감속을 해서 들어오도록 유도를 했다. 표적이 탄 차와 거리를 유지하면서 시야에서 놓치지 않았다.

표적이 탄 차가 이면도로로 진입한 후 우회전을 해서 좁은 길로 들어가고 있었다. 좁은 길에서 삼십 미터 쯤 들어가다 10층 정도 되는 똑 같은 두 동의 빌딩에서 안쪽에 있는 주차장으로 진입하고 있었다. 빌딩 앞에 비어있는 주차공간이 없는 지 지하 주차장으로 내려가는 것을 확인했다.

승룡은 재빨리 차에서 내려 빌딩 로비로 갔다. 건물이 크지 않아서 엘리베이터가 두 대 밖에 없었다. 한 대는 7층에 머물러 있고 한 대는 지하 1층을 통과해서 내려가고 있었다. 지하 2층에서 화살표가 위로 바뀐 것을 확인하고 올라가는 버튼을 눌렀다.

승룡은 일층에서 엘리베이터를 탔다. 표적과 함께 사진에서 본 외국 여자와 지난번에 차에 있었던 외국 남자가 있었다. 승룡은 불이 켜져 있는 7층 버턴을 누르려다 손을 뗐다. 표적과 여자가 서있는 옆으로 외국 남자가 서서 승룡으로부터 격리시키고 있었다.

승룡에게 머무는 외국 남자의 눈길에 경계심이 역력했다. 승룡은 엘리베이터가 4층을 지났을 때 슬그머니 양복 안주머니에 있는 칼자루에 손을 가져갔다. 막 칼을 꺼내려고 할 때 5층에서 엘리베이터가 멎으며 젊은 여자 다섯 명이 탔다. 한 여자가 꼭대기 층인 10을 눌렀다. 지은 지 오래된 빌딩이어서 구형 엘리베이터 공간이 좁았다. 아홉 명이 타고 있는 엘리베이터에는 여유 공간이 별로 없었다.

승룡은 잡았던 칼자루에서 손을 뗐다. 새로 탄 젊은 여자 둘이 오른쪽 안에 있는 표적을 가로막고 서 있어서 어찌 해볼 수가 없었다. 7층에서 엘리베이터가 멎고 문이 열리자 젊은 여자 둘이 승룡 쪽으로 비켜섰다. 경호원으로 보이는 외국인이 먼 저 내리고 표적과 여자 순으로 내렸다. 승룡이 엘리베이터에서 내렸을 때 표적 일행은 오른쪽 복도로 막 꺾어들고 있었다.

승룡은 표적 일행이 들어간 방을 지나쳐 갔다가 되돌아오며 방안의 기척을 살폈다. 옆방은 허리 높이로 있는 유리를 통해 보이는 실내가 사무실이었다. 표적 일행이 들어간 방은 사무실과 달리 실내와 복도 사이에 벽이 있었다.

승룡은 표적이 들어 간 방이 사장실이라고 판단했다. 표적과 경호를 하고 있는 외국인 남자, 그리고 방주인, 그렇다면 더 이상의 기회는 없을 것 같았다.

지현은 끼어든 승합차 때문에 경준이 탄 차가 어디로 갔는지 알 수가 없었다. 역삼동 대로로 들어서며 희규에게 전화를 했다.

"희규 씨, 지현인데요. 지금 위치가 어디에요.?"

희규는 급한 일이 생겼나보다 하고 생각하며 위치를 설명해주었다.

"아! 밤에 빌딩 앞에 포장마차가 있는 곳 말이죠?"

지현이 제현 빌딩 앞에 도착했을 때 눈에 익은 아반떼가 빌딩 앞 길 건너편에 주차해 있었다. 회색 차체와 2918이라는 번호판을 단 아반떼는 지현이 바로 앞에 가던 차가 분명했다. 지현이 차번호를 보며 29는 18이라고 구구단을 자신도 모르게 중얼 거렸기 때문에 똑똑히 기억할 수 있었다. 지현이 빅토르에게 급히 전화를 했다.

명재는 경준과 함께 들어서는 빅토르를 보는 순간, 현실감을 잃고 멍하게 서 있을 수밖에 없었다. 빅토르 역시 명재가 경준의 형이라는 사실이 너무 뜻밖이어서 아무 말도 할 수가 없었다.

그 때, 지현에게서 전화가 왔다.

"킬러가 따라 붙었어요. 조심……."

지현의 마지막 말이 끝나기 전에 문을 열고 한 남자가 들어왔다. 경준은 명재의 책상 앞에 있는 응접세트 의자에 출입문을 마주보며 막 앉고 있었다. 안나는 경준 옆에 앉으려고 스커트 뒤 자락을 한 손으로 쓸어내리고 있었다. 명재는 겨우 정신을 가다듬고 경준의 맞은편에 앉으려고 책상에서 응접세트 의자로 걸음을 옮기고 있었다. 빅토르는 명재의 책상 맞은편 응접세트 끝에 서서 전화를 받다 승룡을 보았다.

승룡은 들어서자마자 경준을 확인하고 칼을 꺼내었다. 빅토르는 승룡에게 전화기를 던짐과 동시에 수평으로 몸을 날려 경준과 안나를 막았다. 승룡이 던진 칼이 빅토르의 왼쪽 쇄골 밑에 꽂혔다. 빅토르가 던진 전화기가 승룡의 오른쪽 관자놀이를 때렸다.

빅토르는 응접탁자 위에서 몸을 일으켜서 다시 칼을 꺼내든 승룡의 손목을 찼다. 빅토르의 몸놀림은 살쾡이처럼 유연하면서도 민첩했다. 승룡이 칼을 떨어뜨리고 탁자에서 내려서는 빅토르의 가슴을 앞차기로 공격했다. 빅토르가 승룡의 발 공격에 서너 걸음 밀리고 나서 자세를 바로 잡았다.

승룡이 돌려차기로 두 번째 공격을 했다. 빅토르는 상체를 옆으로 틀어서 파괴력이 실린 승룡의 발끝을 피했다. 상체를 틀 때 쇄골 밑에 박혀 있는 칼끝이 온 몸의 신경 세포를 쑤셔댔다. 왼팔을 자유롭게 쓸 수가 없었다.

승룡이 오른손 손날로 몸을 튼 빅토르의 목 왼쪽을 가격했다. 손날에는 가공할 힘이 실려 있었다. 빅로르는 목이 부러지는 것 같은 고통을 수반한 충격을 받았다. 승룡은 오른손 손가락을 중지를 중심으로 모아서 빅토르의 명치를 향해 창처럼 찔렀다.

빅토르는 몸을 모로 돌려세워서 왼쪽팔 상박근으로 창끝 같은 승룡의 공격을 막으면서 쇄골 밑에 박힌 칼을 뽑아서 쥐고 승룡의 가슴을 겨냥해서 찔렀다. 칼을 피하느라 상체를 옆으로 틀며 숙이는 승룡의 턱을 오른발에 힘을 실어 빠르게 찼다. 승룡이 비틀거리며 대여섯 걸음 뒤로 물러섰다.

경준은 그 때서야 112에 전화를 할 생각이 들었다. 그러나 112로 전화를 해야겠는 데 전화번호가 생각나지 않았다.

빅토르의 쇄골 밑에 칼이 박혔던 자리에서 뿜어져 나온 피가 금세 흥건하게 옷 겉으로 배어나왔다. 빅토르가 칼끝을 겨누고 다가가자 승룡이 칼을 꺼내들었다.

"탁자 밑에 엎드려요."

빅토르의 목소리가 절규처럼 다급했다. 표적에게 칼을 던질 기회를 놓친 승룡이 칼끝을 빅토르에게 겨누었다. 빅토르는 경준과 안나를 막아서서 칼끝을 승룡에게 겨누었다. 빅토르와 승룡 두 사람이 칼끝을 겨누고 있는 좁은 공간에서 누구라도 허점을 보이면 치명적인 공격을 당할 상황이었다.

승룡의 몸이 미끄러지듯 움직이며 손에 쥔 칼이 빛을 뿌렸다. 빅토르의 왼팔 옷소매와 살이 베어 져서 금세 피가 뿜어져 나왔다. 승룡의 몸놀림은 족제비처럼 날쌔었고 칼 놀림 또한 빛처럼 빨랐다.

빅토르는 섣불리 공격을 했다가는 승룡의 역습에 치명상을 입을 것같아서 방어에만 치중해야겠다고 생각했다. 승룡이 겨누었던 칼끝을 새끼손가락 밑으로 향하게 바꿔 잡았다. 칼놀림과 몸동작을 함께 해서 공격하려는 자세였다.

빅토르의 왼쪽 가슴과 팔뚝에 입은 상처 때문에 몸 전체를 자유롭게 못 쓸것이라는 판단에 따른 변화였다. 승룡이 칼을 쥔 오른팔이 빠르게 원을 그리면서 칼의 회전 방향으로 몸을 돌려서 돌려차기 공격을 했다. 승룡의 발이 칼을 피하느라 왼쪽으로 몸을 튼 빅토르의 옆구리를 타격했다.

빅토르는 늑골이 부러지는 듯한 고통과 함께 몸의 중심을 잃고 비틀거렸다. 승룡이 그 틈을 놓치지 않고 뛰어오르며 두발로 빅토르의 가슴과 턱을 연달아 공격했다. 빅토르의 몸이 뒤로 밀리며 벽에 등이 닿아서 가까스로 자세를 바로 잡을 수 있었다.

빅토르는 쇄골 밑의 상처 때문에 몸을 자유롭게 쓸 수가 없었다. 몸을 움직일 때마다 칼끝이 깊숙이 박혔던 상처에서 통증이 전신으로 퍼져나갔다. 승룡이 쥐고 있던 칼을 손끝에서 회전시켜서 칼날이 앞을 향하게 고쳐 잡음과 동시에 찌르기로 공격했다. 빅토르가 몸을 틀어 비켜서며 옆차기로 다가오는 승룡의 가슴을 찼다.

빅토르의 발차기는 위력적이었다. 승룡의 몸이 허공에 뜬 채 일 미터가량이나 밀려갔다. 승룡은 심장이 파열되는 듯한 고통과 충격을 동시에 받아서 숨을 제대로 쉴 수가 없었다. 빅토르가 발끝에 가공할 힘을 실어 돌려차기로 승룡의 턱을 노렸다. 승룡이 상체를 젖혀서 가까스로 빅토르의 발끝을 피했다.

승룡은 초조했다. 자신과 맞서고 있는 빅토르를 쉽게 제압할 수 없다는 데서 생겨난 초조함이었다. 자칫하면 자신이 그에게 제압당할지도 모른다는 불안까지 꼬리를 이었다.

지현은 빅토르와 통화 도중 전화기가 바닥에 떨어지는 소리를 듣고 위험한 사태가 벌어졌다는 것을 확신했다. 희규로부터 경준 일행이 빌딩 7층으로 갔다는 말을 듣고 곧바로 112에 신고를 했다.

경찰의 출동은 신속했다.

지현이 일층 경비실에서 폐쇄회로 TV를 통해 경준 일행이 들어간 방을 가르쳐주자 경찰이 지현을 빌딩 밖으로 밀어내고 출입을 통제했다. 지현은 희규와 함께 빌딩 앞 공터에 서서 7층을 올려다보았다. 두 사나이가 목숨을 걸고 대치하고 있을 공간이 현실과는 동떨어진 세계처럼 느껴졌다.

빅토르와 승룡 두 사람에게 한국은 낯선 땅이었다. 한 사람은 자신의 의지와는 무관하게 다른 나라에서 살았고 한 사람은 자신의 의지로 국경을 넘어 다른 나라로 갔다. 두 사람에게 한국은 모국이었다. 두 사람이 낯선 땅이면서도 모국인 한국에 와서 목숨을 걸고 대치하고 있는 상황은 한 마디로 비극이었다. 분단이라는 나무에서 움튼 비극이었다. 승룡은 살인 병기가 되기 위해 습득한 온갖 기술을 동원해서 빅토르를 공격했다.

빅토르는 빈틈을 보이지 않았다. 승룡은 시간이 흐를수록 자신이 불리할 수밖에 없다는 자명한 사실 때문에 더욱 초조했다. 도약을 하면서 칼을 쥐고 있는 팔을 허리 높이에서 뒤로 뺐다. 도약한 상태에서 돌려차기를 시도하는 동작과 함께 팔을 앞으로 내밀며 칼을 던졌다. 거의 동시에 연속적으로 이루어진 동작은 인간이 훈련을 통해 몸놀림을 얼마나 진화시킬 수 있는가를 보여주었다.

승룡의 돌려차기를 피하는 빅토르의 명치 아래에 칼이 꽂혔다. 온 몸의 신경조직이 파괴되는 듯한 통증과 함께 모든 세포들이 경직되어 버리는 것 같았다. 빅토르는 이를 악물고 몸속의 진기를 끌어 모아 자세를 흐트리지 않았다. 필살의 일격으로 가해질 다음 공격이 이어질 것이기에.

승룡이 빅토르에게 치명적인 공격을 하려고 다시 도약을 하려는 찰나 경찰들이 문을 박차고 들이닥쳤다. 승룡은 유리창을 향해 몸을 던졌다. 유리 파편들이 물방울처럼 튀었다.

5
아름다운 세상

-오늘 낮 12시 50분 무렵, 강남구 역삼동에 있는 건물 7층에서 한 남자가 몸을 던져 생을 마감했습니다. 그 남자는 놀랍게도 전문 암살자인 킬러였습니다.

이번 사건은 일주일 전 아침에 신사동에서 벌어진 조직폭력배들 사이의 싸움과도 관련이 있다고 합니다. 이번 사건을 지석구 기자가 취재했습니다.

-먼저 지석구 기자가 전해드립니다.

화면에 제현 빌딩에 있는 명재 사무실에 기자가 서있는 모습이 비쳐졌다.

-이곳은 오늘 낮, 킬러와 그가 노리던 인물을 보호하던 보디가드가 격렬하게 싸움을 벌였던 현장입니다. 킬러가 들어서면서 노리던 인물에게 던진 칼을 보디가드가 몸을 던져서 막았습니다. 그리고 이어 두 사람은 십여 분 동안 격렬하게 싸웠습니다. 신고를 받고 출동한 경찰이 실내

로 진입하자 킬러가 몸으로 유리창을 깨고 7층 아래로 떨어졌습니다. 몸을 던진 킬러는 병원으로 옮겨 가던 중 숨졌습니다. 경찰 조사 결과 그는 이십사 일 전 중국에서 위조 여권으로 밀입국한 인물이었습니다.

기자가 설명을 하는 동안 카메라가 부서진 집기와 깨어진 유리창, 그리고 승룡이 추락한 지점 등을 비춰주었다.

화면이 스튜디오로 옮겨졌다.

-킬러까지 동원된 이번 사건의 배후와 숨진 킬러의 신분에 대해 지석구 기자와 얘기를 나눠보겠습니다.

-지석구 기자, 먼저 킬러의 신분에 대해 설명을 해주시죠.-

-킬러 지승룡은 남파 무장요원들을 양성하는 북한 특수공작대 출신이라고 합니다. 2년 전, 중국 지린으로 탈북해서 그곳 범죄 조직에 몸을 담고 있었습니다.

-그런 사람이 왜 위조여권으로 밀입국해서 사업가 김경준 씨를 살해하려 했을까요?-

-이번 사건은 선능 B지구 재개발사업과 관련이 있습니다. 킬러를 고용한 태영컨설턴트의 최태영 회장과 일주일 전 사무실 앞에서 피습을 당한 한세실업 추동우 회장은 강남 양대 계파의 조직 폭력단 보스로 두 사람은 라이벌 관계였습니다. 선능 B지구 재개발사업을 추진하고 있는 김경준 씨와 추동우 씨는 사업 파트너였습니다. 재개발사업은 시행사와 용역업체로 위장한 조직 폭력단과 공생관계를 맺고 있습니다. 라이벌 관계인 추동우 씨는 선능 B지구 재개발사업권이 김경준 씨에게 넘어가는 것을 막기 위해 추동우 씨와 김경준 씨를 노렸습니다.

-그 동안 재개발사업과 관련해서 비리가 끊이지 않고 있습니다. 재

개발사업의 문제점을 강용주 기자가 짚어 보았습니다.-

-여기는 선능 B지구 재개발을 할 현장입니다. 재개발사업은 막대한 이권이 걸려있는 데다 항상 세입자들과 시행사 사이에 마찰이 빚어지고 있습니다. 문제는 세입자들이 이주 보상비를 받아도 다른 곳에 가서 전세를 얻을 수가 없다는 데 있습니다. 가장 낙후된 지역에 살고 있었기 때문에 기존의 전세금과 이주 보상비로는 턱 없이 부족한 게 현실입니다. 세입자 대표인 정창원씨의 말을 직접 들어 보시겠습니다.-

화면에 세입자 대표 창원이 나타났다.

-우리는 이곳에서 오래 동안 살았습니다. 이곳을 떠나면 살 곳이 없습니다. 도시 발전도 중요하지만 가난한 사람들의 삶을 파괴하는 발전은 아무런 의미가 없습니다. 경제 논리를 앞세워 가난한 사람들의 인권을 짓밟는 재개발은 부자들의 탐욕과 야만적인 폭력이 야합해서 이루어지고 있습니다. 인권은 국가 권력보다 상위에 있는 고유한 권리입니다. 국가가 보호하고 존중해야 할 권리입니다. 재개발사업은 세입자들의 인권을 짓밟고 부자들의 배만 불려줄 뿐입니다.

-재개발사업 현장에는 언제나 용역 업체직원으로 위장한 조직 폭력배들이 동원되어 세입자들을 강제로 몰아내고 있습니다. 그리고 재개발 조합 간부들과 시행사 사이에 검은 돈이 건네지며 비리로 이어지는 범죄가 발생하고 있습니다. 재개발사업을 시행함에 있어 행정당국이 주민의 의견을 직접 수렴해서 주민 대표 창구 역할을 하는 것도 검은 돈이 건네지는 비리를 차단할 수 있는 방법일 것입니다. 그리고 무엇보다 중요한 것은 세입자들의 대책에 대해 법률적 근거 이전에 인도적인 배려가 우선 되어야 할 것입니다.

-이번 선능 B지구 재개발사업을 추진하고 있는 김경준 씨는 카자흐스탄 알마티 근교에 있는 희토류 광산에 투자해서 그야말로 일확천금을 손에 쥔 인물로 알려졌습니다. 다음 소식입니다.

지현은 제현 빌딩 앞 덕윤의 포장마차에서 뉴스를 보던 스마트 폰을 껐다. 뉴스를 보던 사람들의 관심은 뉴스가 끝나면서 사라져버릴 것이다. 그리고 김 회장의 사업은 그대로 추진될 것이다. 부자들의 배를 불려주는 사업에 밀려 세입자들은 더 비참한 도시 빈민으로 전락할 것이다. 이게 현실이었다.

지현은 방송사에 제보를 한 자신의 행동이 아무런 의미가 없다는 것을 생각하며 술잔을 비웠다. 뉴스 머리기사를 장식한 내용들은 시청자들의 흥미를 끌면서 눈과 귀만 즐겁게 해주었을 뿐이다. 세입자들이 처해 있는 현실에 대한 관심을 흥미가 덮어 버렸을 것을 생각하면 후회가 되었다.

창원이 뉴스 도중에 한 말은 절규였다. 삶이 파괴되고 있는 그들의 현실에 관심을 가져 줄 사람들은 없었다. 인권은 국가 권력보다 상위에 있는 고유한 권리라는 창원의 말이 무거운 여운으로 남아 있었다. 가난한 사람들의 인권이 보호받는 그런 사회는 현실 밖의 일처럼 생각 되었다.

덕윤은 줄곧 심각한 얼굴로 앉아 있는 지현에게 무슨 일이 있었는지 궁금했지만 물을 수가 없었다.

"사장님, 빅토르 씨 일이 끝났어요. 근데요, 빅토르 씨가 부상을 입었어요. 큰 부상은 아니니까 염려 안 하셔도 돼요."

덕윤은 지현이가 말은 이렇게 하고 있지만 줄곧 심각한 얼굴로 앉아 있었던 게 빅토르의 부상 때문이었다는 생각이 들자 가슴이 내려앉는 것 같았다.

"내가 걱정 할 까봐 큰 부상이 아니라고 하는 것 같은데 사실대로 말해줘요. 알 건 알아야 하니까요."

"정말로 큰 부상이 아니에요. 지금 병원에서 치료를 받고 있는데 이주 정도만 있으면 퇴원할 거예요."

지현은 지척이라 할 수 있는 제현 빌딩에서 낮에 있었던 일을 전혀 모르고 있는 덕윤에게 괜히 말을 했다는 가벼운 후회가 스쳤다.

"지현 씨 말이 사실이라 생각하고 믿겠소."

"사장님, 빅토르 씨 떠나면 많이 서운하시겠어요?"

"차라리 서운한 정도였으면 좋겠소."

"마음이 아프실 거라는 말씀이죠?"

"서운하다거나 마음이 아픈 건 보통의 관계에서 느끼는 감정이지요. 빅토르는 내게 그 이상의 사람이오."

지현은 안나를 생각했다. 빅토르가 떠나면 누구보다 안나의 마음에 생길 빈자리와 아픔이 크리라 생각했다. 그러나 덕윤의 말을 듣고 보니 애정보다 더 마음과 마음을 하나로 결속시켜주는 관계가 있다는 걸 알았다. 덕윤과 빅토르의 관계는 세월이 흘러도 순도가 변하지 않을 같았다.

"사장님, 행복하시겠어요. 그런 사람이 있다는 건 다른 무엇으로 대체 할 수 없는 행복일 테니까요."

"그렇소. 빅토르가 내게 가르쳐준 거요."

지현은 굴지의 건설회사 회장 딸로 자라면서 타인에게 별로 관심을 갖지 않고 살아왔다. 풍족한 환경은 보이지 않은 울타리가 되어 관심의 범위를 제한하고 있었다. 부의 척도에 따라 상류 계급으로 분류하는 사회의 통념 속에 안주하고 있었다. 게다가 성격 또한 하고자 하는 일에 집중하는 편이어서 성인이 되어서도 교유의 폭이 좁았다.

드라마 작가가 되려는 욕심으로 한세실업에 발을 들여 놓지 않았더라면 풍족한 환경과 이 사회의 그릇된 통념 속에 갇혀있었을 것이다. 지금 앉아 있는 포장마차는 하층민들이나 이용하는 불결하고 저속한 공간이라고 혐오면서.

"지현 씨 처음 보았을 때 이런데서 소주 마실 사람 같지 않았어요. 근사한 카페에서 우아하게 포도주나 마실 그런 느낌이 들었어요. 혼자 마시면 술맛이 별로일 것 같은데 우리 같은 여자끼리 함께 마셔요."

정희가 술잔을 꺼내서 앞에 놓았다.

"그러세요. 안 그래도 사장님께 한 잔 권해드리고 싶었는데 잘 됐네요."

"당신 술맛도 잘 모르잖소?"

"술맛은 모르지만 사람에 따라서 술맛이 다르다는 건 알아요."

"멋진 말씀이세요. 저도 그 맛을 알고 싶어요."

"자, 그 다른 술맛을 위해서."

정희와 지현이 잔을 가볍게 부딪쳤다.

"사모님, 절더러 카페에서 우아나 뗄 그런 애라고 생각했다고 하셨지요? 사실은 오늘 조폭 학교 졸업 했어요"

정희가 영문은 모르지만 재미있다는 표정으로 지현을 바라보았다.

"졸업은 그렇다 치고 입학은 어떻게 했어요?"

"어쩌다가 조폭이 운영하는 회사에서 두 달 가까이 일을 했어요. 근데요, 바로 거기가 학교였어요. 세상이 어떤 것이라는 걸 배웠으니까요."

"그래요? 그 학교에서 배운 세상은 어땠어요?"

"세상을 긍정적으로 볼 수 있는 눈을 뜰 수 있었어요. 두 분이 사시는 모습을 아름답게 볼 수 있는 것처럼 말이에요."

"지현 씨, 얼마 전에 어떤 손님이 날더러 표정이 밝아서 좋다고 하기에 손님 마음이 밝아서 그럴 거라고 했어요. 그랬더니 손님이 하는 말이 밝게 보려고 노력하면서 산다고 했어요. 그러니 그 손님은 모든 게 밝게 보일 수밖에 없지 않겠어요? 세상을 아름답게 보는 지현 씨 마음도 아름다울 거예요."

"앞으로도 세상을 아름답게 보며 살라는 격려 말씀으로 받아들이겠어요."

"여보, 조금 전에 사람에 따라 술 맛이 다른 건 안다고 했잖아요? 지금 술 맛이 어떤 줄 아세요? 아름다워요."

"그럼, 당신도 세상이 아름답게 보이겠소?"

"그럼요. 당신이 정말 아름다워요."

정희는 포장마차 안에서 앞치마를 두르고 있는 남편 덕윤이 이 세상 누구보다도 아름다웠다.

"지현 씨, 부탁이 있는 데 들어주겠어요?"

덕윤이 웃음 띤 얼굴로 진지하게 말했다.

"말씀하세요."

"앞으로 우리 집사람 친구가 되어주었으면 좋겠어요."

"그건 제가 부탁드리고 싶은데요."

"지현 씨, 정말로 우리 친구 할까?"

"술친구 말고 진짜 친구요."

"그래! 진짜 친구!"

"저는요, 사장님 하고 빅토르 씨 사이가 정말 부러웠거든요. 그런데 이젠 부럽지 않아요."

"지현 씨, 고마워. 여자는 결혼을 하면 있던 친구도 멀어지거나 아예 친구라는 관계가 소멸되어버리거든. 근데 나이 오십이 다 되어서 지현 씨 같은 좋은 친구가 생긴 난 정말 행복해."

"저도 행복해요. 엄마 같고 언니 같은 친구가 있다는 게 얼마나 행복한데요."

"지현 씨, 애정은 빛깔이 화사해서 바래기가 쉽지만 우정은 변함이 없어. 게다가 애정은 독점이라는 속성이 있지만 우정은 개방적이면서도 이해의 폭이 넓어서 얼마나 좋아?"

"전 지금 좋은 친구가 생겨서 마음의 지평이 탁 트이고 있어요."

"난 어떤 줄 알아? 남들이 몰라 볼 지라도 내게는 아주 소중한 보물을 손에 쥔 기분이야."

"그럼, 우리 우정을 위해서 한 잔 해요."

덕윤이 깊은 미소를 머금고 술잔을 부딪치고 있는 정희와 지현을 바라보고 있었다.

6
좋은 인연

명재는 짧은 기간에 두 번의 죽음을 목격했다. 죽음은 인간이 겪는 최후의 비극이었다. 태양과 작별하고 영원한 어둠의 세계에 묻히는 것은 무엇과도 비교할 수 없는 비극이었다. 그리고 살아있는 사람이 겪을 수밖에 없는 슬픔과 충격 또한 비극일 수밖에 없었다.

큰누님의 죽음은 경건했다.

죽음은 생에서 누렸던 모든 것을 포기할 수밖에 없는 숙명이었다. 신체의 세포와 장기들의 기능이 급격히 떨어지다가 마침내 정지되어버린 순간, 죽음의 실체를 확인했고, 순간이 갈라놓은 생과 사의 분기점에서 죽음이라는 영원을 볼 수 있었다. 살아오면서 지녔던 모든 것이 무화되어버리는 허무를 비장한 경건함이 누르고 있었다.

명재는 죽음을 향해 몸을 던진 승룡에게서 또 다른 비극을 보았다. 누님에게 죽음은 선택이 아닌 숙명이었지만 승룡은 죽음을 숙명으로 받아들이기 전에 선택을 했다. 승룡의 죽음에는 경건함이 없었다. 비극만 있었다.

명재는 한 인간의 생이 죽음으로 귀결되는 마지막 순간에서 의지가 도달할 수 있는 극한점을 보았다. 인간만이 도달할 수 있는 극한점이자 비극이었다. 절망이 섬광처럼 빛을 뿌렸다. 한 인간의 생을 마감하는 빛이었다.

한 생명이 배태되기 이전은 그 자체가 어둠이었다. 그리고 새로운 존재로 태어나기 전에 머물렀던 어머니의 자궁도 어둠이었다. 생명으로 배태되기 이전의 어둠으로 돌아가야 하는 게 인간의 숙명이었다. 인간만이 아니라 모든 생명의 고향은 어둠이었다. 장구한 생명의 역사로 본다면 잠시 빛의 세상에 머물다 고향인 어둠의 세계로 돌아가는 게 생명을 지닌 모든 존재의 숙명이었다.

세상에 태어나서 머물렀던 생은 빛이었다. 명재는 살아있는 모든 것은 빛이라고 생각했다. 사람, 도시, 물체, 하늘, 강, 산, 모두 저마다의 빛을 지니고 있었다. 걸음걸이, 팔놀림, 눈 깜박거림, 숨결도 모두가 빛이었다. 살갗을 스치는 바람, 들리는 소리, 냄새도 빛이었다. 생각, 느낌 또한 빛이었다.

빅토르가 떠나면 그의 존재가 그리움이라는 빛으로 남아 있을 것 같았다. 명재는 승룡이 남긴 빛의 흔적을 생각했다. 승룡의 절망이 남긴 빛의 흔적이 명재의 마음속에 선명한 획으로 남아 있었다. 그 획은 생의 의미에 대해 묻는 물음이기도 했다.

"김 사장님, 지난 번 그 일을 생각하고 계세요?"

지현이 제현 빌딩 7층을 바라보고 있는 명재에게 물었다.

"주승룡이라는 사람이 내 마음속에 긋고 간 획을 생각하고 있었어요."

지현도 죽음을 택한 승룡을 생각하고 있었다. 경찰이 제현 빌딩 출입구를 봉쇄해서 통제하고 있을 때, 명재의 사무실이 있는 7층을 가슴 졸이며 바라보고 있었다.

어느 순간, 유리파편이 포말처럼 허공으로 튀면서 한 물체가 튕겨져 나왔다. 그리고 추락했다. 지현은 승룡이 비상을 했다고 생각했다. 북한에서 인간이기를 포기하고 오직 살인 병기가 되기 위해 받아야만 했던 혹독한 훈련, 탈북, 킬러가 되어 위조여권으로 밀입국하기까지 안락과 풍요와는 거리가 먼 고달픈 삶을 벗어나는 비상이었다.

"한 사람의 죽음이 남긴 획이 크네요. 김 사장님 마음속에 그어진 획이 어떤 의미인지는 모르겠지만 현실적으로도 큰 획을 남겼어요. 그러고 보면 많은 사람들이 보이지 않은 관계를 형성하며 살고 있다는 생각이 들어요."

지현은 재개발 조합장과 임원들에게 주기로 했던 8억이라는 거금을 8천만 원으로 못을 박고 난 나머지 돈을 경준에게서 받아냈다. 물론 모든 계약이 착오 없이 이루어진 후의 일이었다.

경준은 어려운 처지의 세입자들과 빅토르를 있게 한 포장마차 주인을 위해 쓰겠다는 지현의 말을 듣고 그 돈을 선선히 주었다. 어차피 조합장에게 건네져야 할 돈인데다 빅토르로 인해 목숨을 구한데 대한 고마움까지도 작용했다.

6억은 창원을 통해 형편이 가장 어려운 세입자들에게 건네졌고 1억 2천만 원은 빅토르를 통해 덕윤에게 전해주려고 지니고 있었다. 지현은 직접적이지는 않지만 승룡의 죽음이 이번 일에 큰 영향을 끼쳤다고 생각했다. 빅토르와 경준이 무사한 것은 말 할 나위 없이 다행이지만 승룡의 죽음은 분명 보이지 않게 기여를 하고 있었다.

"많이 기다렸지요? 미안합니다."

"김 사장님과 함께 이번 일이 남긴 획에 대해 얘기하느라 시간 가는 줄 몰랐어요."

지현이 경준과 안나를 만나고 온 빅토르를 보며 말했다. 빅토르가 자리에 앉자 잠시 침묵이 흘렀다.

"이별이 싫어서 모두 입을 다물고 있는 거예요?"

정희가 다가와 세 사람을 보며 말했다.

"우리 집 양반은 잠도 안 오고 밥맛까지 없대요."

"그러실 테죠. 사장님 마음이 저희들 하고 같겠어요."

"난 그래도 빅토르 씨 때문에 좋은 친구가 생겨서 그나마 다행인데 두 사람은 몹시 마음이 아프겠어요?"

"저도 빅토르 씨 생각나면 친구한테 와서 위안을 받을 수 있지만 김 사장님은 어떡하죠?"

명재와 빅토르는 두 사람이 말하는 친구의 존재가 궁금했다.

"사모님 하고 저하고 친구하기로 했어요."

"잘 어울리죠? 지현이가 좀 손해이긴 하지만."

"무슨 말씀을 하세요? 엄마 같고 언니 같은 친구가 생긴 저가 이익을 본 건데. 잠깐만 계세요. 제가 잔 가져 올게요. 함께 한 잔해요."

지현이 정희 잔을 가져오려고 자리에서 일어섰다.

"지현이 하고 빅토르 씨 잘 어울리는 한 쌍인데……."

정희가 지현의 뒷모습을 바라보며 혼잣말처럼 말했다. 명재도 정희의 말을 들으며 그런 생각을 했다. 진심이었다. 빅토르를 사랑하는 마음은 변함이 없었지만 두 사람이 맺어질 수만 있다면 진정으로 축하를 해주고 싶었다. 그게 순정한 사랑이라고 생각했다.

"자, 우리의 영웅 빅토르 씨를 위해서 한 잔 하시죠."

정희의 잔에 술을 채운 지현이 잔을 들며 말했다.

"빅토르 씨가 사장님 내외분께 드리는 선물이 있어요."

잔을 비우고 나서 지현이 핸드백에서 봉투를 꺼내었다.

"제가 친구로서 드리는 말씀인데 어떤 경우라도 이걸 거절하시면 안됩니다."

정희는 봉투 속에 있는 수표를 확인하고 놀라서 입이 벌어지며 겁에 질린 사람처럼 표정이 굳어졌다. 지현이 정희가 봉투에다 수표를 도로 넣는 것을 보며 말했다.

"저를 친구로 믿는다면 내용에 대해 아무 말씀도 마시고 그대로 받으세요."

"친구로서 지현이에 대한 믿음은 추호도 변함이 없지만 영문도 모르고 그냥 받을 수는 없어요. 아무리 선물이라지만 이건 과하다 못해 떨려서 도저히 못 받겠어요. 더구나 우리 부부가 이렇게 행복하게 살 수 있는 것도 빅토르 씨 덕분인데 이렇게 큰돈을 선물로 받는다는 것은 있을 수 없는 일이에요. 우리 집 양반도 똑 같은 마음일 거예요."

"꼭 그러시다면 받을 수밖에 없는 내용을 설명 드릴게요."

지현은 돈이 어떻게 해서 생겼는지를 설명하고 나서 말했다.

"김 사장님 회사에서 빅토르 씨가 김 회장님을 지켜드리지 못했다면 이 돈이 생기지 않았을 거예요. 그러니 빅토르 씨의 선물일 수밖에 없습니다.”

“그렇다면 빅토르 씨 몫이지요.”

“지현 씨 말 대로 제 선물이라 생각하시고 받으세요. 여기 오기 전에 김 회장님을 만났는데 저도 큰돈을 받았어요. 그러니 부담 갖지 마시고 그냥 받으세요. 지현 씨에게 내가 고맙다는 말을 해야겠네요. 지현 씨, 고마워요.”

“아주머니, 김 회장이라는 사람이 제 사촌 동생인데 빅토르 씨 고향에 있는 광산에 투자를 하라고 해서 아주 많은 돈을 공짜로 벌었어요. 빅토르 씨한테는 고향을 위해서 쓰라고 제가 알아서 줄 테니까 그냥 받아 두세요. 그리고 사장님 몸도 불편하신데 어디 목 좋은 데 가게를 알아보세요. 제가 인테리어 비용하고 임대료를 대 드리겠습니다. 공짜로 번 돈인데 좋은 일에 쓰면 보람이 있을 테니까요. 순전히 저 좋다고 하는 일이니까 조금도 부담 갖지 마시고요.”

정희는 행운으로 받아들이기에는 가슴이 너무 벅차서 무슨 말을 할 수가 없었다.

“여긴 참 아름다운 장소네요. 아름다운 사람들이 있으니까요.”

“김 사장님, 고맙습니다. 우리 아저씨에게 힘이 되어 주셔서요. 우리 아저씨 아니었으면 한국에 와서 상처만 안고 돌아가야 했을 겁니다.”

빅토르는 가슴을 가득 채우는 따뜻함을 느끼면서 진심으로 명재에게 감사의 말을 전했다.

“제가 수산 시장에 장 보러 갈 때마다 해삼이나 낙지를 사면서 걔네들한테 고맙다고 했어요. 어느 바다에서 살다 왔는지 모르는 걔네들 때문에 우리가 살고 있다는 생각이 들어서요. 걔네들한테 고마운 마음을 가져서 복을 받고 있다는 생각이 드네요."

"어떤 손님이 그랬다면서요? 사모님 표정이 밝아서 좋다고요. 마음이 밝으면 표정도 밝아진다고 하셨다면서요. 미물인 해삼이나 낙지한테까지 고마운 마음을 가지셨으니 당연히 복을 받으셔야지요."

"지현이 처럼 좋은 친구를 둔 것도 복인데 이렇게 큰 복을 받다니……."

정희는 가슴을 채우고 있는 뜨거움 때문에 말을 잇지 못했다.

"아름다운 장소와 아름다운 사람들을 위해서 한 잔 드시죠."

지현이 술잔을 제일 먼저 비우고 나서 빅토르를 바라보며 말했다.

"빅토르 씨, 약속은 지키고 가야 할 거 아니에요?"

빅토르가 의아한 얼굴로 지현을 바라보았다.

"일 끝나면 김 회장님 부부와 함께 여행하기로 했잖아요?"

빅토르가 그 제서야 알겠다는 표정을 짓고 있었다.

"김 사장님, 며칠 짬 내실 수 있으세요?"

"괜찮아요."

"그럼 김 사장님도 함께 가시죠? 빅토르 씨가 사는 알마티는 중앙아시아 내륙이라서 바다를 볼 수 없어요. 그래서 일 끝나면 제주도로 바다 구경 가기로 약속 했어요. 빅토르 씨, 내가 비행기 표 연장해놓을 테니까 그리 알고 계세요. 안나 씨도 좋아할 거예요. 그리고 참, 서울에서 안나 씨가 외로울 것 같아서 친구하기로 했어요."

"빅토르 씨, 그렇게 해요. 빅토르 씨가 며칠이라도 더 있으면 우리 집 양반도 좋아할 거예요."

정희는 말을 하면서 여행을 통해 빅토르와 지현이 좋은 인연으로 맺어지기를 바랐다.

명재는 빅토르가 입원해 있는 3주 동안 줄곧 병실에서 지냈다. 빅토르의 부상은 심각하리만치 위험한 상태는 아니었다. 쇄골 밑과 배꼽과 명치중간 쯤에 박힌 칼끝이 다행히 장기를 찌르지 않아서 치료 기간이 길지 않았다.

명재는 사랑하는 사람 곁에 있는 동안 그의 체온을 느끼면서 막연하긴 하지만 육체의 접촉도 하고 싶었다. 좋아하는 여자의 손을 잡거나 그 이상의 접촉을 하고 싶어도 떨림 때문에 어쩌지 못하는 사춘기 소년처럼 간절함과 망설임 때문에 애만 태웠다. 사랑한다는 고백 또한 키 큰 나무의 우듬지에 오르는 것 보다 더 어렵고 힘이 들었다. 남자라는 육체를 지니고 있는 자신이 원망스러웠다.

닷새째 되던 날이었다.

"김 사장님, 누구를 사랑해본 적이 있나요?"

명재는 두근거리는 가슴을 진정시키며 빅토르를 바라보았다.

"카자흐스탄의 소설가가 시베리아 유형지에 수용되어 있는 남자와 남자의 사랑을 주제로 쓴 소설을 읽은 적이 있어요. 더러 본능의 욕구를 충족시키기 위해 사랑이 아닌 행위에만 탐닉하는 사람들도 있었지만 서로를 진정으로 사랑한 두 남자의 얘기가 감동적이었어요. 육체의 접촉은 없으면서도 서로를 깊이 사랑했어요. 한 남자가 다른 유형지로 옮겨 가던 날 밤에 자살을 하는 걸로 끝이 났어요. 비록 소설이지만 그게 가능하다는 생각을 했어요. 동물계에서 유일하게 육체의 쾌락을 추구하는 게 인간이지만 정신의 고유한 기쁨을 더 중요하게 여기는 것도 인간이니까요. 혹시라도 내가 김 사장님 마음과 전혀 다른 말을 하고 있다면 용서해 주세요. 김 사장님 마음을 조금이라도 편하게 해드리고 싶어서 하는 얘기니까요."

의사와 간호사가 들어와서 얘기가 끊겼다. 명재는 병실 밖으로 나왔다. 생에서 지금처럼 가슴이 벅찬 적은 없었다. 다시는 만날 수 없으리라고 체념했던 사랑하는 사람을 다시 만나게 된 것도 기적 같은 일이었다. 게다가 둘 만의 공간에서 마음 속 얘기를 나눌 수 있기를 얼마나 열망하였던가. 사랑하는 사람 곁에서 긴 시간을 함께 보내며 그의 호흡과 체취를 느낄 수 있으리라고 상상조차 할 수 없지 않았던가.

조금 전, 빅토르가 한 말은 자신의 마음을 이해하고 있다는 의미이기도 했다. 소설 속의 얘기라고 전제를 하면서도 남자와 남자의 사랑이 가능하다는 말 속에 빅토르의 마음이 담겨 있었다.

"김 사장님, 내게 남자들끼리의 우정 이상의 감정을 가지고 계세요?"

명재는 눈을 감고 무겁게 고개를 끄덕였다.

빅토르가 명재의 손을 잡았다.

"김 사장님, 고마워요. 김 사장님의 진심이니까요."

아! 잡고 있는 손을 통해서 전해져오는 사랑하는 사람의 체온이 지난 시간의 고독과 아픔을 녹여주고 있었다.

"빅토르, 당신은 내가 도달 할 수 없는 곳에 있는 존재였소. 나는 당신을 통해서 인간의 마음이 얼마나 확장 될 수 있는가를 알게 되었소. 당신에게 향한 마음은 분명 순정한 사랑이었소. 지금 이 말을 할 수 있다는 것만으로도 행복하오. 내 기억이 살아있는 한 당신을 늘 만날 거요. 당신이 어디에 있던 기억이라는 길은 이어져 있으니까."

"인간이 할 수 있는 일중에서 가장 아름다고 고귀한 일은 사랑이라고 생각합니다. 어떤 대상을 향한 사랑이든 자신을 버리는 희생이 따르니까요. 김 사장님 마음 따뜻하게 간직하고 갈게요."

명재는 빅토르의 손을 잡고 있는 지금, 그토록 애절하게 원했던 사랑이 이루어졌다고 생각했다.

잘잘못에 대한
생각을 넘어선
저 멀리에
들판이 있다
나, 그대를
그곳에서 만나리

-13세계 페르시아 시인 잘랄레딘 루미

7
영원히 마르지 않을 눈물

알미로스 동산에 사과 향기가 배어 있었다.

켜를 이루듯이 떨어져 있는 사과들이 꽃향기보다 짙은 달콤하면서도 상큼한 사과 특유의 향기를 풍기고 있었다.

평원에서 불어오는 바람이 차가웠다.

사과나무 잎들이 팔랑거리며 떨어졌다.

아버지나무에 기대어 서있는 빅토르의 어깨 위에 갈색으로 변한 사과나무 잎이 살포시 내려앉았다. 갈색 잎들이 땅 위에 깔려 있는 사과들을 덮고 있었다.

하늘에는 짙은 회색구름이 두껍게 끼어있었다.

추수가 끝난 들판이 황량했다.

대지는 엄혹한 겨울을 겸허하게 맞이할 채비를 하고 있었다.

잎을 떨어뜨린 나무들은 눈보라와 칼바람에 온 몸을 맡길 자세로 서 있었다.

겨울 문턱에 서 있는 나무들의 자세가 숭고했다.

빅토르는 자신도 겨울을 맞이할 나무 같은 존재라고 생각했다. 안나에 대한 그리움이 겨울의 찬바람처럼 마음을 에이게 할 것이기에. 빅토르는 담배를 피워 물고 왼손을 바지 주머니에 넣었다. 차가운 대기 속으로 담배 연기를 내뿜었다. 잎을 떨구고 있는 아버지나무에 기대어 서서 담배를 피우고 있는 빅토르의 모습이 풍경의 일부가 되었다.

빅토르는 타임머신을 타고 여행을 다녀 온 것 같았다. 여행의 종착지에 안나가 있었다. 안나와 함께한 시간들이 생생하게 기억되는 데도 비현실처럼 여겨졌다. 이제 안나는 현실이 아닌 시간의 길에서 잠시 만났던 존재로 기억되고 있었다. 그 길은 되돌아 갈 수 없는 시간의 길이었다. 그러나 그리움은 퇴색하지 않고 있었다. 여름날의 나뭇잎처럼 싱싱하게 살아있었다.

빅토르가 안나를 만났을 때 알미로스 동산은 에덴 동산이었다. 그러나 안나가 떠나버린 후 알미로스 동산은 고통의 진원지였다. 아담과 이브가 금단의 과일을 따먹고 에덴이라는 낙원에서 쫓겨 난 후 영원히 돌아갈 수 없었던 것처럼 알미로스 동산은 이제 잃어버린 낙원이었다. 안나에 대한 그리움이 살아 있는 한 알미로스 동산은 그리움과 고통이라는 두 가지 의미를 지니고 있었다. 빅토르는 안나가 없는 알미로스 동산을 찾고 싶지 않았다. 기억 속에서마저 지워버리고 싶었다.

제주도에서 떠나오기 전날 밤이었다. 저녁을 먹고 호텔 라운지에서 바다를 바라보고 있던 경준이 말했다.

"안나, 빅토르와 함께 바닷가에 산책이라도 다녀오지 그래?"

두 사람에 대한 경준의 배려였다. 밤바다는 장엄하게 숨을 쉬고 있었다. 바다 앞에서 인간의 존재가 한 없이 작고 미약하게 느껴졌다. 내일이면 안나 곁을 떠나 영원히 볼 수 없다는 아픔마저도 철썩이는 파도의 포말처럼 덧없다는 생각이 들었다.

"빅토르, 나의 이기적인 부탁 하나만 들어 줘. 알마티에 가거든 알미로스 동산의 아버지나무에 기대어서서 내 생각 한 번만 해줘. 그런 빅토르의 모습을 떠올리면 내 존재를 확인 할 수 있을 것 같아. 부탁이야."

안나의 눈에서 눈물이 흘러내리고 있었다. 안나의 눈물이 바다로 떨어졌다. 바다로 떨어진 안나의 눈물은 영원히 마르지 않으리라. 빅토르의 마음속에 안나가 불멸의 존재로 살아 있듯이. 빅토르는 눈물을 흘리고 있는 안나를 그대로 보고만 있을 수가 없었다.

안나를 안았다.

빅토르는 안나의 체온과 체취를 놓치지 않으려고 더욱 힘을 주어 끌어안았다. 안나가 고개를 젖혀서 빅토르를 올려다보았다. 눈물이 계속 흘러내리고 있는 얼굴에 비애와 환희가 물결치고 있었다. 안나의 입술이 가까이 다가왔다. 안나는 빅토르의 입술에서 사과꽃 향기를 느꼈다. 꿀벌들이 붕붕대며 향기를 휘젓고 날아다니는 소리가 들려왔다.

빅토르는 안나의 입술을 뜨겁게 받아들이면서 공간과 시간의 개념에서 벗어나 그리움이 꽃으로 피어나는 동산에 머물고 있었다. 안나의 입술 세포는 많은 말을 하고 있었다. 언어라는 기호를 통해서 표현할 수 없는 애절하면서도 간절한 염원이 담긴 말이었다. 오직 마음으로만 들을 수 있는 말이었다.

빅토르는 안나의 입술이 전하고 있는 말을 들으며 그리움마저도 행복할 수 있으리라고 생각했다. 한 공간에 함께 있지 못해도 시공을 초월하여 함께 있을 수 있으리라고 생각했다. 어둠과 바다의 장엄한 숨소리가 두 사람을 현실로부터 멀어지게 해주었다.

알미로스 동산 위로 낮게 내려앉은 구름이 평원의 시계를 좁히며 희끗희끗 눈발을 뿌리기 시작했다. 흩날리는 눈발과 함께 어둠이 내려앉고 있었다.

알미로스 동산 건너편 숲에 있는 자작나무들이 어깨를 기대고 겨울을 이겨내자고 서로를 격려 하고 있었다. 날리는 눈발과 엷은 어둠 속에서 자작나무들의 몸통이 더욱 희게 보였다.

빅토르는 눈발과 어둠 너머로 제주도의 바다를 바라보고 있었다. 바다는 불멸의 영원성을 지닌 생명체였다. 숨을 쉬며 끊임없이 운동하는 장엄한 생명체였다. 바다로 떨어진 안나의 눈물도 불멸의 영원성을 지닌 생명체가 되었을 것이다.

빅토르는 안나의 눈물과 함께 그녀의 존재도 바다의 일부가 되어버렸다고 생각했다. 바다로 떨어진 눈물처럼 그녀의 존재는 그렇게 세상이라는 바다에 흡수되고 말았다. 빅토르의 기억 속에서 안나는 존재로만 자리 잡고 있을 뿐 이 세상 어디에서도 찾을 수 없는, 아니 찾아서도 안 될 그런 존재가 되었다.

눈송이가 점점 굵어지면서 허공을 메우고 있었다.

아버지나무 우듬지에서 산새의 바쁜 날개 짓 소리가 들렸다.

알마티 시가지의 불빛들이 늘어나고 있었다.

굵은 눈송이와 어둠이 고요히 내려앉고 있었다.

빅토르는 자리를 떠나고 싶지 않았다.

안나의 목소리가 들려왔다.

"빅토르, 나의 이기적인 부탁 하나만 들어 줘. 알마티에 가거든 알미로스 동산의 아버지나무에 기대어서서 내 생각 한 번만 해줘. 그런 빅토르의 모습을 떠올리면 내 존재를 확인 할 수 있을 것 같아. 부탁이야."

빅토르는 안나를 위해서 기대고 있는 아버지나무처럼 언제까지라도 그대로 있고 싶었다.

대지에 쌓이는 눈처럼 정적도 그렇게 쌓이고 있었다. -끝-